Die Übersetzerin

Veronika Theis, geboren 1955 in Durchholz. Studium der Islamwissenschaft in Berlin und Münster. Übersetzerdiplom der Universität Germersheim in Arabisch und Spanisch.

Hanan al-Scheich

Sahras Geschichte

Roman aus dem Libanon

Aus dem Arabischen von Veronika Theis

Mit einem Nachwort von Hartmut Fähndrich

Lenos Verlag

Arabische Literatur im Lenos Verlag
Herausgegeben von Hartmut Fähndrich

Titel der arabischen Originalausgabe:
Ḥikâyat Zahra (Beirut 1980)

Die Übersetzung aus dem Arabischen wurde unterstützt durch die Gesellschaft zur Förderung der Literatur aus Afrika, Asien und Lateinamerika e.V. in Zusammenarbeit mit dem Institut für Auslandsbeziehungen.

Satz und Gestaltung: Lenos Verlag, Basel
Umschlag: Konrad Bruckmann
Printed in Germany
ISBN 3 85787 189 X

ERSTER TEIL

1

Zitternd standen wir hinter der Tür. Das Herz schlug mir bis zum Hals. Oder war es ihr hämmernder Pulsschlag an meinem Ohr, den ich für mein Herzklopfen hielt? Sie drückte mir den Mund zu. Ihre Finger rochen nach Seife und Zwiebeln. Die weisse, fleischige Hand lag warm in meinem Gesicht. So hätte ich es eine Ewigkeit aushalten können, im Schutz der Dunkelheit und der angelehnten Tür. Schritte kamen näher. Die Tür wurde aufgestossen, und ein Lichtkegel aus dem Flur füllte den Raum. Unwillkürlich schoben wir uns noch näher an die Wand. Sie zuckte zusammen, und ich spürte, wie ihre Angst auch mir durch den Körper fuhr. Der Druck ihrer Hand nahm mir jetzt fast den Atem. Mein Herzschlag setzte aus, und ihr Puls erstarb. Als ich den grossen, dicken Kopf sah, der sich suchend umwandte und durch uns hindurchstarrte, begriff ich, warum sie Angst hatte, warum sie mir den Mund zuhielt. Der Boden unter meinen Füssen geriet ins Wanken.

Ich trug die blauen Wollhosen und den grünen handgestrickten Pullover. Das zog sie mir immer an, wenn wir ausgingen. Mit einem nassen Kamm fuhr sie mir durch das widerspenstige Haar und schimpfte dabei, so laut, dass Vater es hören konnte, ich solle um die Besuche bei Doktor Schauki nicht immer so ein Theater machen. Sie drohte auch mit Schlägen, falls ich nicht brav sei. Ich versuchte, mich an die Spritze von Doktor Schauki zu erinnern, aber es fiel mir einfach nicht mehr ein, ob er mir eine gegeben hatte oder nicht. Sie nahm mich an der Hand und zog mich hinter sich die Treppe hinunter.

„Warum will mir der Doktor eine Spritze geben, Mama? Ist es, weil ich zu faul bin oder weil ich mir in der Schule in die Hose mache? Die Lehrerin hat gesagt, sie schmiert mir Joghurt ins Gesicht und sperrt mich ins Rattenloch, wenn das nochmal passiert."

„Uff, halt den Mund", stöhnte meine Mutter. „Meine goldenen Armreifen habe ich verkauft, um dir deine Kalziumspritzen zu bezahlen. Du weisst doch, was du für krumme Beine hast." Sie zeigte auf meine Füsse. „Da siehst du's, der eine steht nach rechts, der andre nach links."

Wir standen hinter der Tür. Tränen sammelten sich in meinem Kopf, aber bevor sie herauslaufen konnten, hatten sie sich unterwegs verloren und konnten weder vor noch zurück. Als das helle Gesicht im Türrahmen auftauchte, das dunkle Zimmer absuchte und durch uns hindurchstarrte, griff sie nach meiner Hand. Erst nachdem das Gesicht verschwunden war und die Tür sich schloss, entspannten sich ihre Finger wieder. Obwohl ich mich die ganze Zeit über an sie gedrückt hatte, zitterte ich vor Angst und Kälte. Ich wusste nicht, wie lange wir so gestanden hatten, wusste weder, was geschehen war noch was mich erwartete, wusste nur, dass ich vor Angst und Kälte zitterte.

Die Tür ging auf und wieder zu. Der Schlüssel wurde im Schloss umgedreht. Dieses Gesicht kannte ich. Es lehnte manchmal an Mamas Brust. Es gehörte einem Mann, der uns einmal mit einer fremden Frau zusammen besucht hatte. Ich weiss noch genau, was er damals für einen Anzug trug. Jedesmal, wenn ich diesem Mann begegnete, steckte er die Hand in die Tasche und schenkte mir eine rosa Gummipuppe. Dann hob er mich manchmal hoch. Jetzt stand er vor uns, hielt Mamas eine Hand, mit der anderen hielt sie mich, und zu dritt setzten wir uns auf den Bettrand. Oder habe ich mich nicht gesetzt? Vielleicht bin ich auch stehen geblieben und habe mich an meine Mutter gedrückt.

Die Angst wich einem Gefühl von Beklemmung, die Kälte blieb. Beklommen fühlte ich mich, weil ich genau wusste, dass wir nicht bei Doktor Schauki waren, obwohl Mama es gesagt hatte. Sie hatte es gesagt, und ich hatte ihr geglaubt, trotz der Mauer mit den dunklen Flecken. Die Flecken kamen von den Maulbeeren aus Maulbeer-Muhammads Baum gegenüber, weil die Fledermaus nachts immer an den Ästen schaukelte. Ich kannte die Geschichte. Aber jedesmal, wenn wir auf dem Weg zu Doktor Schauki dort vorbeikamen, fragte ich mich, warum die Fledermaus die Maulbeeren an die Mauer warf und nicht ass.

An dem Tag sah ich weder die Maulbeermauer noch Maulbeer-Muhammad, und darum stellte ich meiner Mutter auch nicht wie sonst die Frage, ob Fledermäuse den Menschen die Augen aushacken. Mama versicherte mir mehrfach, wir wären auf dem Weg zu Doktor Schauki, und ich glaubte, was mir gesagt wurde, auch wenn alles ganz anders aussah. Ich glaubte ihr, obwohl dieser Mann nicht Doktor Schauki war und obwohl an diesem Morgen keine Spritze in mein Bein stach. Vergeblich versuche ich mich an Einzelheiten zu erinnern. Was ist an diesem Morgen in dem verbotenen Zimmer passiert? Ich weiss nicht mehr, worüber der Mann mit Mama gesprochen hat. Vielleicht war ich noch zu klein. Vielleicht ist es schon zu lange her, und zu viele Ereignisse haben die Vergangenheit überlagert. Vielleicht lässt mich aber auch mein Gedächtnis im Stich, weil ich so stark auf einen Besuch in Doktor Schaukis Praxis eingestellt gewesen war, dass ich alles andere nicht richtig wahrnahm.

An unsere Fahrt nach Damaskus aber erinnere ich mich genau. Mamas Freundin begleitete uns. Ich konnte sie nicht ausstehen. Der dunkle Teint, ihre wulstigen Lippen, der dikke, krause Zopf waren mir zuwider. Dass sie mich ebensowenig mochte, spürte ich jedesmal, wenn mich ihr strenger Blick traf. Als ich während der Fahrt meiner Mutter zuflüsterte, mir sei schlecht, ich müsse mich übergeben, stöhnte ihre Freundin: „Mädchen, du kannst einem auf die Nerven gehen." In dem Moment, in dem ich aus dem Wagen stieg, war die Übelkeit verflogen. Schuldbewusst setzte ich mich wieder auf meinen Platz. Das Ganze wiederholte sich ein zweites und drittes Mal. Beim vierten Mal weigerte sich Mama, den Wagen schon wieder anhalten zu lassen. Kaugummi kauend und rauchend sass ihre Freundin neben mir und gab mir ihre Ungeduld und Verachtung zu spüren. Plötzlich konnte ich mich nicht mehr zurückhalten und erbrach über meine Beine. Der zweit Schwall traf meine Mutter. Sie nahm ihre Hand vom Bein des Fahrers, und beide Frauen schrien durcheinander auf mich ein.

„Wir sind in Damaskus", sagte ich mir immer wieder. „Ich bin in Damaskus, und vor kurzem war ich noch zuhause." Besonders gross war der Unterschied allerdings nicht. Nur der Schrank und die beiden Betten in dem schmalen Raum waren neuer als unsere Möbel, und die Fliesen auf dem Fussboden hatten ein anderes Muster.

Ich versuchte wachzubleiben, aber Hitze und Müdigkeit hatten mich derart überwältigt, dass ich nicht einmal die Augen aufbekam, als ich durch ein Klopfen draussen geweckt wurde. Jemand hämmerte gegen die Tür, und eine Stimme brüllte: „Aufmachen! Sofort aufmachen! Das ist ein Hotel hier und kein Bordell!"

Mama richtete sich in den Laken auf, und der Mann streifte sich hastig die Hose über. Die Vorstellung, dass Mama mit dem Mann in einem Bett schlief, irritierte mich. Das lag vielleicht daran, dass ich älter wurde und anfing, diese Dinge zu begreifen. Andererseits wusste ich auch, dass meine Eltern in getrennten Betten schliefen. Mama schloss die Tür auf, und das erboste Gebrüll verstummte augenblicklich, als der Hotelbesitzer mein verängstigtes Gesicht an ihrer Hüfte sah.

Mittlerweile bin ich in dem Alter, in dem ich die Unterschiede zwischen Stadt und Land kenne. Ich esse keine Feigen, weil ich Angst habe, eine Augenentzündung zu bekommen. Nicht einmal einen Feigenbaum rühre ich an. Wenn ich mir den Blechkanister zwischen die Beine klemme und mich nach vorn beuge, um mich zu waschen, fliesst das Wasser in gleichmässigem Strahl über meine Hände und schwappt nicht mehr heraus wie beim ersten Mal. Auf dem Land werden die Eier über glühenden Kohlen gebraten, man hat Moskitostiche im Gesicht und am ganzen Körper, und Mustafa sitzt vor der Hütte und summt: „Dumanu, dumadumdu."

Niemals hätte ich eine Feige gegessen oder auch nur angerührt. Als Mustafa mich auf die Schultern nahm und mit seinem Dumanu auf die Feigenbäume zurannte, hielt ich die Hände vor die Augen und bat ihn, mich zur Hütte zu meiner Mutter zu bringen. Er wollte wissen, wer mir erzählt hatte, dass man von den Feigen eine Augenentzündung bekommt.

Eine Nachbarin in Beirut hatte kurz vor unserer Abreise aufs Land zu Mama gesagt: „Ihr wollt wohl Feigen pflücken und rote Augen kriegen ..." Als ich Mustafa das erzählte, lachte er schallend. Erst als mir die Tränen übers Gesicht liefen, brachte er mich zur Hütte zurück und trällerte dabei: „Wir kommen, wir kommen, hier kommt die kleine Braut."

Mama stand in ihrem geblümten Kleid mit hochgestecktem Haar in der Tür. Hinter ihr entdeckte ich den Mann, der mir immer die kleinen Puppen schenkte. Er hielt sich ein weisses Tuch unter die Nase, bog den Kopf nach vorn und schneuzte kräftig aus. Dann bog er den Kopf nach hinten, schüttelte das Taschentuch aus und versuchte es noch einmal.

„Wie ist das verdammte Ding da reingekommen?" fragte Mama besorgt und etwas hilflos, weil sie nichts tun konnte. Mustafa fragte nicht, was das „verdammte Ding" war. Er wusste wohl, dass es eine Fliege sein musste.

Das idyllische Landleben, das ich eben noch in Händen gehalten hatte, entschlüpfte mir mit einem Mal. Meine Mutter entfernte sich von mir. Dieser Mann verfolgte uns. Hier war ich mit meiner Mutter und dem Wind allein gewesen. Nun war er bei ihr. Zwischen ihr und mir entstand ein klaffender Spalt, der nach und nach zur Kluft wurde, obwohl wir einander so nah waren wie eine Artischocke und ihr Herz. Die Tage zwischen Morgendämmerung und Sonnenuntergang erschienen mir unendlich lang. In dieser Zeit lernte ich meine Mutter gut kennen. Ich beobachtete sie aus der Nähe und aus der Ferne. Wenn ich sie ansah, wollte ich mich an sie schmiegen, ihr Gesicht streicheln, mich zwischen den Falten ihres Kleides verkriechen, um ihr noch näher zu sein als Artischocke und Herz. Gleichzeitig aber zitterte ich vor

Hass, Wut und Schmerz. Ich lief ihr davon und tat das Gegenteil von dem, worum sie mich bat, weil sie mich vernachlässigte. Es war ein innerer Zwang, der mich dazu trieb. Um diesen Mann drehte sich ihr Leben. Ich kann bis heute die Gefühle, die ich damals empfand, nicht richtig ausdrücken. War es Eifersucht, Mitleid mit meinem Vater, Beklemmung, wenn sie mich zu einem ihrer Rendez-vous schleppte? Ich war so bedrückt, dass ich alles wie durch ein regenverhangenes Fenster sah, wie in einem beschlagenen Spiegel nach einem heissen Bad. Wenn er bei ihr war, wirbelte er so viel Staub auf, dass ich nur noch verschwommen sehen und denken konnte. Mein Gehirn war dann wie gelähmt.

Ich sehe sie unter dem grünen Nussbaum sitzen. Sein Kopf liegt in ihrem Schoss, und sie singt „Schlaf mein Liebster ..." Er hält die Augen geschlossen. Friedvoll ruht sein entspannter Körper am Fuss der Berge mit ihren rötlichen Felsen, die so blank in der Sonne schimmern, als wären sie mit einem Wasserschlauch abgespritzt worden. Während die beiden daliegen und zärtlich miteinander flüstern, hocke ich abseits am Boden wie ein altes Weib. Plötzlich fange ich so laut an zu brüllen, dass mich bis hoch ins All jeder hören kann, jeder – bis auf die beiden. Mama summt weiter ihr Lied. „Geliebte, oh meine Geliebte, teurer als meine Seele und mein Blut ..." plärre ich dazwischen. Sie ignoriert meinen Gesang. Ich fange an zu weinen. Sie streicht ihm übers Haar und singt ihm ihr Lied.

Als ich älter wurde, blickte ich voller Enttäuschung und Bitterkeit zurück. Mein Hass gegen sie wuchs, weil sie mich so früh in Zweifel und Eifersucht gestürzt und in ihre Geheimnistuereien hineingezogen hatte. Wegen ihr hatte ich damals zitternd hinter der Tür stehen und mich von dem dicken Gesicht in dem Lichtkegel anstarren lassen müssen. Die Fledermausmauer, Maulbeer-Muhammads Baum, Damaskus, meine Übelkeit, das Bett in dem Einzelzimmer waren die Mysterien meiner Kindheit. Ich musste mit ihr durch den Regen laufen. Der Schlamm klebte uns bleischwer an den Füssen, die Bäume sahen aus wie Gespenster und hatten Augen. Mama blieb stehen und winkte eifrig, doch bevor ich erkennen konnte, wen sie da grüsste, hatte sie meine Hand genommen und mich seufzend weitergezogen. Und ich trottete hinter ihr her durch den Regen und versuchte, die Füsse aus dem Schlamm zu ziehen. Niemand erklärte mir etwas. Ich musste warten, bis ich alt genug war, alle diese Rätsel selbst zu lösen.

Mein Vater lebte nur für seine Strassenbahn. Es hätte mich nicht überrascht, wenn er sie eines Tages mit nach Hause gebracht hätte. An seiner Uniformhose hing an einer Kette eine Taschenuhr mit Wecker. Jeden Morgen griff er als erstes in die Hosentasche, um das Klingeln abzustellen. Er stieg in seine Hosen, zog an der Kette die Uhr hervor, hielt sie ans Ohr, warf einen Blick auf das Zifferblatt und liess sie wieder in die Tasche gleiten. Dann streifte er das Uniformhemd über, setzte die Mütze auf und war khakibraun von Kopf bis Fuss.

„Sahra, komm nicht zu spät zur Schule, und Achmad, vergiss nicht die Quittung für das Schulgeld", ermahnte er uns und ging zu seiner Strassenbahn. Erst abends kam er wieder nach Hause. Bevor er ins Haus trat, zog er an der Klingelschnur, und die kleine Glocke in der Wohnzimmerecke läutete. Niemand ausser ihm benutzte jemals die Türglocke. „Na, Kleines, wie geht's, wo ist Achmad?" Er hängte seine Strassenbahnmütze an den Haken. „Wo ist deine Mutter?" Er zog die Uniform aus und legte sie über eine Sessellehne. Doch vorher nahm er jedesmal die Uhr aus der Tasche und hielt sie ans Ohr.

Vater, Achmad und ich sitzen am Küchentisch. Ich sehe die Mluchia vor mir. Auf dem dunkelgrünen Gemüse liegen helle Fleischstücke, manche so klein wie Knoblauchzehen, aber es ist Hühnerfleisch. Ich habe bereits zu Abend gegessen, auch Mluchia, allerdings ohne Huhn. Es ist jeden Abend dasselbe. Mir gibt sie nie Fleisch. Das hebt sie immer für Achmad und Vater auf. Am Küchentisch zeigt es sich, wem ihre Liebe gehört. Beim Suppeausteilen schöpft sie zuerst meinen Teller voll. Das geht ganz schnell. Dann kommt Achmad an die Reihe. Für ihn fischt sie sorgfältig die schönsten Fleischstücke heraus. Das ganze Hammelfleisch landet in der Schöpfkelle, in Achmads Teller, in Achmads Bauch.

Schweigend sassen wir um den Küchentisch.

„Morgen fahre ich mit Sahra ins Dorf", sagte Mama plötzlich. „Mustafa hat im Laden angerufen und mir ausrichten lassen, dass mein Vater krank ist. Ich brauche fünf Lira."

Vater runzelte nur die Stirn und antwortete nicht. Die fünf Lira gab er ihr auch nicht. Aber sie nahm sie sich aus seiner Uniformtasche, während er noch in der Küche sass. Ich zeigte auf das Foto von Vater in seiner Khakiuniform und warnte sie, er könne sie sehen. Dazu lächelte sie nur.

Im Dorf trafen wir Grossvater bei bester Gesundheit an. Mit roten Wangen sass er in seiner Hütte und zog schnell und geschickt Tabakblätter zum Trocknen auf Drähte auf. Ihm erzählte Mama, wir müssten irgendein Dokument bei den Behörden besorgen. Wir waren kaum eine halbe Stunde in der Hütte mit den grünen Tabakblättern, da drängte sie schon wieder zum Aufbruch. Am liebsten hätte ich mich in Grossvaters Arme geworfen und ihn gebeten, bei ihm bleiben zu dürfen. Der Mann hatte uns ins Dorf begleitet, aber er war nicht mit zu Grossvater gekommen. Ich hatte Angst vor den Gefühlen, die mich wieder erwarteten und die mich jedesmal aufs neue verwirrten. Was für einen Baum würden sie sich wohl diesmal aussuchen? Wir fuhren mit dem Wagen bis an die Küste. Weit und breit war nur ein einziger verdorrter Baum zu sehen. Ein paar Abfälle lagen im weissen Sand verstreut. Als ich mich nach einem verlorenen Absatz von einem Damenschuh bückte, zwinkerten sie sich zu und lachten. Wie sehr hasste ich sie für dieses Lachen. Sie taten alles dafür, dass ich mich verunsichert, beschämt und alleingelassen fühlte.

In dieser Gegend war ich noch nie gewesen. Anstatt uns am Strand unter dem verdorrten Baum niederzulassen, gingen wir zu einem kleinen Haus in der Nähe. Der Mann lief zurück zum Wagen, um etwas zu holen, und Mama zog mich ins Haus. Es war fast völlig leer. Mit einer Papiertüte im Arm kam er zurück. Ich wechselte einen Blick mit Mama, versuchte in ihrem Gesicht eine Antwort auf meine Fragen zu finden: Warum musst du mich jedesmal mitschleppen? Warum quälst du mich immer wieder? Weisst du überhaupt, wie sehr ich leide? Vielleicht wusste sie es nicht, denn ich zeigte ihr nur mein Schweigen. Der Mann unterbrach meine Gedanken, indem er geschäftig die Tüte auspackte. Zum

Vorschein kamen ein gebratenes Hähnchen und ein paar Pappteller. Solche Teller hatte ich noch nie gesehen. Er zerteilte das Hähnchen mit den Händen und legte jedem ein Stück auf den Teller. Beklommen nahm ich das kostbare Fleisch entgegen. Die Gegenwart dieses Mannes brachte mich jedoch so sehr in Verlegenheit, dass ich es nicht geniessen konnte. Bei jedem Bissen versuchte ich krampfhaft, meine Schluck- und Kaugeräusche zu unterdrücken. Ich schämte mich so sehr, mir vor seinen Augen einen kleinen Knochen aus dem Mund zu holen, dass ich ihn lieber mitass, auch wenn mir dabei die Kehle wehtat. Der Duft war verlockend, und ich hatte grossen Hunger, aber ich brachte es nicht über mich, die Knochen abzunagen. Nein, genossen habe ich es nicht.

Nach dem Essen unterhielten sie sich darüber, ob ich nicht an den Strand gehen und im Sand spielen wolle. Mama antwortete an meiner Stelle; ich hätte ohnehin nie den Mund aufgemacht. Bei diesem Gespräch fing ich an zu verstehen, warum sie mich immer mitnahm. Sie brauchte mich, sie benutzte unsere Unzertrennlichkeit als Schutz. Sie schützte sich mit mir. Um zu verhindern, dass ich hinausging, erzählte sie von einem schrecklichen Traum, den sie in der vergangenen Nacht gehabt hätte. Aus diesem Grund hatte sie angeblich Angst, mich allein am Strand spielen zu lassen. Der Mann griff in die Tasche und fragte, ob Sahra nicht Lust hätte, mit so einer schönen Puppe draussen auf der Treppe zu spielen. Ich sass reglos wie eine Statue. Mama wandte ein, irgendein Teufel könnte mich dazu verführen, ans Wasser zu laufen. Daraufhin forderte er sie auf, mit ihm in ein anderes Zimmer zu gehen, er wolle ihr dort etwas zeigen. Mit flehenden Blicken bat ich sie zu bleiben. Doch sie sah mich an und ging mit ihm. Die Tür fiel ins Schloss, und ich hörte nur noch mein Schluchzen.

Ich stellte mir vor, wie sie hinter dieser Tür sassen, sein Kopf in ihrem Schoss, ihre Finger in seinem Haar. Phantasie und Wirklichkeit wühlten mich innerlich auf. Es erinnerte mich an die Achterbahnfahrt mit Ibtissam. Alles drehte sich. Wir schossen hoch in den Himmel und schnellten wie ein Blitz zurück zur Erde. Als wir endlich wieder auf dem Boden standen, fühlten sich meine Beine an, als wollten sie mir unter dem Körper davonrollen. Mit Herzklopfen und verkrampften Schenkeln klammerte ich mich an eine Eisenstange, während die Bahn schon wieder in die Höhe sauste. Mir klapperten die Zähne, meine schweissigen Hände rutschten an der Stange ab und ich verfluchte die Achterbahn und mich dafür, dass ich mich auf die abscheuliche Fahrt eingelassen hatte. So, dachte ich, muss es sein, wenn man zur Hölle fährt. So ist der Fall ins Nichts.

Ich wollte die Tür aufmachen. Alles, was ich mir vorstellen konnte, war sein Kopf in ihrem Schoss. Sie schob ihm einen Bissen in den Mund, er trug sie auf den Armen unter den Nussbaum, dabei verlor sie einen Schuh. Er nannte sie Mama. Das war alles, was ich wusste. Aber es musste noch ein tieferes Geheimnis geben zwischen diesem Mann und meiner Mutter.

Mein Gesicht hat Angst vor den Ohrfeigen. Meine Ohren haben Angst vor dem Gebrüll des Herrn der Strassenbahn in seinem Khakianzug. Ich habe Angst vor dem schreckhaften Blick meiner Mutter und ihrer nervösen, schrillen Stimme. Sie hat Angst, ich könnte die Wahrheit sagen.

„Sag die Wahrheit! Wo hat er euch hingebracht?!"

„Um Himmels willen, Ibrahim!" schrie Mama unter Tränen. „Bist du wahnsinnig! Lass das Mädchen in Ruhe! Von ihr erfährst du doch nur Lügengeschwätz. Ibrahim, lass das Kind los!"

Er beachtete sie nicht, schlug weiter auf mein Gesicht ein, brüllte mich an und versuchte so, etwas aus mir herauszubekommen. Voller Angst vor dem Mann in der Khakiuniform, vor seinem massiven Körper, vor seiner Strassenbahn, zitterte und schluchzte ich. Doch Mamas Geschrei übertönte mein klägliches Gewinsel. Er liess von mir ab, packte sie bei den Haaren und schlug sie ins Gesicht. Sie floh in die Küche. Wie ein angenageltes Stück Holz, das hin und wieder von einem Schluchzer geschüttelt wurde, blieb ich im Wohnzimmer.

„Bist du verrückt, Fatme!" hörte ich Vaters aufgebrachte Stimme. „Schämen solltest du dich! Bist du eigentlich noch ganz bei Trost?!"

„Lass mich los ... ich will sterben", wimmerte Mama dazwischen. Irgendwie war ich in die Küche gelangt, wie wusste ich selbst nicht. Sie stand neben dem Fliegenschrank, versuchte, ihre Hände seinem Griff zu entwinden, und jammerte immer nur: „Lass mich los ... ich will sterben ..." Am liebsten wäre ich zu ihr gelaufen und hätte mich an sie gedrückt, um wieder ihr Herz zu sein. Ich stimmte in ihr Jammern und Weinen mit ein, ohne zu wissen, auf wessen Seite ich stand, mit wem ich fühlte. Ich war verunsichert. Nur eins war mir vollkommen bewusst, meine Angst vor ihm und seinen Schlägen. Sie wand sich unter seinem Griff, und ich hörte sie stammeln: „Ich schwöre bei Gott und der heiligen Kaaba, nicht einen Strumpf habe ich vor ihm ausgezogen. Er hat uns nur ein Stück im Wagen mitgenommen. Es hat so geregnet. Ich schwöre bei Sitt Seinab, nicht einmal die Strümpfe habe ich ausgezogen."

Das schien Vater etwas zu beruhigen. Er liess ihre Hand los. Doch gleich darauf brüllte er: „Fatme, schwöre beim heiligen Koran!"

„Ich schwöre hundertmal beim Koran und bei Sitt Seinab, der Tochter des Propheten", schluchzte sie. Daraufhin liess er sie in Ruhe, und ich lief in mein Zimmer.

Ich versuchte, Ordnung in meine Verwirrung zu bringen. Besonders beschäftigten mich die Strümpfe. Plötzlich hörte ich wieder Gebrüll und Wimmern. Warum fingen sie wieder an? Mit einem Angstschrei rannte ich in die Küche. Mama lag auf dem Fussboden. Vater in seinem Khakianzug stand über ihr, in der einen Hand den Koran, in der anderen seinen Ledergürtel. Er peitschte auf sie ein und brüllte: „Schwöre! Beweise es mir!" Sie lag mit dem Gesicht zu den Fliesen. „Schwöre!" schrie er wie in Trance, immer wieder: „Schwöre!" und „Beweise es mir!" Ich sah das Blut auf ihrem Gesicht. Da raufte ich mir das Haar und schlug mir mit den Fäusten gegen die Brust, so wie meine Mutter es tat, wenn sie verzweifelt war. „Schwöre! Beweise es!" Mit einem Satz sprang ich auf einen Stuhl am Fenster und fegte die Orangenschalen beiseite, die dort zum Trocknen lagen. Ich wollte unseren Nachbarn Issa zu Hilfe rufen. Vater glaubte wohl, ich sei im Begriff, mich aus dem Fenster zu stürzen. Er liess Mama fahren und warf sich auf mich. In dem Moment wäre ich aus Angst vor ihm tatsächlich beinahe aus dem Fenster gesprungen. Mama nutzte die Gelegenheit, stolperte aus der Küche und schloss sich im Badezimmer ein.

2

Ich war überzeugt, ich würde Onkel Haschem bei meiner Ankunft in Afrika sofort erkennen, obwohl ich ihn in meinem ganzen Leben nur fünf Mal gesehen hatte. Zwar hatte er uns vor seiner „Flucht nach Afrika" selten besucht, doch war er immer und unverändert präsent geblieben in den Gesprächen der Verwandtschaft, den Erzählungen meines Grossvaters und in den Herzen meiner Tanten, besonders meiner Tante Wafa, die nur zwei Jahre älter war als ich. Mit ihr war ich gut befreundet. Darum verwirrte es uns jedesmal, wenn uns bewusst wurde, dass wir Tante und Nichte waren.

Onkel Haschem galt in jeder Hinsicht als Aussenseiter. Er redete über ungewöhnliche Themen, führte einen eigenwilligen Lebensstil, verkehrte in „anderen" Kreisen und ernährte sich, laut Wafas Bericht, von seltsamen Dingen wie Muscheln und Schnecken. Manchmal mietete er sich ein Zimmer in der Nähe der Amerikanischen Universität. Er besass ein Grammophon und Schallplatten und hatte versucht, Wafa und ihrer Freundin Tango beizubringen. Im Sommer wohnte er in einem Luxushotel am Meer und ging schwimmen.

Wenn er nach Hause kam, parkte er sein Motorrad oder seinen Mietwagen vor dem Polizeihauptquartier. Die Drohungen des Portiers und die neugierigen Blicke der Nachbarn kümmerten ihn wenig. Mochten sie sich die Köpfe zerbrechen über die Mädchen, die er mitbrachte, während seine Mutter und Schwestern den Vater auf dem Land besuchten.

Pfeifend schlenderte er mit den Händen in den Hosentaschen die Strasse entlang, hinterliess eine Duftwolke von Eau de Toilette und stellte seine athletischen Schultern zur Schau. Als Mitglied der Syrischen Sozial-Nationalistischen Partei hielt er im Haus seiner Familie politische Versammlungen ab. Ihm war auch zu verdanken, dass das Parteiemblem, der „Rote Sturm", an der Fassade des Hauses prangte.

Seine Schwester Wafa fasste er manchmal hart an. „Gegen Haschem kommt keiner an", meinte mein Grossvater dazu nur, der in seiner Hütte im Süden sass und Tabakblätter schnitt. „Ohne seinen starken Einfluss hätte ich die Familie längst aufs Land zurückgeholt."

Ich hatte meinen Onkel nur wenige Male gesehen. Trotzdem kannte ich sein Gesicht von den vielen Fotos an den Wohnzimmerwänden unserer Verwandtschaft. Diese Bilder hafteten in allen Einzelheiten in meinem Gedächtnis. Auf manchen waren auch Afrikaner zu sehen, völlig nackt bis auf die Ketten aus Perlen und Elfenbein.

Während ich mich auf dem Flughafen noch nach ihm umsah, hatte er mich bereits entdeckt. „Es war ganz einfach", erklärte er mir. „Das einzige junge Mädchen weit und breit warst du. Die andern waren alles Frauen."

Bei „Frauen" dachte ich an wogende Busen, goldene Armreifen, schwangere Bäuche, Kinder im Arm, Schnuller und Milchflaschen in der Handtasche. Er begrüsste mich mit Küssen auf beide Wangen. Mit den Bildern, die ich kannte, hatte er wenig Ähnlichkeit. Er war viel kleiner und dicker, als ich mir vorgestellt hatte. Aber an seiner Sprechweise erkannte ich, dass er mein Onkel war. Seine Stimme hatte denselben Tonfall wie die meiner Mutter, denselben Akzent aus dem Süden. Im Wagen war mir unbehaglich zumute, und mich überkamen Zweifel, ob es richtig gewesen war, seine Einladung anzunehmen. Scham war vielleicht der beste Ausdruck für das Gefühl, das mich befiel, als ich daran dachte, dass ich einen Monat lang bleiben würde. Einen ganzen Monat mit ihm unter einem Dach leben. Worüber sollten wir reden? Wie sollte ich mich verhalten? Ich versuchte, dieses Gefühl zu verdrängen, indem ich nach meiner Tante fragte, die in einem anderen Ort in der Nähe lebte.

An der Haustür fanden wir einen Zettel, auf dem sein afrikanischer Hausboy mitteilte, dass er am Abend etwas später käme. Meine Frage, ob der Boy auch im Hause wohne, verneinte Onkel Haschem. Beklommen betrat ich das Zimmer, das er für mich hergerichtet hatte. Es gefiel mir in seiner Einfachheit. Auf den Regalen standen arabische Bücher, und an der Wand hing ein libanesischer Kalender. Onkel Haschem kam herein und fing an, über den Libanon und die zionistische Propaganda zu reden. Er kritisierte, dass von den libanesischen Medien kein Versuch einer Gegendarstellung unternommen wurde. Er sprach ausführlich über Idealismus und Heimatgefühle, was ich anfangs nicht weiter beachtete. Aber als er immer wieder davon anfing, begriff ich, wie sehr er sich danach sehnte zurückzukehren. Hier in Afrika stilisierte er die Heimat zum idealen Land hoch. In Afrika unter Tausenden von Afrikanern führte er ein Herrenleben. Je mehr er sich an diesen Status gewöhnte, desto weniger verstand er, warum er nicht auch im Libanon Rang und Namen besass. Seine lebhaften Erinnerungen zeichneten ein schwärmerisches Bild von seiner Heimat, ihren Zedern und Bergen, fruchtbaren Ebenen und weissen Stränden am blauen Meer.

Um der peinlichen Situation zu entkommen, erkundigte ich mich nach dem Badezimmer. Es lag hinter der Küche, am Ende eines schmalen Korridors, in dem sich zu beiden Seiten Fernseher, Radios und Tonbandgeräte bis zur Decke türmten. Als ich sie zum ersten Mal sah, hatte ich Angst, sie könnten mir auf den Kopf fallen. Beim dritten Mal jedoch hatte ich mich schon daran gewöhnt und sah nur noch hoch, um mich zu vergewissern, ob sie noch da wären. In dem kleinen Badezimmer entspannte ich mich und machte Pläne für den Tag. Später wurde es für mich zu einer Art Refugium.

Ich fühlte mich durch Onkel Haschems Verhalten zunehmend bedrängt. Morgens um sieben kam er in mein Zimmer, um mich zu wecken. Erst lief er ein paar Schritte hin und her. Wenn das nicht half, ging er ins Wohnzimmer und drehte das Radio laut auf. Ich hielt die Augen geschlossen und rührte mich nicht. Dann kam er zurück, setzte sich auf die Bettkante und fing an, mein Gesicht zu streicheln. Befangen wandte ich mich ab, doch er gab nicht auf. Er ging ans Fenster und schob die Vorhänge beiseite. Da sprang ich aus dem Bett und lief ins Bad. Warum liess er mich nicht schlafen, solange ich wollte? Bald begriff ich, dass er um meine uneingeschränkte Aufmerksamkeit warb. Doch sein Benehmen verunsicherte mich zutiefst. Besonders verlegen machte es mich, als er mir am Abend im Kino den Arm um die Schultern legte und mich an sich drückte, so, als wären wir beide ein Paar. Ich wagte kaum, zu atmen oder mich zu bewegen. Als er den Arm endlich fortnahm, zappelte ich nervös auf dem Sitz herum und rückte möglichst weit von ihm ab. Ich nahm nicht mehr wahr, was auf der Leinwand passierte, sondern sah mich plötzlich in einem kleinen Hotelzimmer in Damaskus mit meiner Mutter, die aufgeschreckt aus ihren Laken hochfuhr, und dem Mann, der sich hastig die Hosen überzog.

Dann sass ich mit Grossvater vor der Haustür meiner Tante in Beirut. Er war mit einer Kanne voll Milch den ganzen Weg aus dem Süden angereist, ohne einen Tropfen zu verschütten. Und auf der Treppe vor dem Haus war er gestolpert, und die Milch war über die Stufen gelaufen. Um sich über sein Missgeschick zu trösten, hatte er mich auf die Knie genommen. Ich liebte meinen Grossvater und genoss seine Liebe zu mir. Glücklich sass ich auf seinem Schoss, die Hand auf seinem Rücken und beobachtete meine Tante beim Einsammeln der Wäsche, die über den Büschen zum Trocknen lag. Sie brach einen trockenen Zweig und hielt ihn meinem Grossvater unter die Nase. „Mmmh, dieser grüne Tee duftet wie Baklawa", rief er begeistert. Dann bat er meine Tante um eine Zigarette. Sie ging wieder zu den Büschen zurück, und ich fragte, ob sie ihm jetzt eine Zigarette pflükken würde. „Nein, Sahra", lachte Grossvater und zwinkerte mir zu. „Sie holt die Wäsche." Ich sprang von seinen Knien und lief meiner Tante nach in die Küche. Aus dem Fliegenschrank nahm sie zwei Zigaretten und gab sie mir.

Meine Tante wohnte gleich neben dem Krankenhaus im Hôtel-Dieu-Viertel. Der Blick aus dem Küchenfenster in eines der Krankenzimmer, der Geruch, die Seife auf dem Fensterbrett, die Krankenschwestern in ihren weissen Kleidern versetzten mich in eine andere Welt. Wir blieben damals über Nacht. Meine Tante stand kurz vor ihrer Abreise nach

Afrika. Ihr Sohn Kassem blieb in Beirut, um auf die Universität zu gehen. „Er kann jeden Moment hier sein", sagte sie. Zur Begrüssung verneigte Kassem sich vor Grossvater und küsste ihm die Hand. Mich sah er etwas unsicher an, als überlegte er, ob er mich schon mal gesehen hätte. „Na komm schon, Kassem", rief meine Tante lachend. „Das ist Sahra, deine Kusine, die Tochter meiner Schwester Fatme." „Natürlich, das weiss ich doch", stammelte Kassem verlegen. „Was macht Achmad? Auf welche Schule geht er jetzt?"

„Diese Familie benimmt sich, als wären sich alle fremd", klagte Grossvater verstimmt. „Ihr grüsst euch nicht, redet nicht miteinander, besucht euch nicht. Ihr seid nur dem Namen nach miteinander verwandt."

Später, als ich neben Grossvater auf dem Fussboden lag, fühlte ich plötzlich eine kalte Hand in meiner Hose. Erschrocken fuhr ich hoch, und die Hand verschwand. Zitternd vor Kälte und Angst sah ich im Dunkeln für einen Moment Kassems Brille aufblitzen. Dann sah ich nichts mehr. Den Rest der Nacht blieb ich sitzen und wagte erst, den Kopf in die Kissen zu legen, als ein mattes Licht in den Raum fiel. Bald darauf hörte ich Schritte, und die Stimme meiner Tante rief: „Aufstehen, Vater, es ist gleich halb sechs. Zeit zum Morgengebet." Grossvater richtete sich brummend auf. Verängstigt und zerschlagen dachte ich zurück an die schlaflos verbrachte Nacht.

Dasselbe Gefühl überkam mich jetzt wieder im Kino. Diese Erinnerungen überlagerten alle meine Empfindungen für Onkel Haschem. Seine Finger tasteten nach meiner Hand. Ich nahm all meinen Mut zusammen und entzog sie ihm schnell. Atemlos faltete ich meine schwitzenden Hände, presste sie zusammen und betete, er möge es nicht noch einmal versuchen. Ich fühlte mich innerlich so verletzt, dass ich mir wünschte, meine Schweisstropfen auf den Handflächen, im Gesicht, am ganzen Körper wären Blut. Am liebsten hätte ich geheult, wäre ich davongelaufen, hätte ich geschrien, geschrien, bis alle Lichter im Saal angingen und der Filmprojektor angehalten würde. In dieser Nacht hasste ich die Dunkelheit und die Menschen, deren Augen alle auf die Leinwand gerichtet waren. Aber als ich daran dachte, dass ich, wenn die Lichter im Saal angingen, bald wieder mit Onkel Haschem allein zuhause wäre, wünschte ich, der Film ginge nie zu Ende. Den Lichtern würden wieder Tage und Nächte folgen, die versuchten, die Trauer und Angst jener Nacht zu begraben, aber es gelänge ihnen nicht.

Während der Heimfahrt dachte ich die ganze Zeit darüber nach, wie ich mit meinem Onkel über die Sache reden könnte. Es wäre so einfach gewesen zu sagen: „Bitte verdirb mir nicht meinen Aufenthalt hier. Ich fühle mich von dir bedrängt", aber ich brachte die Worte nicht über die Lippen. Während die Zeit sich abmühte, meine Wunden zu heilen, blieb die Erinnerung an Onkel Haschems Hand auf meiner Schulter und daran, dass er sich so benahm, als wäre ich seine Frau. Obwohl ich ihm durch Gesten zu verstehen gab, dass ich mich dabei nicht wohl fühlte, versuchte er immer wieder, mich zu umarmen. Eine Welle der Trauer erfasste mich und überspülte meine Seele. Ich fühlte mich verloren. Er war immerhin mein Onkel. Wenn ich tatsächlich geschrien hätte, wie hätten wir einander dann noch in die Augen sehen können? Wie hätte ich mit ihm nach Hause fahren können? Oder wenn ich mich entschlossen hätte, sofort abzureisen, wie hätte ich ihn bitten sollen, mich zum Flughafen zu bringen? Andererseits hatte ich ihn nicht entschieden genug zurückgewiesen. Er musste mein Verhalten als Ermutigung auffassen. Ich hätte schreien *müssen,* wie es sich gehörte. Stattdessen begnügte ich mich damit, mich im Badezimmer einzuschliessen.

Zuhause in Beirut war ich ins Bad geflüchtet aus Angst vor den bohrenden Blicken meines Vaters, aus Angst, er könnte herausfinden, was ich getan hatte, und mich umbringen. Er war so brutal. Ich glaube, er war genauso, wie er aussah, mit seiner gerunzelten Stirn, dem Hitlerschnurrbart auf der wulstigen Oberlippe, dem massigen Körper. Er war radikal in seinen Ansichten. Schwarz war für ihn „schwarz mit Tendenz zur Schwärze". Seine jähzornige Art bewahrte mich davor, mir das Gesicht noch mehr zu verunstalten. Er schimpfte mich jedesmal aus, wenn er mich dabei erwischte, wie meine Finger auf der Jagd nach Pickeln durch mein Gesicht strichen. Sie wurden betastet, dann aufgekratzt und schliesslich ausgequetscht. Ich gab erst auf, wenn ich Blut an den Nägeln hatte. Meine Finger waren immer schneller als meine Worte. Bevor ich den Mund auftat, fingen sie an zu kratzen. Ich betrachtete mein Gesicht im Spiegel, meine Pikkel, die Blutkrusten darüber, die dunkeln Spuren, die zurückblieben. Einmal hatte ich an eine Frauenzeitschrift geschrieben und um Rat für meine Hautprobleme gebeten. Die Pickel trieben mich frühmorgens aus dem Bett und vor den Spiegel, ich wollte sehen, ob der Sturm in meinem Gesicht sich gelegt hätte, was selten der Fall war. Viele Jahre lang hatte ich diese schlechte Angewohnheit, und mein Vater bekam Wutanfälle, wenn er mein Gesicht sah.

„Unser schönster Tag wird Sahras Hochzeitstag sein!" brüllte er meine Mutter an. „Ihr Gesicht sieht ja aus wie ein verbrannter Brotfladen!"

Einmal schlug er mich sogar, als er mich dabei erwischte, wie ich mir vor dem Spiegel die Pickel ausdrückte. „Das geht vorbei." „Das ist das Alter." „Das kommt von zuviel Süssem." „Wenn man zuviel Gewürze und Saures isst ..." So lauteten die üblichen Kommentare, die ich immer wieder zu hören bekam. „Nein!" widersprach mein Vater jedesmal unwirsch, „das ist ihr Mangel an Selbstbeherrschung. Das tut sie sich selbst an."

Solche Bemerkungen ärgerten mich masslos. Ich hatte immer ein gespanntes Verhältnis zu meinem Vater. Solange ich zurückdenken kann, erinnere ich mich an seine Khakiuniform, seinen Hitlerschnurrbart, seine dröhnende Stimme, die durchs Haus schallte, seine ewigen Zusammenstösse mit meiner Mutter. Seine grösste Hoffnung war es, genügend Geld zu sparen, um Achmad ein Studium in den Vereinigten Staaten finanzieren zu können. Er sollte Elektroingenieur werden. Achmad, der kaum lesen und schreiben konnte, sollte Elektrotechnik studieren! Dabei war er sogar aus der Schule geflogen. Vaters Strenge und Drohungen zeigten bei ihm nicht die leiseste Wirkung. Dennoch hielt Vater unumstösslich an seinen Plänen fest. Achmad wurde mit Fleisch gefüttert, Achmad bekam Eier, die schönsten Tomaten, die dicksten Oliven waren für Achmad. Wenn Achmad nachts nicht heimkam, stopfte meine Mutter Kissen unter seine Bettdecke und erklärte Vater, er schlafe bereits. Sie nahm ihn in Schutz, wo sie nur konnte. Selbst damals, als er versuchte, ihr im Schlaf die goldenen Armreifen abzustreifen. Sie schreckte auf, schob den Reif, der schon halb über dem

Handrücken steckte, zurück und legte sich wieder schlafen, ohne ein Wort darüber zu verlieren.

Achmad war sieben Jahre älter als ich. Zwischen uns hatte es ein Zwillingspärchen und später mehrere kleine Schwestern und Brüder gegeben, die nur ein paar Augenblicke in einem Suppenteller aus chinesischem Porzellan gelebt hatten.

Wenn Mama im Bett lag und Isdihar, die Hebamme, kopfschüttelnd vor Bedauern oder Erleichterung bei ihr sass, schwamm in den Suppenteller ein kleiner Körper nicht grösser als ein Finger. Dann kamen die Nachbarinnen, gaben ihr die Hand, beugten sich über den Teller und riefen: „Bismillah, ein vollständiger kleiner Mensch!" Nur eine fragte: „Warum hast du eigentlich so viele Fehlgeburten?" Und eine war so aufrichtig zu sagen: „Pfui, ich spucke auf den Menschen. Am Anfang so klein wie ein Fingernagel, aber später wird er zum Ungeheuer." Wenn Mama sich dann auf die Schulter einer Nachbarin gestützt ins Badezimmer schleppte und mit bleichem Gesicht zurückkam, blitzte in ihren Augen ein Freudenschimmer auf. Sie wollte keine Kinder von meinem Vater. Jedesmal, wenn wir Grossvater besuchten, hörte ich sie von Scheidung reden. Und jedesmal seufzte Grossvater: „Gott möge dir verzeihen, Fatme. Gott verzeihe dir, mein Kind."

Zwischen Onkel Haschem und mir standen Abscheu und Angst. Hundertmal musste ich peinlichen Situationen ausweichen, die er heraufbeschwor. Einmal kam ich in mein Zimmer, als er gerade in meinem Tagebuch blätterte. Ich sprang ihn an wie ein Leopardenjunges und riss ihm das Heft aus der Hand. Wenn er lesen würde, was ich über ihn geschrieben hatte ... „Ich bin enttäuscht darüber, dass ich ihn kennengelernt habe. Er ist so kompliziert ..."

„Wovor hast du solche Angst?" fragte er gereizt. „Dein Benehmen ist wirklich unmöglich." Offenbar hatte er noch nichts gelesen. Verärgert lief er aus dem Zimmer, und ich liess mich erleichtert auf die Bettkante sinken. Seine Reaktion erinnerte mich an meinen Vater. Ich nahm das Tagebuch und schloss mich damit im Badezimmer ein, dem einzigen Ort, den ich in Afrika liebgewonnen hatte. Immer wieder zog es mich hierher. Aus diesem Raum gab es kein Entrinnen.

Ich trennte die fragliche Seite aus dem Heft und riss sie in kleine Fetzen. Mein Misstrauen gegenüber Onkel Haschem war so gross, dass ich sie nicht in den Abfallkübel warf, sondern eingewickelt in ein Stück Toilettenpapier in meinen Schlüpfer schob. Hier waren sie sicher verwahrt. Niemand sollte jemals erfahren, was ich über ihn geschrieben hatte. Anschliessend setzte ich mich hin und füllte eine neue Seite mit Betrachtungen über Afrika, seine Bewohner und sein Klima. Erleichtert schloss ich die Badezimmertür wieder auf. Auf dem Rückweg in mein Zimmer beglückwünschte ich mich zu der gelungenen List. Im Erfinden glaubhafter Lügengeschichten war ich so geschickt, dass ich sogar meinen Vater damit hereinlegen konnte.

Ich legte das Tagebuch an seinen alten Platz zurück. Als Onkel Haschem bald darauf zu mir hereinkam, griff er gleich danach. „Na, hast du inzwischen Vernunft angenommen?" fragte er und schlug es auf. „Aber das hier hast du neu geschrieben, du hinterlistige Schlange!" rief er, nachdem er kaum ein paar Worte gelesen hatte, und sah sich suchend im Zimmer um. Er lief von einer Ecke zur andern, wie ein Adler, der sich in einen Raum verirrt hatte und nun den Ausgang nicht mehr fand. Er durchstöberte jeden Winkel wie eine Maus, die etwas zu fressen sucht. Er ging ins Bad. Ich hörte Wasserrauschen. Ich hatte Angst, er könnte auf die Idee kommen, sogar mich nach den Papierschnipseln abzusuchen. Du eigensinniger Dickkopf. Und kämest du mit den grössten Zauberern Afrikas, du würdest sie nicht finden, es sei denn, sie kröchen selbst schreiend aus ihrem Versteck zwischen meinen Schenkeln hervor.

Am folgenden Tag sprach mein Onkel nur das Nötigste mit mir. Als seine Freunde uns am Abend zum Essen abholten, war ich erleichtert. In ihrer Gesellschaft fühlte ich mich so sicher wie im Bad zuhause in Beirut. Zwar fuhr meine Hand jedesmal, wenn mich jemand ansprach, über meine Pickel, aber ich fand meine Seelenruhe wieder. Nach dem Zwischenfall mit dem Tagebuch traute ich Onkel Haschem jede Form von Gewalt zu. Der schmerzhafte Griff, mit dem er meine Hand gepackt hatte, die Gereiztheit in seinem Blick, die Nervosität, die in seinen Augen aufgeflackert war, offenbarten mir sein wahres Gesicht.

In dem Restaurant trat eine afrikanische Sängerin auf. Sie trug mit reizvollem Akzent französische und spanische Lieder vor. Dass Madsched mich zum Tanzen aufforderte, machte mich sehr verlegen. Ich hatte bis dahin nur ein einziges Mal getanzt. Auf einer Schulfeier hatte eine jüngere Mitschülerin mich dazu überredet. Beim Tanzen kam ich ständig aus dem Takt, meine Hände schwitzten, ich trat ihm auf die Füsse und bemühte mich, an ihm vorbeizusehen. Er wirkte genauso verlegen wie ich. Plötzlich machte er mir aus heiterem Himmel einen Heiratsantrag. Es verschlug mir die Sprache. Er drängte auf eine Antwort, aber ich blieb stumm. Er begann über seine Vergangenheit und seine Lebensphilosophie zu reden. Er schien sein ganzes Leben vor mir ausbreiten zu wollen, noch bevor dieser Tanz zu Ende war, aber ich blieb taub. Meine Gedanken kreisten um die Lebensbedingungen der Menschen hier, das zermürbende Klima, die sengende Sonne, und das Verhalten meines Onkels erschien mir etwas begreiflicher. Der Mann hier, mit dem ich tanzte, war offenbar in einem ähnlichen Zustand. Alle, denen ich begegnete, schienen mit diesem afrikanischen Virus infiziert. War es die Emigration, die die Menschen so anormal machte? Madsched drängte auf eine Antwort, noch bevor der Tanz zu Ende war. Ich blieb stumm und taub.

Auf dem Heimweg fragte Onkel Haschem eifersüchtig: „Worüber hat Madsched denn die ganze Zeit mit dir gesprochen?" Als ich es ihm sagte, rief er: „Du meine Güte, so mit der Tür ins Haus zu fallen! Allerdings hat der arme Junge auch überhaupt keine Erfahrung in solchen Sachen. Und was hast du geantwortet?"

„Nichts."

Ich sass im Bett und versuchte, mir über meine Gedanken klar zu werden. Trotz der Hitze hatte ich mir die Laken über die Schultern gezogen. Was kam nach Afrika? Wo sollte ich nach dieser Enttäuschung hinfahren? Irgendwann würde ich heiraten, und es käme heraus, dass ich nicht mehr Jungfrau war und zwei Abtreibungen hinter mir hatte.

Ich bin in Afrika. Ich bin nicht hergekommen, um mir das

Land anzusehen. Ich bin auch nicht gekommen, um meinen Onkel kennenzulernen, wie ich es mir selbst vorgemacht habe. Meine Briefe, in denen ich ihn um eine Einladung nach Afrika gebeten habe, mussten ihn letztendlich zu seinem Verhalten mir gegenüber animieren. Ich bin in Afrika, weil ich aus Beirut fort wollte. Mein Vater war fest entschlossen gewesen, mich mit Samir zu verheiraten, einem Freund von Achmad. Ich hatte schon mehrere Anträge von ihm abgelehnt, obwohl er mir gefiel. Ich war nicht mehr Jungfrau und hatte zwei Abtreibungen hinter mir. Dieses streng gehütete Geheimnis war der einzige Grund für meine Ablehnung gewesen. Vater hatte sich über meine Schulter gebeugt und empört gerufen: „Warum der dich heiraten will, ist mir allerdings ein Rätsel. Ich möchte mal wissen, was der an dir findet mit deinem Pickelgesicht."

Er will mich heiraten, weil ich den Mund halte und weil ich ihn nicht beachte. Das macht mich geheimnisvoll, und es reizt ihn, dieses Geheimnis zu lüften. Das hätte ich Vater gern erklärt, aber stattdessen sagte ich nur: „Ich werde überhaupt nicht heiraten, und damit hat sich's!"

„Du willst wohl eine alte Jungfer werden!" schrie Mama. „Das bist du ja jetzt schon. Sag lieber ja, bevor er sich's anders überlegt."

Vater versuchte, mich durch gutes Zureden umzustimmen. „Sahra, wenn du einen andern willst, sag es ruhig, hab keine Angst." Ich vermied eine Antwort. Ich verdrängte Malek und das Foto von seiner Frau und seinem Kind in seiner Brieftasche. Ich hatte es ein paar Mal gesehen, wenn er den Kaffee zahlte. Das war in einem zwielichtigen Schuppen gewesen, in den nur Leute gingen, die sich lieber nicht in der

Öffentlichkeit blicken liessen. Ich verdrängte das Bambusbett in der Garage, auf das er mich gezwungen hatte. Ich schob ihn von meinem Körper, der keinerlei Erregung oder gar Lust empfunden hatte. Ich wollte den alten Arzt vergessen, der den Schwangerschaftsabbruch durchgeführt hatte. Mit zusammengepressten Schenkeln war ich danach heimgegangen, aus Angst, mein Vater könnte von meinem Geheimnis erfahren. Sogar die Stühle in dem Kaffeehaus wollte ich aus meinem Gedächtnis streichen, weil ich dort so häufig mit Malek gesessen hatte. Seine Verführung war ihm gelungen. Erst hatte er so schön und voller Idealismus von Liebe gesprochen, und ich hatte ihm jedes Wort geglaubt. Wer aussieht wie ich, ist leicht zu überzeugen.

So rechtfertigte ich mich vor mir selbst. Er hatte gesagt, mein Gesicht gefalle ihm, die Pickel machten es interessant. Als er dann auf mir lag und mein Jungfernhäutchen zerriss, fühlte ich nichts als Angst. Da war ich nur noch ein ganz gewöhnliches Mädchen mit strengen Eltern. Beim Gedanken an meinen Vater durchzuckte es mich wie ein Stromschlag. Er würde mich auf der Stelle umbringen, wenn er es erführe, auch wenn er selbst dafür den Rest seines Lebens im Gefängnis verbringen müsste. Er wäre fähig, mir den Kopf vom Leib zu reissen. Ich versuchte, all diese Bilder zu verdrängen, aber sie wucherten weiter. Vater stand in seinem Khakianzug über mir, während mein Körper diffus Maleks Bewegungen wahrnahm. Es dauerte nur ein paar Sekunden, dann wartete er, dass ich die Garage verliess. Er ging nach mir. Die Garage gehörte einem Freund von ihm. Er sprach nie von Zukunft und Gegenwart, nur von Liebe. Aber mit der Liebe war es bald vorbei. Ich wollte diese ganzen Erinnerungen aus meinem Bewusstsein verdrängen. Ich war ständig auf der Flucht vor dem Heiraten, vor den Abtreibungen und vor Malek, den ich hasste.

Wenn ich aus dem Fabriktor trat und ihn neben seinem Wagen stehen sah, wie er mir mit einem Kopfnicken zu verstehen gab, dass ich kommen sollte, fühlte ich mich hundeelend. Aber ich ging hin, wie hypnotisiert. Je näher ich kam, desto höher kroch in mir die Kälte, angefangen bei den Füssen, die noch feucht waren vom Regen am Morgen. Obwohl ich einen Schal trug, fing ich vor Kälte an zu zittern. Mein Rücken fühlte sich an, als müsste ich meine Wirbel einzeln aufsammeln und zusammensetzen. Ich fuhr mir mit dem Finger über die Lippen und den Pickel, den ich seit der Abtreibung hatte. Malek hielt mir die Wagentür auf, und ich stieg zitternd ein, ohne mir etwas anmerken zu lassen. Stattdessen gab ich mir alle Mühe, mir während der Fahrt das Zähneklappern zu verkneifen. Der Wagen hielt an der gewohnten Stelle, und Malek verschwand im Gebäude. Mir wäre nie in den Sinn gekommen, ihm nicht zu folgen, obwohl ich vor Zittern kaum stehen, geschweige denn laufen konnte. Aber ich verliess den Schutz des Wagens, ging hinter ihm her und stieg die abgetretenen Stufen zur Garage hinunter. Nur der Hall meiner Schritte war zu hören, und ich sah mich selbst klappernd über die Schwelle treten. Malek nahm meine Hände und führte mich zu dem Bambusbett mit der fleckigen gelben Decke, dem einzigen Möbelstück in dem kahlen, kalten Raum. Ich zitterte genauso wie beim ersten Mal, als er mich hierher gebracht hatte. Ich zitterte jedesmal und wusste nicht, warum ich mir nicht selbst verbot, mit ihm zu gehen.

Unsere Beziehung hatte damit angefangen, dass er über Freundschaft redete und wie wichtig sie sei, gerade zwischen Mann und Frau. Er hatte geschimpft über gesellschaftliche Zwänge, die solche Freundschaften nicht zuliessen, dabei sei es doch sehr schön, bei einer Tasse Kaffee zusammenzusitzen. Beim zweiten Mal erzählte er, er hätte einen Job für mich in der Zigarettenfabrik gefunden. Mein Bruder hatte ihn gebeten, sich nach einer passenden Arbeit für mich umzuhören. Ich hatte kaum Grund zu zögern, denn Malek war Achmads Freund, ein Freund der Familie, der bei uns ein- und ausging. Jeden Abend nach der Arbeit kam er bei uns vorbei. Immer brachte er etwas fürs Abendessen mit, eine Tüte Tomaten, ein paar Eier, etwas Hackfleisch. Dann sass er mit Achmad in der Küche, und die beiden assen zusammen und lachten.

Beim dritten Mal fing er an, von Liebe zu reden, zitierte Khalil Gibran und dessen Lehre von der reinen Liebe. Über Ehe und Kinderzeugung äusserte er sich abfällig, beteuerte aber im selben Atemzug, er wolle mich heiraten, nur habe mein Schweigen ihn bisher nicht ermutigt, mich zu fragen. Beim vierten Mal nahm er meine Hand und gab mir schnell einen Kuss, als der Kellner nicht hinsah. Was auch geschah, ich liess es über mich ergehen. Ich hörte ihm zu und sprach wenig, denn ich lebte in ständiger Angst, mit ihm in der Öffentlichkeit gesehen zu werden. Von dieser Angst war ich wie betäubt. Im Café liess ich die Tür nie aus den Augen. Jeder Schritt trat mir ins Herz. Jedes Geräusch schnitt mir ins Fleisch. Ich war mit allem einverstanden, was er vorschlug. Als er von der Garage redete, kamen mir erst Bedenken, aber er hatte mich schnell überzeugt. Bei der Garage, so erklärte er mir, habe er nur mich und meine Zukunft im Sinn, weil es meinem Ruf schaden könnte, mit einem verheirateten Mann gesehen zu werden. Ich stellte mir vor, wie Vater mit seinem Hitlerschnurrbart und in seinem Khakianzug mich aus dem Bett in die Küche schleifte und über Malek ausfragte.

Als wir die Garage das erste Mal betraten, schien der sonst so gesprächige Malek seine Zunge verschluckt zu haben. Da war nicht mehr die Rede von platonischer Liebe und Khalil Gibran. Er fing an, mich zu küssen, ich liess es über mich ergehen und dachte nur an die Sicherheitsnadel an meinem Büstenhalter und die Löcher in meinen Strümpfen und dass ich ab heute darauf achten würde, dass meine Unterwäsche immer sauber wäre. Es störte ihn nicht, dass ich mich nicht rührte, während er mich küsste, als er sich auf mich legte, als er mich entjungferte. Nur nach meinem Aufschrei, als ich das Blut auf meinen Schenkeln und der gelben Decke sah, bat ich ihn: „Sag vor Gott, dass wir hiermit verheiratet sind. Das genügt mir." Doch er weigerte sich und erklärte mir ausführlich, er wolle meine Freiheit nicht beschneiden, und mich darum nicht fest an sich binden. Er hielt mir einen Vortrag nach dem andern über die Gleichberechtigung von Mann und Frau, über gute Beziehungen und vieles mehr. Ich hatte dazu nur sehr wenig zu sagen.

Seine Weigerung hatte keinerlei Einfluss auf unser Verhältnis. Tag für Tag trafen wir uns in der Garage. Seine Einladungen ins Café hörten schlagartig auf. Vieles, was er anfangs gesagt hatte, fing er nun an zu leugnen. Nach meiner Schwangerschaft und Abtreibung, an dem Tag, an dem ich mein Zittern nicht los wurde, hatte ich das Gefühl, ein wenig Oberwasser innerhalb unserer Beziehung gewonnen zu haben. Ich dachte, dass ich nun mehr würde sagen können. Doch das stellte sich als Illusion heraus. Er kannte mich nur als willenloses Geschöpf, das ihm bedingungslos ergeben war. Dass ich ihn von mir stiess, hinderte ihn nicht daran, meinen Rock hochzuschieben. Er machte sich nicht einmal die Mühe, mich zu küssen oder mir die Kleider auszuziehen. Während er seine Triebe befriedigte, fühlte ich nur wieder Abscheu und Scham.

Voller Abscheu und Scham hatte ich mich von dem alten Arzt und seiner dicken Assistentin auf den Behandlungstisch legen lassen. Als ich sie über mir stehen sah, wie sie ohne Spiegel ihre Frisur in Ordnung brachte und sich die Lippen nachzog, dachte ich erst, das sei eine Halluzination wegen der Narkosewirkung. Während sie mit dem Finger die Farbe auf ihren Lippen verteilte, wandte ich das Gesicht ab und betete zu Gott, dass ich sie nie im Leben würde wiedersehen müssen und dass sie nie erfahren möge, dass ich nicht verheiratet war. Kaum war ich nach dem Eingriff wieder zu mir gekommen, sagte sie: „Los, los, Schätzchen, mach, dass du wegkommst, dein Mann freut sich schon auf dich." Ich nickte und taumelte benommen hinaus, ohne sie anzusehen, denn ich wollte vermeiden, dass sie sich mein Gesicht einprägte. Mein Flehen, ihr nie im Leben noch einmal begegnen zu müssen, nützte nicht viel. Ein zweites Mal sah ich sie, als ich mein Jungfernhäutchen zunähen liess, beim dritten Mal war es wieder ein Schwangerschaftsabbruch. Malek hatte mir die neu erworbene Jungfräulichkeit im Handumdrehen genommen, und es hatte ihm nicht einmal Spass gemacht, weil er wusste, dass sie künstlich war.

Onkel, ich bitte dich, geh von meinem Bett. Wenigstens das hätte ich sagen sollen. Onkel, wenn du wüsstest, wie sehr ich das verabscheue, wie sehr ich dich hasse, wenn du mich so bedrängst. Ich fühle mich in die Enge getrieben von dir und noch mehr von mir selbst, und ich hasse mich dafür, dass ich schweige. Wann werde ich endlich schreien? Ich sollte schreien wie eine Frau, die in den Wehen liegt.

Ich wagte kaum, mich zu rühren. Mein Gesicht war ausdruckslos, wie tot, obwohl ich innerlich vom Gehirn bis zu den Zehen in Aufruhr war. Ein Kampf brach aus und liess meinen Körper zum Leichnam erstarren. Er beugte sich über mich, nahm meine Hand und führte sie an die Lippen. Eben hatte ich nachgefühlt, ob meine Monatsblutung schon eingesetzt hätte. Obwohl er die Blutspuren an meinen Fingern bemerken musste, kam er näher und sagte, wie sehr er sich nach der Familie sehne. Dabei spürte ich durch mein Nachthemd und seine Hose hindurch, wie sein Glied steif wurde. Hastig richtete ich mich auf, öffnete den Mund zum Protest, zum Warnschrei, stiess aber nur die Frage hervor: „Was machst du da?" Nervös sprang ich aus dem Bett. Heulend stürzte ich zwischen den aufgestapelten Geräten hindurch ins Bad und schluchzte so laut, dass ganz Afrika mich hätte hören können.

Ich nahm den Kopf zwischen die Hände, schloss die Augen und sah mich neben meiner Mutter in einer Hütte am Boden liegen. Mein Körper war übersät von juckenden Mückenstichen. Ich hielt die Augen geschlossen, damit sie sich nicht entzündeten. Da hörte ich im Halbschlaf jemanden flüstern und merkte, wie es auf der Matratze, die ich mit meiner Mutter teilte, unruhig wurde. Ich spürte Bewegungen und hörte Geräusche, die mich so beängstigten, dass ich die Knie an die Brust zog, sie mit beiden Armen umschlang und den Kopf so weit wie möglich nach unten drückte. Als mein Körper vollständig eingerollt war, hörten die Bewegungen schlagartig auf. Ich blieb die ganze Nacht über so zusammengekauert liegen. Am nächsten Morgen sah ich den Mann, mit dem meine Mutter sich immer wieder traf, vor der Hütte stehen und Kaffee schlürfen. Abends vor dem Einschlafen nahm ich dieselben Geräusche und Bewegungen wahr, und wieder hörten sie auf, sobald sich mein Körper verknäult hatte und in dieser Lage erstarrt war. Die Laken waren feucht von meinem Schweiss, meine Augen brannten, weil ich sie so fest zusammengekniffen hatte, mein Atem ging keuchend, weil ich die Luft angehalten hatte, und meine Handflächen waren wund von den Fingernägeln, die ich hineingebohrt hatte. Ich konnte meine Mutter nicht mehr ansehen und auch den Mann nicht, der mit Mustafa in der Hütte nebenan sass.

Ich hörte Onkel Haschem an der Badezimmertür klopfen und rufen. Doch das, was jenseits dieser Tür geschah, erreichte mich nicht. Ich hielt den Kopf zwischen den Händen und spürte eine Wärme, die in mir hochstieg. Ich sah wieder das runde, weisse Gesicht meiner Mutter vor mir. Ich sah ihren Hals, die blauen Augen, das blonde Haar, die runden Arme, ich sah sie in ihrem blauen Seidenkleid auf dem Berg bei dem Nussbaum, und manchmal sah ich mich selbst, wie ich mit meinem Schuh versuchte, die Trauben zu erreichen.

Dann kam ihr Mann zu mir gelaufen, hob mich hoch, drückte mich und wunderte sich über die Narben auf meinen Beinen. Ich sah sie in ihrem weiten Hauskleid auf dem Boden sitzen, den Kopf in seinem Arm. Ich sah ihre Freundin, die ich nicht leiden konnte. Sie zeigte meiner Mutter Fotos. Mama nahm lachend die Fotos, seufzte sehnsüchtig und auch etwas besorgt, und als ich meinen Kopf dazwischen drängte, sah ich, wie der Mann sie auf den Armen trug. Ich suchte mich auf dem Bild, konnte mich aber nirgends entdecken, obwohl der Nussbaum da war und die sauberen rötlichen Steine.

Onkel Haschem rüttelte an der Tür und rief meinen Namen, aber es ging mich nichts an. Abwesend hob ich kurz den Kopf und liess ihn wieder zwischen die Hände sinken. Die engen Wände boten mir Schutz. Hier konnte ich mich zurückziehen. Ich wusste nicht, wieviel Zeit vergangen war, als die einstürzende Badezimmertür nur knapp an mir vorbei krachend zu Boden fiel. Ich hob das Gesicht und sah Onkel Haschem. Die Adern an seinen Schläfen traten hervor, und er fuchtelte wild mit den Händen herum. „Was hast du gemacht?" brüllte er. „Was hast du dir angetan?" Dann wurde alles still. Ich sah an ihm vorbei. Nach einer Weile stand ich von dem Badezimmerhocker auf und lief wie schlafwandlerisch durchs Haus. Nichts konnte mich aufhalten. Ich sah und hörte meinen Onkel nicht mehr, nicht einmal seine Schritte hinter mir.

Als ich aufwachte, lag ich im Bett. Onkel Haschem und ein anderer Mann standen daneben. Ich spürte einen Schmerz in der Hand und konnte sie nicht heben. Der Mann stellte mir Fragen auf französisch. Ich verstand kein Wort.

Dann verliessen sie beide das Zimmer. Ich wusste nicht, wieviele Tage und Nächte ich geschlafen hatte. Die Zeit hatte mich hintergangen, Afrika hatte mich betrogen. Trotz der Klimaanlage war es drückend heiss. Durch das Fenster sah ich den grauen Himmel, die Vögel, die vorübersegelten, ein paar Baumkronen und die Fliegen, die immer wieder gegen den Moskitodraht flogen. Onkel Haschem sass bei mir im Zimmer. Sein Hausboy kam mit einem Tablett herein und trug es wieder hinaus. Dann kam der Arzt und suchte unter dem Leintuch meine Hand. Ich war so abwesend, dass ich nicht merkte, was er damit tat, spürte nur wieder den Schmerz und konnte sie nicht mehr heben. Ich hörte Onkel Haschems Stimme. Er flehte mich an, etwas zu sagen. Merkwürdig, wusste er denn nicht, dass ich es nicht konnte? Ich versuchte es, aber es ging nicht. Als ich ins Bad musste, sah ich mein Gesicht im Spiegel. Es war gerötet und aufgedunsen, die Lippen rot und geschwollen. Mühsam tastete ich mich zurück ins Bett und entspannte mich zwischen den Laken. Ich sah Onkel Haschem an, der geduldig versuchte, mir ein Wort zu entlocken.

Tagelang sass ich im Bett und sah nichts als das Fenster mit den Fliegen am Drahtnetz, die segelnden Vögel, die Baumkronen, den grauen Himmel. Mir fiel Madscheds Heiratsantrag wieder ein. Anfangs hatte ich den Gedanken beiseite geschoben, doch nun rief ich ihn zurück, vielleicht, weil in meinem derzeitigen Zustand alles und nichts möglich war. Ich befand mich im Ausnahmezustand. Meine Zurechnungsfähigkeit war eingeschränkt. Niemand konnte mich für die Entscheidungen verantwortlich machen, die ich in dieser Zeit fällte.

Eine ähnliche Situation hatte ich bereits einmal erlebt, bei meiner zweiten Schwangerschaft, als Malek für mich einen Termin beim Arzt wegen eines Abbruchs vereinbart hatte. Ich sah zwar, wie sich seine Lippen bewegten, hörte auch deutlich seine Stimme, begriff aber nicht, was er sagte, bemühte mich auch gar nicht darum, sondern sass nur matt da, starrte die wohlbekannten kahlen Wände und die fleckige gelbe Decke an und verfolgte resigniert, wie sich mein Schicksalsrad noch einmal von vorn abspulte. Es gab kein Entrinnen aus dieser Garage. Ich sass da wie gelähmt, versuchte, mich an irgend etwas zu erinnern, doch mein Gedächtnis war wie ausgelöscht. Ich erkannte Maleks Gesicht, seinen Körper, seine Stimme, verstand ihn aber nicht. In meinen Ohren brummte es nur, wie ein Motorengeräusch, an das ich mich so sehr gewöhnt hatte, dass ich es kaum noch wahrnahm. An seinem Tonfall erkannte ich, dass er wütend wurde. Seine grossen Augen waren klein. Vergeblich strengte ich mich an, Gedanken und Gehör unter Kontrolle zu bringen und mich auf das zu konzentrieren, was er mir begreiflich machen wollte. Alles war ausgelöscht in mir. Schliesslich packte er mich, zerrte mich gewaltsam aus dem Haus und schob mich ins Auto. Dann war ich in der Praxis des alten Arztes. Ich spürte einen stechenden Schmerz im Unterleib. Ich schloss die Augen, um seine Gehilfin nicht sehen zu müssen.

Als ich sie wieder aufschlug, war ich zuhause. Meine Mutter weinte. Sie trug ein weisses Kopftuch. Ich lag im Bett, konnte mich aber nicht entspannen, weil ich Malek hörte, der auf meine weinende Mutter einredete. Wo war Vater? Die Frage verflüchtigte sich, wenn ich die Augen schloss, und war wieder da, sobald ich sie öffnete. Ich war noch benebelt von der Narkose. Dann wurde ich ins Krankenhaus gebracht. Ein Arzt redete täglich stundenlang mit mir, aber ich erinnere mich nicht, jemals ein Wort geantwortet zu haben. Was mir in Erinnerung blieb, war der routinemässige Ablauf des Krankenhausalltags. Ich befolgte widerspruchslos jede Anweisung. Meine Stimme hörte ich nur, wenn ich die Stromstösse in allen Zellen, Knochen und Adern meines Körpers spürte, wenn ich, die Zunge in eine Plastikhülle eingezwängt, durchgeschüttelt wurde und das Gefühl hatte, es würde nie wieder aufhören. Irgendwann aber waren die Erschütterungen vorbei. Sie hatten mich in einen Zustand zurückversetzt, in dem ich wieder meiner Arbeit in der Fabrik und meinen täglichen Pflichten nachgehen konnte, als wäre nichts geschehen. Es war wieder alles beim alten, als wäre nicht ich im Krankenhaus gewesen, sondern irgendeine andere. Mein Vater redete allerdings jetzt mehr mit mir als vor meinem Krankenhausaufenthalt. Meine Mutter hatte nur die eine Sorge, die Leute könnten etwas davon erfahren. Sie schärfte mir ein, die Elektroschockbehandlung müsse absolut geheim bleiben, und fragte immer wieder, wieviele Mitarbeiter in der Firma mich nach meinem Zusammenbruch gesehen haben könnten, bis der Direktor Malek verständigt habe. Durch ihre Fragen erfuhr ich, was er meiner Mutter erzählt hatte. Die Lügen ekelten mich an.

Ich verliess mein Bett in Afrika und fing heisshungrig an zu essen. Mir ging ständig Madscheds Antrag im Kopf herum, und ich überlegte nur noch, wie ich ihm verheimlichen könnte, dass ich nicht mehr Jungfrau war. Das Problem beschäftigte mich derart, dass ich tagelang an nichts anderes dachte und mich nachts schlaflos im Bett herumwälzte. Daneben plagte mich die Angst, mein Vater könnte mein Geheimnis entdecken. Manchmal tröstete ich mich mit dem Gedanken, dass die Natur es vor ihm hüten würde, weil sie wusste, was für ein Ungeheuer er war. Meine Angst war nicht körperlich oder psychisch, sondern ich hatte soziale Angst, Angst um meine Identität. Ich geriet in Panik, wenn ich mir vorstellte, das Selbstbildnis, von dem ich Hunderte von Kopien verteilt hatte, an alle, die mich von klein auf kannten, könnte aus dem Rahmen fallen: Sahra, die Unnahbare, die Schweigsame; Sahra, die Königin, wie mich mein Grossvater einmal genannt hatte; Sahra, die Häusliche, die Schamhafte; Sahra, die fleissige Schülerin, ganz das Gegenteil von ihrem Bruder; Sahra, die Reine, die keinem Mann auch nur ein Lächeln schenkt, nicht einmal den Freunden ihres Bruders ... und an seine Stelle träte das Schmähbild: Sahra, die Tag für Tag nackt auf einem dreckigen Bett in einer stinkenden Garage liegt; Sahra, die einem Mann nichts abschlagen kann; Sahra, die zwei illegale Schwangerschaften und zwei Abtreibungen hinter sich hat, die ihr Jungfernhäutchen wieder hat zunähen lassen, alles wegen eines Mannes, der sie nicht liebt, den sie nicht liebt und dem sie dennoch hinterherläuft in diese Garage; Sahra ...

Schweissgebadet kam ich zurück vom Markt und teilte meinem Onkel mit: „Ich werde Madscheds Heiratsantrag annehmen."

„Was?" fuhr er auf. „Hast du ihn auf dem Markt getroffen?" Ich schüttelte den Kopf. Er sagte nichts weiter, nicht einmal, was er davon hielt. Erst, als ich ihn fragte, erwiderte er mit gedämpfter Stimme: „In Ordnung, aber bist du sicher, dass du auf dem Land leben kannst, weit weg von der Hauptstadt, so wie er sich das denkt?"

Ich nickte. Er ging aus dem Zimmer und liess mich allein mit meinen Gedanken, die wieder und wieder um die Frage kreisten, wie ich Madsched täuschen könnte. Wenig später kam Onkel Haschem zurück und nahm meine Hand. Unwillkürlich entzog ich sie ihm. Er wollte mit mir über meine Krankheit reden und forderte mich auf, mich zu setzen. Es war das erste Mal, dass er darauf zu sprechen kam, und ich hörte aufmerksam zu.

„Sahra, ich bin doch dein Onkel und meine es nur gut mit dir. Dieser Anfall, den du neulich hattest, war keine Kleinigkeit. Madsched muss darüber Bescheid wissen, bevor ihr heiratet. Was meinst du? Bitte, versteh mich nicht falsch, du bist ein intelligentes Mädchen, du bist normal, aber dieser Zusammenbruch war nicht ganz harmlos, sagt der Arzt, und Madsched muss das wissen. Wir sollten offen und ehrlich sagen, wie es um dich steht, schliesslich haben wir nichts zu verbergen."

Mit klopfendem Herzen und bebender Stimme sagte ich: „Diesen Zusammenbruch hatte ich nur wegen dir."

„Wegen mir?" Er starrte mich entgeistert an. „Warum sagst du so etwas, Sahra?"

„Ja, wegen dir. Vielleicht hast du es nicht beabsichtigt, aber dein Verhalten mir gegenüber war mir sehr unangenehm."

„Was redest du da, Mädchen?" schrie er. „Was für ein Verhalten?"

„Im Kino, wie du den Arm um mich gelegt hast, und morgens im Bett, wie du mich gestreichelt hast, solche Sachen machen mich ganz krank."

Er sprang auf und rannte aus dem Zimmer. Ich hörte, wie die Tür hinter ihm zuknallte, und die Spannung, die mein Geständnis mich gekostet hatte, fiel von mir ab.

3

Mit Stift und Papier in der Hand lief ich die Strasse entlang und versuchte, ein Telegramm an meine Schwester Fatme und ihren Mann aufzusetzen. Ich musste ihnen Sahras Heiratsabsichten mitteilen. Das Gelächter der Afrikaner lenkte mich ab. Sie liessen schon wieder ihre dünnen Flaschen kreisen. Sie tranken jeden Abend. Wenn der Afrikaner trinkt, trinkt er die Welt. Er geniesst das süsse Trinken, das ihn fröhlich macht oder auch traurig, ohne die Kratzspur zu bemerken, die seine Stimmung trübt.

Zu dem Gelächter knarrte die Musik, die sie ihren einsaitigen Instrumenten entlockten. Die monotone Melodie floss in ihre alles verschlingenden Münder. Die Strasse hinter meinem Haus war gesäumt von ihren Strohhütten. Durch die tür- und fensterlosen Öffnungen konnte ich zusehen, wie sie auf der Erde sassen, sich wiegten und bogen und die Flaschen in ihre Bäuche leerten. Es kam vor, dass sie unvermittelt mit lautem Lachen aufsprangen, einem dämonischen Lachen, das nicht abebbte, sondern immer weiter anschwoll. Warum tranken sie? Hatten sie wegen der glühenden Sonne einen so unstillbaren Durst? Mussten sie sich berauschen, um die grellen Farben ihrer Gemälde ertragen zu können? Oder betranken sie sich vielleicht, weil die Mammutbäume ihnen unheimlich waren?

Afrika, als ich in deine Dürre hinabgestiegen bin, habe ich die Arme ausgebreitet, tief durchgeatmet und gerufen: „Es gibt nichts Schöneres als die Freiheit!” Dein heisser Wind hat mich aufgehoben, als ich aus dem Flugzeug stieg, und auf dem grauen Asphalt abgesetzt. Deine Sonne, die Strohhütten, die Muscheln, die Stoffe, die die schwarzen Körper einhüllten, waren durchwirkt von Zaubersprüchen. Diese schwarzen Körper lagen faul in der Nähe eines Brunnens oder standen faul herum oder sassen faul im Schatten halbhoher Bäume. Ich habe dich gewählt, Afrika. Ich habe dich Brasilien und Jordanien vorgezogen, weil ich schon als kleiner Junge von dir geträumt habe. Ich habe von deinen Elefanten geträumt, deinen Farben, deinen Trommeln und den geschnitzten Elfenbeinfiguren, die ich im Haus meiner Schwester Ilham gesehen hatte. Ich musste sie mit Fingern und Lippen berühren, um herauszufinden, was für ein Material das war. Es war ähnlich wie Holz und doch anders. Es war ähnlich wie Stein, aber es war kein Stein. Einmal habe ich im Prospekt einer Fluggesellschaft Bilder von deinen Mädchen gesehen, die mit nacktem Oberkörper tanzten, und deine Männer mit ihren leuchtend weissen Zähnen hielten Trommeln zwischen den Knien. Seitdem habe ich vom Leben in Afrika geträumt, zusammen mit einer Frau. Ich stellte mir vor, wie ich ihr zu den Trommelklängen eine Ananas schälte, ihr ein Stück Kokosnuss in den Mund schob, mit ihr gemeinsam den Stimmen des Urwalds lauschte, und dass ich Tarzan und Schita begegnen würde.

Das alles konnte ich meinen Parteigenossen nicht erklären, als ich den Reisepass abholte und einen einfachen Flug nach Afrika reservierte.

„Für dich wird sich nicht viel ändern", sagten die Kameraden. „Deine Schwester ist ja schon vor Jahren nach Afrika gegangen, schon lange vor dem Putsch. Für dich ist es doch so, als ob du nach Hause fährst."

Ich quittierte ihre Kommentare nur mit einem Kopfnikken. Ihre Nerven waren zum Zerreissen gespannt in dem düsteren Hotelzimmer in Damaskus. Sie hatten den Revolver schon in der Hand, wenn nur die Gläser der Saftverkäufer auf der Strasse mit ihrem Sus und Tamr Hindi klirrten. Ihre Augäpfel rollten nach allen Seiten, wenn ein Paar Holzpantinen auf der Treppe klapperten, und wenn an der Réception das Telefon klingelte, hielten sie den Atem an. Die Telefonglocke konnten wir im dritten Stock hören. Wenn sich Schritte unserer Zimmertür näherten, setzte Issam die Sonnenbrille auf, Riad zog eine Wollmütze über, und ich stellte mich mit dem Revolver hinter die Tür. Unsere Hirnzellen waren wie Bienenwaben, in denen Einbildung und Wirklichkeit, Angst und Mut durcheinandersummten. Dazu kam die dauernde Anspannung, der Zwang, wach zu bleiben, bis wir vor Müdigkeit umfielen. Ich war der einzige, der stundenlang ruhig dasitzen konnte. Dann sah ich Mayas Pfauenaugen vor mir, oder Louise, wie sie meine Hand nahm. Ich schwelgte in Erinnerungen. Ich hatte den „Roten Sturm" auf ein Blatt Papier gemalt und gegen den Protest meiner Mutter im Wohnzimmer aufgehängt. Morgens, mittags und abends küsste ich das Porträt unseres Parteigründers Saade. Die Karte von Gross-Syrien nagelte ich an die Wand neben Wafas Diplom für hervorragende Koranrezitation. Ich wünschte mir nichts sehnlicher, als einmal von der ersten Sekretärin empfangen zu werden. Ich wollte einmal mit Saades Töchtern durch die Berge fahren, nur, um in ihrer Nähe zu sein. Ich sang das Parteilied und rief bei jeder Versammlung aus vollem Hals unsere Parolen:

„Kinder des Lebens, wem gehört das Leben?"

„Uns!" antworteten die Genossen brüllend im Chor.

„Wem gehören wir?"

„Syrien!"

„Wer ist unser Führer?"

„Saade! Saade! Saade!"

Ich trommelte die Kinder unserer Verwandtschaft zusammen, Sahra war auch dabei, und versprach ihnen eine halbe Lira pro Seite, wenn sie die Leitsätze der Partei auswendig lernten. Als ich ihre Stimmchen die Worte aufsagen hörte: „Seit ich begonnen habe, über die Erweckung unserer Nation nachzudenken ...", füllten sich meine Augen mit Tränen, und ich wünschte, Saade wäre noch am Leben und könnte seine Worte aus diesen kleinen Mündern und Herzen hören.

Die drei Genossen diskutierten darüber, ob sie sich Frauen besorgen sollten. Zwei waren dafür, der dritte wollte kein Risiko eingehen. Ich sah mich aufstehen, auf den Schrank zugehen, Stock und Lederkoffer herausnehmen und das Zimmer verlassen. Isam kam hinter mir her, redete von Verpflichtungen und dass ich sagen müsse, wo ich hinging. Ich liess ihn stehen und stieg die Treppe hinunter. Im Treppenhaus roch es nach Urin und Salmiak, und von den Wänden blätterte die Farbe ab. Plötzlich fiel mir der Stock ein. Ich hatte das Humpeln völlig vergessen. Ob ich dadurch die Aufmerksamkeit von meinem Gesicht auf die Beine würde lenken können? Bilder von mir waren durch alle libanesischen Zeitungen gegangen. Auf einem stand ich mitten auf dem Burdsch-Platz, die Hand zum Parteigruss erhoben, ein anderes zeigte mich mit nacktem Oberkörper und gespannten Muskeln. Wie waren die Zeitungen zu diesen Fotos gekommen?

In der Putschnacht haben die Spitzel unsere Wohnungstür eingeschlagen. Obwohl es schon spät war, sass meine Schwester Wafa noch über ihren Büchern. „Hilfe, Einbrecher!" hat sie laut geschrien, und die Spitzel haben sich nicht die Mühe gemacht, sie zu korrigieren. Sie haben ihr das Buch aus der Hand gerissen und es durchgeblättert. Im Handumdrehen war das Haus voll von bewaffneten Männern in Hüten und Regenmänteln. Sie durchsuchten jeden Winkel und fragten meine Mutter über mich aus. Ahnungslos führte sie sie zu meinem Zimmer und zeigte ihnen mein unberührtes Bett.

„Hältst du uns für blöd?" wurde sie angefahren. „Los, raus mit der Sprache. Wo ist Haschem?"

„Wallahi, glaubt mir", beteuerte sie unter Tränen. „Ich habe keine Ahnung."

„Und dein Mann, wo ist der?"

„Der ist im Süden, in Nabatije."

„Ach, das weisst du also, aber wo dein Sohn ist, da hast du keine Ahnung, wie?"

„Nein, ich schwöre es. Haschem sagt nie, wohin er geht und wann er wiederkommt."

Daraufhin durchkämmten sie alle Zimmer. Jeder Zoll wurde untersucht, jedes Möbelstück verschoben, keine Seite in Wafas Heften liessen sie ungeprüft. Schliesslich wollte einer noch das Dach inspizieren, weil es mit den Dächern der Nachbarhäuser verbunden ist. Bis auf zwei Wachtposten an der Eingangstür stieg der ganze Trupp nach oben. Mutter und Wafa fingen an, alle Bücher und verstreuten Blätter aufzusammeln, warfen sie in den Badezimmerofen und zündeten ein Feuer an. Der Bücherhaufen wollte überhaupt nicht kleiner werden. Da rafften sie in ihrer Angst alles zusammen, was im Schrank gewesen war, darunter auch ein ledernes Brillenetui. Der Geruch von verbranntem Leder zog durchs Haus. Plötzlich kam aus dem Ofen ein lauter Knall, dann ein zweiter. Im nächsten Augenblick stürmten die beiden Wachtposten herein und brüllten: „Jetzt schiesst er, der Bastard! Wo ist der verdammte Kerl?" Sie durchstöberten erneut die Zimmer und rissen die Matratzen aus den Betten. Die übrigen kamen mit gezückten Revolvern vom Dach heruntergerannt und riefen: „Wir haben Schüsse gehört! Es riecht nach Schiesspulver." Sie gingen dem Geruch nach und kamen zum Badezimmerofen. Als sie die brennenden Bücher sahen, warfen sie meiner Mutter und Wafa böse Blicke zu und fingen an zu schimpfen. Sie kippten einen Eimer Wasser in das Feuer und streckten die Hände nach den halbverkohlten Seiten aus. Erst als sie zwei Patronenhülsen in der Asche fanden, gaben sie Ruhe. An den drei folgenden Tagen kamen sie wieder. Einmal nahmen sie meine Mutter mit und einmal meine kleine Schwester Wafa. Von ihr wollten sie wissen, was sie in der Putschnacht so spät noch im Wohnzimmer getan, auf wen sie gewartet hätte, wann sie ihren Bruder zum letzten Mal gesehen und was er zu ihr gesagt hätte. Andere Spitzel belagerten eine Woche lang die Hütte meines Vaters in Nabatije. Vielleicht erwarteten sie, mein Gesicht plötzlich zwischen den Tabakblättern auftauchen zu sehen, dabei war ich zwei Jahre lang nicht mehr dort gewesen.

Als ich Wafa zum letzten Mal sah, stand sie mit einem Paar Stricknadeln und einem bunten Wollknäuel unterm Arm zusammen mit anderen Mädchen in der Gasse. Kaum hatte sie mich entdeckt, wollte sie weglaufen, denn ich hatte ihr verboten, in der Gasse zu spielen. Sie sollte so sein wie Saades Töchter, wie Raghida, die man fast nie ohne ein Buch sah. Sie sollte nicht wie die andern Mädchen Zitronen an die Wände reiben und „Iks" spielen. Darum runzelte ich die Stirn, kniff die Augen zusammen und bemühte mich, möglichst finster dreinzublicken.

„Ich habe nicht gespielt", verteidigte sie sich. „Ich habe gestrickt. Mama hat's mir erlaubt."

Sie hatte Angst, ich würde sie wie sonst an ihren schwarzen Zöpfen nehmen und nach Hause ziehen. Wenn sie dann leise anfing zu weinen, liess ich sie los und gab ihr eine Lira. An jenem schicksalsschweren Tag lächelte ich ihr zu und ging schnell weiter. Mit einem Blick über die Schulter sah ich ihr verblüfftes Gesicht. Sie kam hinter mir hergelaufen. Im Weitergehen drückte ich ihr eine Lira in die Hand, setzte an, um etwas zu sagen, brach aber wieder ab und lief in grossen Sprüngen die Treppe zu unserer Wohnung hinauf. Erst zog ich mich schnell um, dann ging ich zu meiner Mutter in die Küche, umarmte sie und gab ihr Küsse auf beide Wangen. Sie wunderte sich über meine Ausgelassenheit.

„Heute nacht bricht ein neues Jahr an!" rief ich.

„Ach", seufzte sie, „es ist doch eine Schande. Die Jahre vergehen, und ich merke es gar nicht. Und die ganze Zeit sitze ich hier in der Stadt, und dein Vater ist auf dem Land."

Ich ging noch einmal in mein Zimmer und sofort wieder hinaus. Heute nacht sollten die Worte der Genossen Adonis und Melkart in Erfüllung gehen. Nach dieser Nacht würden die Parteisitzungen anders ablaufen. Seit meinem Parteibeitritt hatte ich diskutiert, argumentiert, akzeptiert, kapituliert und wieder diskutiert. Seit Saades Hinrichtung sah ich meine Parteizugehörigkeit in neuem Licht. Ich erinnere mich noch, wie ich damals in Tränen ausbrach, wie ich von einer Parteiversammlung zur nächsten lief und den regionalen Zentren die Türen einrannte, um zu erfahren, was nun passieren würde, um zu begreifen, warum sie noch nicht die ganze Welt in die Luft gesprengt hatten, warum der Wind blies wie immer und warum die Flüsse weiterflossen, warum die Kinos noch Filme vorführten, die Strassenbahnen klingelten, die Taxis hupten. Saade war tot! Wie konnten da die Händler in den Strassen weiter ihr Gemüse verkaufen? Wie konnte überhaupt jemand noch weiteratmen, weiterleben? Die Partei war Saade gewesen und Saade die Partei. Saade war ermordet worden. Die Partei war ermordet worden. Trotzdem ging das Leben weiter.

Mit hängendem Kopf sass ich bei den Parteiversammlungen. Wenn der Diskussionsleiter die obligatorische Frage stellte: „Irgendwelche weiteren Wortmeldungen?", dann hob ich die Hand. „Ich habe noch etwas zu sagen, aber es hat nichts mit dem heutigen Thema zu tun." Er nickte mir zu und sagte in militärisch zackigem Tonfall: „Genosse Haschem hat das Wort." An dieser Aufforderung konnte ich mich berauschen. Sie gab mir das Gefühl, General einer Armee zu sein, der mit seinesgleichen eine Unterredung führte. Ich erhob mich mit geschwellter Brust und liess meinen Worten freien Lauf. „Genossen, wir müssen handeln. Versammlungen abhalten, Sitzungsprotokolle aufnehmen, diskutieren, Mitglieder werben ist alles gut und schön, aber wir müssen etwas unternehmen. Wir müssen uns gemeinsam erheben und uns wie ein Feuer ausbreiten in dem morschen System, das unseren Führer ins Grab gestossen hat." Wenn meine Rede hitziger wurde, meine Hände immer heftiger gestikulierten und die Worte, begleitet von Speichelspritzern, anfingen sich zu wiederholen, versuchte der Diskussionsleiter, mich zu unterbrechen.

„Wir verstehen, Genosse Haschem. Genosse Haschem!"

Das geschah nicht nur ein oder zwei Mal. Seit meinem Parteibeitritt fühlte ich mich so geladen, als hätte ich eine Bombe auf dem Rücken, die jeden Moment hochgehen konnte. Mein Vetter Hassan hatte mich in die Partei eingeführt. Er war damals Vorsitzender der Studentengruppe an der Amerikanischen Universität. Er redete und redete, und ich verstand kaum ein Wort. Er sprach von Gross-Syrien und dem Fruchtbaren Halbmond. Ich war achtzehn Jahre alt und stellte Fragen wie: „Was haben wir mit anderen Ländern zu schaffen? Warum kümmern wir uns nicht zuerst um unser eigenes Land und bekämpfen hier bei uns Hunger und Armut?"

Er war der Ansicht, wenn wir an Gross-Syrien und den Fruchtbaren Halbmond glaubten, würden sich die Probleme unseres Landes von selbst lösen. Einer der ersten Grundsätze, die ich lernte, war der Anti-Konfessionalismus. Das gab den Ausschlag, dass ich wie eine Feuerwerksrakete auf die Partei zuschnellte. Alles konnte ich verstehen, für alles fand ich eine Erklärung, ausser für die religiösen Unterschiede. Ich hatte alles über Raumfahrt, Ufos, das Weltall und das Leben auf dem Mond gelesen und stellte mir vor, wie andere Planeten unseren Erdball betrachteten. Sie würden nie auf den Gedanken kommen, dass die Bevölkerung des Planeten Erde zersplittert ist in verschiedene Religionen und soziale

Gruppen. Ich dankte dem Himmel und Hassan, der mich in diese schöne, idealistische Welt eingeführt und mich zu einem Menschen mit einem Anliegen gemacht hatte. Wie die Mehrheit der libanesischen Bevölkerung wurde ich vom Enthusiasmus mitgerissen. Es gab kaum ein Haus, in dem nicht mindestens ein Bewunderer oder Anhänger der Partei anzutreffen war, Regierungsgebäude und private Institutionen eingeschlossen. Frauen, Kinder und Männer gleichermassen riefen die Parteiparole:

„Friede für Syrien, Syrien ist gross, Syrien über alles!"

Für Kinder und Frauen war die Partei eine Art Abwechslung vom gewohnten Alltagstrott. Die Kinder hoben die Hand zum Parteigruss und sangen mit Begeisterung unsere Lieder, auch wenn sie zum Teil noch zu klein waren, um zu verstehen, was eine Partei ist. Die Frauen, die sich vom Beifall mitreissen liessen, waren zu beschäftigt, als dass sie sich mit den Leitsätzen der Partei hätten vertraut machen können, aber sie waren glücklich über die veränderte Atmosphäre.

Ich konnte nicht wie die Genossen ruhig in den Versammlungen sitzen, zuhören, diskutieren und bis zur nächsten Versammlung die Lehren und Leitsätze der Partei in meinem Bekanntenkreis verbreiten. Nein, ich wollte etwas tun. Ich wollte praktisch etwas zur Veränderung beitragen, die Lehren in die Tat umsetzen. Manche hielten mich deshalb für einen Hitzkopf. Sogar Hassan sagte eines Tages zu mir: „Du bist in einer Partei mit festen Regeln, einer Partei, die wächst, die sich entwickelt, die für zukünftige Generationen Bestand haben soll." „Und was habe ich davon?" fragte ich. „Du und ich und die Genossen, wir sind jetzt hier. Wozu bitte schön, wenn wir nichts tun?" Ich fragte nach anderen Parteien, deren Leitsätze den unsrigen widersprachen. Wir konnten sie doch nicht einfach akzeptieren, die Phalangisten, die Sozialistisch-Liberalen, die Nadschada. Wie konnten wir existieren, während diese Parteien unsere Existenz bedrohten? Wie konnten wir unter solchen Umständen leben und uns vermehren? Einmal schlug ich Hassan vor, wir sollten damit anfangen, die Führer der anderen Parteien umzubringen. Er nahm mich beiseite und sagte eindringlich: „Haschem, du bist hier nicht in einer Terroristenbande, sondern in einer organisierten Partei." Er war entsetzt über das Niveau meiner Auffassungen und fügte wütend hinzu: „Vielleicht hätte ich warten sollen, bis du älter bist. Vielleicht waren die Partei und ihre Prinzipien noch zu früh für dich. Haschem, bitte lass es mich nicht bereuen."

Mich wunderten seine Worte und Denkweise. Meiner Ansicht nach ging er mit der Partei um wie eine Hausfrau, alles an seinem Platz, alles wohl überlegt, einen Tag zum Waschen, den folgenden zum Bügeln, einen zum Zusammenschlafen. Hassan warf mir Naivität und mangelnde Selbstbeherrschung vor. Ich widersprach ihm nicht weiter. Ich liess mich auf keine Auseinandersetzungen mehr ein, sondern überlegte, was ich gern tun würde. Einmal äusserte ich gegen Ende der Versammlung den Wunsch, in den Sportklub der Phalangisten zu gehen. Alles schwieg. Schliesslich sagte unser Vorsitzender, er habe nichts dagegen einzuwenden. So ging ich in den Klub. Als ich die Schwelle überschritt, schlug mir das Herz bis zum Hals. Ich zog die Turnhose an und fing an, Gewichte zu stemmen. Das Keuchen der Phalangisten um mich herum erzeugte bei mir einen solchen Hass, dass ich am liebsten die Gewichte genommen, damit um mich geschlagen und sie alle auf den Boden der Turnhalle niedergestreckt hätte. Nach einer Weile fragte mich einer von ihnen, ob ich nicht die Leitsätze der Phalangisten kennenlernen wolle. Er hatte mich zusammen mit einem Genossen meiner Partei gesehen, der im selben Viertel wohnte wie er. Die Phalangisten warfen mir stechende Blikke zu.

Nachdem ich meinen Bericht bei der Parteiführung abgeliefert hatte, erhielt ich die Anweisung, dem Phalangisten-Klub von nun an um jeden Preis fernzubleiben. Ausser den Fragen, die sie mir gestellt hatten, wusste ich nicht viel zu berichten. Sie hatten wissen wollen, ob ich Gott liebte, ob ich das Vaterland liebte, die Familie und so weiter. Und als ich immer wieder zustimmend nickte, hatten sie gerufen: „Du bist ja Phalangist und weisst es gar nicht!" In meinem Bericht über die Phalangisten wies ich darauf hin, dass sie auf sportliches Training mehr Wert legten als wir, insbesondere auf Bodybuilding. Mir war auch aufgefallen, dass das Niveau ihrer Unterhaltungen niedriger war als bei uns, wo ich das meiste von dem, was die Genossen sagten, nicht verstand.

Nachdem ich bei den Phalangisten gewesen war, hatte ich wieder das Gefühl, ich müsste explodieren. Ich konnte nicht wie ein Hausmütterchen leben. Hassan hatte recht, wenn er sagte: „Du hast einen Haufen Minderwertigkeitskomplexe, und die willst du mit Heldentaten kompensieren. Du hast das Gefühl, deine Parteizugehörigkeit stärker manifestieren zu müssen als die andern, weil du die Uni nicht abgeschlossen hast oder weil du den Diskussionen nicht richtig folgen kannst, die eben mehr erfordern als natürliche Intelligenz, die logisches Denken und Sachlichkeit verlangen, wie man es nur bei Akademikern voraussetzen kann."

Hassan meinte, er könne mich mit solchen Sprüchen mundtot machen. Stattdessen bewirkten sie, dass ich mich in den Versammlungen auf endlose Diskussionen einliess. Mir ging es immer nur darum, dass etwas getan werden müsse, dass wir uns der Konfrontation mit den anderen Parteien stellen sollten. Meiner Ansicht nach war es unsere Aufgabe, konkret mit dem Aufbau Gross-Syriens zu beginnen. Zunächst müssten die arabischen Staaten im Nahen Osten einer nach dem anderen aufgelöst werden. Dann sollte man alle Priester und Scheichs liquidieren, welche die Religion als Deckmantel benutzten, unter dem sie ihren persönlichen Fanatismus verbreiteten. Jeder, der sich der vereinigten Nation in den Weg stellte, musste ausgemerzt werden, selbst solche, die überhaupt keiner Partei angehörten. Die Korruption, die das Land spaltete und schwächte, musste ausgerottet werden.

War ich mit meinen achtzehn Jahren einfach ein explosiver Sprengstoff, oder ging es mir wirklich um die Ideale der Partei? Das hätte ich selbst nicht sicher zu sagen gewusst. Ich warf der Partei vor, sie sei feige, weil sie nicht anfing, die Ideen in die Tat umzusetzen. Wie konnte die Partei Saades Tod vergessen? Warum handelten sie nicht?

„Wir müssen befürchten, dass die Partei bespitzelt wird", lautete die stereotype Antwort. „Riskante Aktionen können wir uns jetzt nicht leisten. Das würde uns nur schwächen."

Meine hartnäckigen Fragen, mein Drängen und meine Explosivität gaben vielleicht dennoch den Ausschlag zur

Durchführung einer Operation. Sie hatten einen Anschlag auf Jussuf Scharbal verübt, den Richter, der das Todesurteil über Saade gefällt hatte. Als ich die Nachricht in der Zeitung las, brach ich in Tränen aus, vor Freude, aber auch vor Wut. Warum hatten sie bei der Durchführung des Plans nicht an mich gedacht? Wie konnten sie in Gedanken die Reihen der Genossen durchgehen, ohne dass ihre Wahl auf mich fiel? War ich für sie nur ein grosses Mundwerk? Dachten sie, ich sei einer, der den Schwanz einzieht und schweissige Hände bekommt, wenn es ernst wird? Hielten sie mich für einen Prahlhans, trauten sie es mir nicht zu? Meine Wut- und Freudentränen destillierten sich zu hundertprozentigem reinem Zorn. Hätten sie mir die Mission anvertraut, meine Kugel wäre tödlich gewesen, auch wenn sie ihm, laut Plan, nur einen Denkzettel hatten verpassen wollen.

Auf der nächsten Versammlung versuchte ich zu protestieren. Meine Worte flogen mir aus der Kehle, mein Speichel spritzte über den Tisch und auf ihre Unterlagen. War es auch in der Partei so, dass einige das Sagen hatten und die Meinung der anderen nichts galt? Dabei gehörten wir dieser Partei an, weil wir die hierarchische Ordnung abschaffen wollten. Sie versuchten mich damit zu beruhigen, dass sie mir sagten, Hussain al-Schaich, einer aus meinem Dorf, habe den Anschlag verübt. Das genügte mir nicht. Ich wollte selbst etwas für die Partei tun. Daraufhin boten sie mir die Posten des Kassierers und Protokollführers an. Aber das war nicht, was ich wollte. Ich suchte das Risiko. Ich brauchte eine Herausforderung. Alle sollten wissen, dass ich der Partei zuliebe keine Gefahren scheute. Ich wollte, dass sie aus Hochachtung vor mir die Hand aufs Herz legten.

Mir kam der Einfall, der sozialistischen Dschumblat-Partei beizutreten. Ich wollte herausfinden, was deren Anhänger dachten, wie ihre Sitzungen abliefen, und sie anschliessend provozieren. Meinen Parteigenossen verriet ich nichts von meinem Plan. Zwar fiel es mir schwer, etwas vor ihnen geheimzuhalten, doch ich musste befürchten, aus der Partei ausgeschlossen zu werden, wenn sie es erführen. Ich ging mehrmals zum Sitz der Sozialistischen Partei und entdeckte, dass sie einzig von Kamal Dschumblat vertreten wurde. Wenn er nach Muchtara reiste, was er häufig tat, wurde die Zentrale geschlossen. Die jungen Männer seiner Anhängerschaft versammelten sich in Muchtara um ihn. Das Schliessen der Zentrale war das Hauptproblem, das ich mit Dschumblats Männern diskutierte. „Wenn Dschumblat fort ist, existiert die Partei praktisch nicht mehr. Seht euch dagegen die Syrische Sozial-Nationalistische Partei an. Ihr Anführer ist tot, aber sie werden täglich mehr. Bald wird der ganze Libanon hinter ihnen stehen."

Einmal erwähnte ich einem Genossen gegenüber, dass ich Sitzungen der Sozialistischen Partei besuchte. Er teilte es der Versammlung mit und fragte, ob mein Verhalten sinnvoll sei. Der Schweiss trat mir aus allen Poren, ich erwartete, mit dem Ausschluss aus der Partei bestraft zu werden. Doch mir wurde nur eine Verwarnung erteilt und mit Ausschluss gedroht. Damit wurde mir klar, wie hoch sie meinen Eifer und meine Hingabe trotz allem schätzten. Wie gewohnt kam Hassan anschliessend zu mir, fing an mit seinem Gerede davon, dass er mich in die Partei eingeführt habe, und sagte, ich müsse mir jetzt jede Handlung, jedes Wort genau überlegen, ich sei ein Unruhestifter und er sei nicht länger bereit, mein kindisches Verhalten hinzunehmen. Am liebsten hätte ich ihn mit einem Faustschlag zum Schweigen gebracht. Stattdessen erwiderte ich gereizt: „Meinen Einsatzeifer nennst du Unruhe stiften. Meine Liebe zur Partei ist deiner Ansicht nach kindisches Verhalten. Was dich an mir stört, ist vielleicht die Energie, mit der ich mich für die Partei einsetze. Du behauptest, ich würde die Leitsätze falsch auslegen. Willst du wissen, warum ich der Partei beigetreten bin? Ich bin Mitglied geworden, weil ich etwas verändern will. Ich will die Bevölkerung wachrütteln, damit wir geschlossen dem Feind entgegentreten."

„Das ist ein Punkt", unterbrach mich Hassan. „Diese Überzeugung genügt nicht. Wie alle jungen Männer bist du besessen von Machthunger. Du bist in die Partei eingetreten wie in einen Boxring. Du solltest lieber dein Studium wieder aufnehmen. Mach erstmal deinen Universitätsabschluss."

Seine Worte machten mich so wütend, dass ich ihn hätte verprügeln können. Ich musste meine Hände festhalten, damit sie ihm nicht von selbst ins Gesicht flogen. Verlangte er von mir, dass ich die Partei verliess? Sollte ich zurück ans Schreibpult hinter meine Bücher, nur weil ich meine Parteizugehörigkeit anders verstand als er?

Wenn Hassan mich jetzt nur sähe! Was würde ich darum geben, sein dummes Gesicht zu sehen. Hier stehe ich, Haschem Alusch. Zu dritt werden wir den Präsidentenpalast stürmen und Schehab in unsere Gewalt bringen. Ich, Haschem Alusch, bin mit dieser Aufgabe betraut worden. Heute nacht werden wir den Putsch durchführen. Dieser Putsch wird alle diejenigen Lügen strafen, die meinen, wir seien eine faschistische Partei, denn nach erfolgreich durchgeführter Operation werden wir uns weigern, die Regierung zu übernehmen. Wir wollen den Libanon von Fuad Schehab und seiner Clique erlösen, von Offizieren und Militärherrschaft. Regieren werden wir nicht. Wir wollen beweisen, dass wir es nicht auf die hohen Posten abgesehen haben. Regieren sollen andere, aber es muss eine demokratische Regierung sein. Also, Hassan, mit meinem Enthusiasmus und meiner Hartnäckigkeit habe ich nicht nur Staub aufgewirbelt. Mein Eifer hat sich der Parteiführung eingeprägt, und als sie den Einsatzplan für die Entführung von Fuad Schehab aufgestellt haben, ist ihnen das Schattengewächs Haschem Alusch in den Sinn gekommen. „Wenn Sie mir bitte folgen wollen, Exzellenz", werde ich zu Schehab sagen. Meine Genossen werden militärisch stramm stehen, allerdings mit vorgehaltenen Revolvern und einer Zigarette zwischen den Lippen.

Ich sah nur den Rauch, den ich durch Mund und Nase ausblies. Wir warteten noch immer auf das Zeichen zum Aufbruch. Meine Mutter tauchte in meinen Gedanken auf und verschwand wieder. Alle Nervenfasern aufs Äusserste angespannt, klebten wir am Radio. Aber wir hatten das vereinbarte Zeichen noch nicht gehört. Wenn der Sprecher sagte, dass alles lief wie geplant, würden alle Uhren im Libanon stillstehen. Da, das könnte das Zeichen gewesen sein! Wir stürmten los zum Angriff, doch von unserem Ziel waren wir noch weit entfernt. Unser Wagen war so auffällig wie eine Fackel in der Wüste. Es war zwar ein völlig normaler Typ und eine ganz gewöhnliche Farbe, aber ich musste mich jeden Augenblick umdrehen, weil ich das Gefühl hatte, wir würden von allen beobachtet, jeder könnte uns ansehen, dass wir unterwegs waren, Schehab zu holen. Überall sah ich Augen, die uns anstarrten, dabei war kein Mensch auf der Strasse.

Kamal sass hinterm Steuer. „Pass gefälligst auf", schnauzte ich ihn an. „Einen Unfall können wir jetzt wirklich nicht gebrauchen. Es geht um Leben und Tod, und du fährst wie ein Vollidiot."

Alle Augen waren auf unseren Wagen gerichtet, weil wir eine Militärsperre überfahren hatten. Was war los? Warum plötzlich diese Sperre? Hinter uns gingen Schüsse los. Wurden wir verfolgt?

„Gib Gas, Kamal!" brüllte ich. „Bleib bloss nicht stehen!"

Ein Motorrad kam hinter uns her, und eine Sirene heulte auf. Wir rasten weiter, nur unseren Auftrag im Kopf.

„Vielleicht hätten wir anhalten sollen", sagte Kamal plötzlich. „Vielleicht war es nur eine Routinekontrolle."

„Routinekontrolle!" schnaubte ich verächtlich. „Und wenn sie die Waffen bei uns gefunden hätten?"

„Mensch, bei einer Verkehrskontrolle wird doch nicht der Wagen durchsucht. Da heisst es: die Ausweise bitte; auf Wiedersehen, die Herren, und gute Fahrt."

Ich antwortete nicht. Die Sirenen verfolgten uns noch immer. Ich drehte mich um und feuerte gleichzeitig Kamal an. „Gib Gas, Kamal, wir schnappen uns Schehab. Schneller, Kamal, schneller, du hast den besten Motor der Welt." Ich war wie im Glücksrausch trotz der Spannung, unter der die Genossen standen. In dieser Nacht sollte die Entscheidung fallen. Von mir aus hätte jede Nacht so spannend sein können. Ein Wagen verfolgte uns. Von allen Seiten heulten jetzt Sirenen, und dazwischen ertönte eine Hupe mit der Melodie von „Steh auf, mein Land, erhebe dich zum Kampf". Das Lied hatten wir auf unseren Parteiausflügen gesungen. Bevor ich überlegen konnte, woher die Melodie kam, bremste Kamal ab und rief: „Mensch, das Signal der Partei!"

Ich schlug auf ihn ein wie ein Ochsentreiber und brüllte: „Die wollen uns täuschen, Kamal! Gib Gas, das ist eine Falle!" Aber der Wagen war schon auf unserer Höhe, und ein Gesicht, das wir von den Versammlungen her kannten, tauchte am Fenster auf.

„Es ist leider schiefgegangen", sagte das Gesicht. „Bringt euch in Sicherheit, Kameraden. Ihr müsst nach Damaskus abhauen."

Ich wollte meinen Ohren nicht trauen. Ich hörte Lärm, Sirenen, Stimmen, Schüsse, alles durcheinander.

„Unser Plan ist gescheitert. Bringt euch in Sicherheit, Genossen! Seht zu, dass ihr nach Damaskus kommt! Dort ist alles für euch vorbereitet. Es lebe Syrien!"

Und schon war der Wagen wieder verschwunden. Ich drehte mich um und sah ihm nach.

„Glaub ihm kein Wort, Kamal!" schrie ich. „Wir werden den Auftrag ausführen. Fahr zu Schehab, los weiter, zum Präsidentenpalast. Wir holen ihn. Pass auf, gleich sitzt Schehab hier im Auto."

Kamal hielt an und schaltete den Motor ab. Wie ein Wahnsinniger sprang ich aus dem Wagen, riss die Fahrertür auf und schob Kamal auf den Beifahrersitz. Er versuchte zu protestieren, aber er war so verdattert, dass er nur immer wieder stammeln konnte: „Sei doch vernünftig, Haschem. Genosse Haschem, sei vernünftig."

Meine Hände packten das Steuer, mein Fuss trat das Gaspedal durch, und wir rasten los, so schnell, dass Kamals Stimme anfing zu vibrieren. Ich hörte nur noch die Sirenen und den Motor. Im Radio ging das normale Programm weiter. Das vereinbarte Zeichen kam nicht. Nur Faisa Achmed sang ein sentimentales Mondscheinlied.

„Verdammt nochmal, wo willst du denn hin?" fragte Kamal nervös. „Wir haben Befehl von oben, uns in Sicherheit zu bringen. Der Putschversuch ist gescheitert."

Befehl von oben! Im Erteilen von Befehlen waren sie ganz gross, selbst nach einem Fehlschlag. Was hatten ihre Instruktionen jetzt noch für Gewicht? Wie konnten sie es überhaupt noch wagen, uns Befehle zu erteilen? Sie täten besser daran, kollektiven Selbstmord zu begehen. Der Putsch gescheitert! Was hatte mein Leben nach so einem Fehlschlag noch für einen Sinn? Ich hatte in der Partei immer wieder und aus den verschiedensten Anlässen losgeschrien wie ein Kampfhahn in der Arena, und Hassan und die andern hatten immer versucht, mich zu beruhigen, weil sie Auseinandersetzungen um jeden Preis vermeiden wollten. Kamals Stimme vibrierte mit den Erschütterungen des Wagens.

„Verlier nicht den Mut, Haschem. Die Partei ist immer noch in ausgezeichneter Verfassung. Dass sie uns verfolgen, uns finden und uns den Fehlschlag mitteilen können, bedeutet doch nur, dass die Partei immer noch alles unter Kontrolle hat."

Der Lärm schwoll an, und mein Fuss trat das Gaspedal durch. Wir würden den Präsidentenpalast in Dschunije stürmen, auch wenn die Nachhut womöglich aufgehalten worden war. Plötzlich raste ich auf eine Militärsperre zu. Ich riss das Steuer herum und wich auf eine unbefestigte Seitenstrasse aus. In meinem Zorn gab ich zuviel Gas und fuhr eine Blumendekoration für Silvester über den Haufen. Dann hörte der Weg auf. Ich zog den Revolver und erwiderte das Feuer der Soldaten.

„Das ist Selbstmord, Genosse Haschem!" schrie Kamal. „Das ist Selbstmord! Vielleicht meinen sie uns gar nicht, vielleicht schiessen sie auf andere!"

„Lass mich in Ruhe und steh mir nicht im Weg", sagte ich und schob ihn beiseite.

Die Soldaten kamen näher. Als nur noch zwei Häuser und ein paar Bäume zwischen ihnen und uns standen, feuerte ich mehrere Schüsse auf den nächsten Baum ab. Kamal kam zitternd zu mir. Schweissperlen standen ihm auf der Stirn, und er stammelte: „Ich hau ab, Genosse. Aus deinem Privatkrieg halte ich mich raus."

Ich gab ihm keine Antwort. Während dieser ganzen Nacht hatte ich ihn ohnehin kaum wahrgenommen. Ich hörte den Motor anspringen. Vollauf damit beschäftigt, meinen Revolver nachzuladen, hatte ich völlig übersehen, dass Kamal ihnen mit seiner Vorsichtsmassnahme unweigerlich in die Arme rennen musste. Sie jagten das Auto. Die Schüsse hörten auf, der Wagenmotor verstummte, alles setzte aus, vielleicht auch das Leben.

„Wer war bei dir?!" brüllte eine wütende Stimme im Dunkeln. „Sag was, du Bastard! Wieviele?"

Statt einer Antwort von Kamal hörte ich Schläge. Sie hatten ihn festgenommen. Sie waren nur ein paar Meter von mir entfernt. Vielleicht suchten sie mich jetzt. Mit meinen zwanzig Kugeln Munition konnte ich nicht eine ganze Kaserne stürmen. Es wäre Selbstmord. Vielleicht sollte ich tatsächlich nach Damaskus gehen und einen besser organisierten Putschversuch vorbereiten.

Ich lief zwischen Häusern und Bäumen hindurch, kletterte auf Berge, stieg hinab in Wadis.

„Kamal, was warst du doch für ein Idiot."

Ich blieb nicht einen Augenblick stehen, nur wenn ich Stimmen hörte, erstarrte ich. Mich würden sie nicht kriegen. Irgendwie musste ich Damaskus erreichen. Ich lief durch Wälder, die ich nie auf libanesischem Boden vermutet hätte. Hier war nur noch Ruhe, nichts als Ruhe. Es war, als hätte der Libanon, unser Kampf, der gescheiterte Putsch nicht das geringste mit diesem Fleckchen Erde zu tun. Ich musste nach Damaskus. Dort konnte mich niemand von der Strasse weg verhaften. Der Putsch war gescheitert. Das bedeutete, dass an eine Rückkehr in den Libanon innerhalb der nächsten ein bis zwei Jahre nicht zu denken war. Vielleicht war ich deshalb zum Abschied noch einmal in mein Zimmer gegangen, vielleicht hatte ich darum Wafa eine Lira geschenkt und meine Mutter geküsst und umarmt.

Ich musste etwa zwei Stunden gelaufen sein, da ging es bergab, vorbeifliegenden Lichtstreifen von Autoscheinwerfern entgegen. Ich kletterte zwischen den Felsen abwärts und liess das Schweigen der hohen Bäume hinter mir. Die Strasse war ungewöhnlich befahren für die späte Uhrzeit, aber es war die Neujahrsnacht. Meine Füsse rutschten auf den sandigen Felsen ab, ich musste ständig aufpassen, dass ich nicht das Gleichgewicht verlor. Dornen rissen mir die Beine bis zu den Schenkeln auf, ich kümmerte mich nicht darum, sondern kletterte weiter. Jeder Schritt nahm meine volle Konzentration in Anspruch. Plötzlich war ich nur noch ein paar Meter von der asphaltierten Strasse entfernt. Bei dem Gedanken, in wenigen Sekunden den sicheren Wald zu verlassen und über den Asphalt zu laufen, wurde mir etwas bange zumute. Eben noch hatten mich die Dornen beschäftigt, die mir die Beine blutig kratzten. Jetzt, auf dem Asphalt, würde ich ans Verstecken denken müssen. Die Strasse war so offen und breit. Auf der anderen Seite lag das Meer. Die Autos rauschten vorüber wie ein reissender Strom. Ich lief am Strassenrand entlang und hielt mich möglichst in der Nähe des Waldes, um einen Fluchtweg zu haben, falls mir jemand entgegenkäme. Ich schlug den Kragen hoch und steckte die Hände in die Hosentaschen. Die Kälte schnitt mir ins Gesicht. Ich fing an zu pfeifen, als wäre ich vollkommen im Einklang mit mir und der Welt.

Das Horn eines Busses liess meinen Puls in die Höhe schnellen. Nur wenige Meter von mir entfernt hielt der Bus an. Eine Frau, zwei Kinder und ein Mann stiegen aus. Der Mann lud ein paar Gepäckstücke vom Dach ab, und ich hörte, wie er sich vom Busfahrer verabschiedete. Als der Bus anfuhr, sah ich mich losrennen. Der erste Fuss setzte auf das Trittbrett auf, dann der zweite, genau wie früher, wenn ich auf die grüne Strassenbahn aufgesprungen war.

Ich verliess mein Land. Meine Gedanken kreisten um Militär und Polizei. Hatten wir wirklich einen Stab, der uns aufspüren, verfolgen und festnehmen konnte? Waren sie so gut organisiert? Hatten sie spezielle Einheiten für ihre Ermittlungen? Waren wir, wenn es um Angriff, Verfolgung, Drohungen und Schläge ging, ein richtiger Staat? Ich wünschte nur, sie würden auch mit dem Putsch so umgehen wie ein Staat und nicht wie ein Beduinenstamm. Ich hätte weinen können, wenn ich an zuhause und unser Hauptquartier dachte, an Saades Bild über meinem Bett, an seine Worte überall, an die Schritte meiner Mutter, die Eisenbeschläge an ihren Schuhen, die auf den Fliesen klapperten, wenn sie von der Küche ins Wohnzimmer ging, obwohl ich allen verboten hatte, während der Versammlung hereinzukommen. Aber Mutter wartete nicht ab, bis die Versammlung zu Ende war.

Jetzt hatten wir uns den Zorn der Heimat zugezogen. Ich liess den Blick schweifen über ihr Meer, ihre Wadis, die Berge, den Himmel. Meine Heimat konnte mir nicht böse sein. Erbost waren nur die, die sie bevölkerten, aber diese kamen und gingen. Sie waren austauschbar. Sie waren nicht meine Heimat.

Die Heimat gehört denen, die sie lieben, die sich um sie kümmern, die mit ihr eins sind in Worten und Taten. Sie war jetzt verärgert über uns, weil unser Putschversuch gescheitert war. Wir hatten singen wollen, hatten ihr die Dreckkrusten der Verlotterung mit Morgentau vom Gesicht waschen wollen. Wir hatten ihr die Wunden der Misshandlungen verbinden wollen.

Hassan, ich bin nicht mehr bei der Partei aus den Gründen, aus denen ich eingetreten bin. Meine Motivation hat sich verändert. Ich habe meine Heimat weinen sehen. Am Wahltag hat sie geweint über das viele Geld, das den ahnungslosen Trotteln und Analphabeten in die Taschen gewandert ist. Ich habe geweint, als ich meine Mutter und unsere Nachbarin zur Wahlurne mitnahm, damit sie Adib Kadura wählen sollten. Obwohl die Nachbarin am Stock ging und sich auf die Schulter meiner Mutter stützte, war sie im

Handumdrehen mit einem Mann im Wahllokal verschwunden. Ich nahm meine Mutter an der Hand und rannte mit ihr hinter den beiden her, aber das Menschengewühl hatte sie verschluckt. Als die Nachbarin wieder herauskam mit fünf Lira in der Hand, traten mir die Tränen in die Augen, und meine Mutter sagte zu mir: „Aber Haschem, mein Liebling, ein Mann weint doch nicht." Ich habe meine Heimat bei vielen Anlässen weinen sehen, selbst am Unabhängigkeitstag bei der Militärparade, als sie ihre alten Panzer vorführten. Hassan, ich habe sie täglich weinen sehen, in öffentlichen und privaten Organen, in Kaffeetassen und Tageszeitungen, inner- und ausserhalb von Gefängnismauern. Sie weint an Krankenhausbetten, Brautbetten und Totenbetten. Vielleicht nur in der Stille der Gräber schweigt sie. Dem Tod gibt sie vielleicht ihren Segen, ohne ihn zu kennen.

Meine Heimat, ach Hassan, sogar du mit deinen ausgezeichneten Zeugnissen warst ein Bürger zweiter oder dritter Klasse. In deinem Land gab es keine Institution, die dich mit deiner Spezialisierung gebrauchen konnte. Du warst gezwungen auszuwandern, dahin, wo du jetzt die rechte Hand der Führungsspitze bist. Dein Land und seine Nachbarn haben dich vertrieben. Du hast ihnen Angst eingejagt mit deinem Wissen und deiner Intelligenz. Sie haben dir den Zutritt zu ihren Tempeln verwehrt, weil deine Taschen leer waren. Wäre dein Vater wenigstens ein Scheich gewesen, vor dem sie sich verneigten, wenn sie nur seinen Tarbusch sahen. Dein Weg war voller Hürden. Du hättest dich mit einem Schreibtischstuhl zufrieden geben können in einem Büro, das Kollegen mit dir geteilt hätten, deren Füsse niemals auch nur in die Nähe einer Schule oder Universität gekommen sind. Du kennst Machmud so gut wie ich. Er bekleidet jetzt einen hohen Posten am Flughafen, während sein Bruder die Kühe hütet. Er sitzt auf seinem Esel und ruft: „Der Kommode ist da!", und der Aufseher korrigiert ihn lachend: „Es heisst Kommodore, nicht Kommode." Dann grinst Machmuds Bruder sein idiotisches Grinsen, stösst dem Esel die nackten Fersen in die Flanken, und der Aufseher ruft ihm nach: „Dein Bruder Machmud ist jetzt ein wichtiger Mann. Da kannst du nicht mehr so hingehen wie früher. Da musst du ein sauberes Hemd anziehen und die Haare kämmen. Und den Esel lässt du besser zuhause. Du darfst dich auch nicht vors Haus stellen und schreien, sondern du klopfst an die Tür und fragst, ob der Herr Kommandant da ist." Machmuds Bruder aber grinst nur sein idiotisches Grinsen, und der Aufseher murmelt händeringend: „So eine Schande!"

Machmud hatte die Tochter eines einflussreichen Mannes mit guten Beziehungen geheiratet und war über Nacht selbst ein wichtiger Mann geworden. Ach Heimat, wir hätten etwas tun müssen. Wir hatten es versucht, und was war dabei herausgekommen? Ich war im Begriff, dich zu verlassen, und niemand war da, um mir Lebewohl zu sagen. Sollte ich niederknien und deine Erde küssen? Sollte ich einen Baum umarmen? Hättest du einen Abschiedsgruss für mich? Passanten hätten mich vielleicht für einen Perversen gehalten, der seine Triebe an dem armen Baum abreagiert.

Mir blieben zum Abschied nur Erinnerungen, Worte, die mir im Gedächtnis geblieben waren, Wege, die ich gegangen war in meinen kurzen Hosen. Im Sommer lag ich nackt auf dem Dach, weil der Arzt gesagt hatte, die Sonne täte meinem Körper gut. Oder meine Mutter fuhr auf seinen Rat hin mit

Wafa und mir nach Schtaura, wegen meiner chronischen Bronchitis. In den Süden konnten wir nicht fahren, weil ich auf die grünen Tabakblätter allergisch reagierte. Wenn ich Hustenanfälle bekam, fürchtete ich mich vor dem Einschlafen, weil ich dachte, mein Atem würde aussetzen. Augen schliessen und schlafen war für mich wie sterben. Wie verabschiedet man sich von seiner Heimat? Sollte ich jeden meiner Landsleute einzeln küssen und umarmen? Ich musste Abschied nehmen von meinen Erinnerungen. Als ich einmal morgens mit Blutflecken auf dem Kopfkissen aufwachte, dachte meine Mutter, das sei das Ende, für mich und auch für sie. Sie brach in lautes Wehgeschrei aus und liess sich auch von meiner Tante kaum beruhigen. „Ich will sterben", klagte sie. „Wir müssen sofort Abu Haschem herkommen lassen. Lieber will ich sterben als mitansehen, wie er nach Bhannis kommt." Was Bhannis bedeutete, erfuhr ich erst Jahre später, als Mahdi, der Onkel meiner Mutter, aus dem Süden zu uns kam.

Onkel Mahdi hielt sich den Bauch und erklärte uns, er habe eine Schlange verschluckt. Einmal, da habe er Flusswasser getrunken, die Schlange sei wahrscheinlich noch sehr klein gewesen, denn er habe sie überhaupt nicht gespürt. Inzwischen aber sei sie ausgewachsen und schlängle sich in seinem Bauch herum. Onkel Mahdi war eine wandelnde Anekdotensammlung. Wenn er Geschichten erzählte, gab es immer etwas zu lachen. Wenn Mutter nicht da war, wollte er nicht ins Haus kommen. Dann blieb er mit seinen Stoffbündeln auf der Treppe stehen. Onkel Mahdi hatte keine Zähne mehr. Darum gingen wir einzeln zu ihm und liessen ihn raten, wer zu welcher Familie gehörte. Das war nicht einfach für ihn, bei den vielen Kindern aus der Nachbarschaft, die immer kamen, um ihn zu sehen. Doch er gab sich alle Mühe. Wir taten das nur, damit er lächelte und wir seinen zahnlosen Mund sehen konnten. Dann hielten wir uns die Bäuche vor Lachen. Wenn er daraufhin seinen Stock suchte, um uns zu verhauen, mussten wir noch mehr lachen, denn wir hatten ihn versteckt. Wir stibitzten auch seine Bündel. Wenn es ihm zuviel wurde, fing er an zu schimpfen und bekam einen Hustenanfall, an dem wir unsere helle Freude hatten. Wir dachten, der Husten sei gespielt. Wir wussten nicht, dass Onkel Mahdi Tuberkulose hatte. Seine letzten Tage hat er im Sanatorium von Bhannis verbracht.

Die Erinnerungen werden wichtiger, wenn man die Heimat verlässt. Sie werden Vergangenheit. Ich wollte sie für immer lebendig halten, in Hochglanz wie das Foto von mir mit meiner Nichte Sahra und meinem Neffen Achmad am Wasserfall von Hamana. Wir streckten die Hände nach dem kalten Wasser aus. Den Geschmack habe ich noch auf der Zunge.

Und der Radiergummi, für den ich mir hundertmal von meiner Mutter Geld geben liess, den ich aber nie kaufte. Schliesslich drohte die Lehrerin, sie würde mich aus der Klasse werfen, wenn ich am nächsten Tag keinen Radiergummi hätte. Am folgenden Tag ging sie die Reihen entlang, um zu überprüfen, ob auf jedem Tisch einer läge. Als sie kurz vor meinem Platz war, nahm ich blitzschnell den Gummi vom Nebentisch, biss ihn in zwei Hälften und warf eine davon zurück. Mein Nachbar war so verdattert, dass ihm der Unterkiefer herunterfiel.

Konnte ich das mit nach Damaskus nehmen? Konnte ich

mich irgendwo in eine Ecke setzen und mir Abdallah in Erinnerung rufen, der von morgens bis abends Haschisch rauchte und immer mit seiner Mutter Streit bekam, wenn er vollgekifft war? Wenn Abdallah eine Frau sah, wurden seine Augen ganz wässrig. Es brauchte nur eine in seine Nähe zu kommen, dann warf er ihr zärtliche Blicke zu und rief: „Wenn du mich heiratest, überschütte ich dich mit Diamanten."

Es hiess, Abdallahs Vater habe früher alle Häuser am Bab Idris besessen. Aber nachdem er seinen ältesten Sohn Chairallah zum Medizinstudium nach Amerika geschickt hätte, habe er eins nach dem andern verloren. Er sollte als Arzt zurückkommen, doch kaum hatte er mit seiner neuen Mütze Mutter, Vater und Bruder Abdallah vom Dampfer aus zum Abschied gewinkt, war der Kontakt abgebrochen. Man sagte, Abu Chairallah habe deswegen angefangen zu spielen und zu saufen und habe auch Frauen mit nach Hause genommen, ohne sich darum zu kümmern, was Umm Chairallah dazu meinte. Sie suchte angeblich ihr Seelenheil bei Wahrsagerinnen, Spiritisten und Astrologen. Ich wusste nicht, was an der Geschichte dran war, habe auch nie versucht, es herauszufinden. Uns Jungen im Viertel interessierte Abdallah nur als willkommenes Opfer für unsere Streiche.

Den grössten Spass hatten wir, wenn es uns gelang, ihn so wütend zu machen, dass er die Faust ausstreckte und Gott und die Welt verfluchte. Doch ebenso gross wie der Spass, den wir auf seine Kosten hatten, war unsere Angst vor ihm. Wenn er uns zu fassen bekam, zitterten wir um unser Leben. Einmal hatte ich Matratzen aufs Dach getragen, weil es im Haus heiss und schwül war wie in einem Backofen. Mutter war zu Vater in den Süden gefahren, und nachmittags trafen sich die Jungen aus dem Viertel bei mir auf dem Dach und blieben oft bis spät in die Nacht. Wir vertrieben uns die Langeweile damit, die Passanten zu beobachten, insbesondere Abdallah, der unten in der Strasse mit gesenktem Kopf auf und ab lief, laute Selbstgespräche führte und dazu wild mit den Händen gestikulierte. Wir hatten Stillschweigen vereinbart und flüsterten uns nur das Nötigste zu.

Leise schlich ich in die Wohnung hinunter und schleppte die volle Abfalltonne aufs Dach. Abdallah sass ahnungslos auf den Stufen vor seinem Haus. Ich versteckte mich hinter der aufgehängten Wäsche, von wo ich ihn im Auge hatte, und die Jungen, die bäuchlings am Rand des Daches lagen, fingen an, Stück für Stück die Abfälle hinunterzuwerfen. Als ihm die ersten faulen Tomaten und Zitronenschalen um die Ohren flogen, sprang Abdallah auf, blickte wild um sich, konnte aber nichts entdecken. Kaum war er wieder zu seinem Platz auf der Türschwelle zurückgekehrt, gab ich das Zeichen, dass sie weitermachen konnten. Eine leere Büchse flog ihm mitten ins Gesicht. Er sprang auf, fluchte laut im Namen Gottes und aller Kalifen und warf einen ahnungsvollen Blick auf unser Hausdach. Wir hatten eine Heidenangst vor seinem Jähzorn, konnten uns aber gleichzeitig das Lachen kaum verbeissen. Wir warfen uns auf die Matratzen und hielten den Atem an. Mit geschlossenen Augen spürte ich, wie ich angestarrt wurde. Es kostete mich grösste Mühe, das verräterische Zucken um meine Mundwinkel zu unterdrücken und gleichmässig zu atmen.

Abdallah traute der unschuldigen Szene nicht, die sich ihm bot. Sein Atem ging keuchend, weil er die Treppe heraufgerannt war. Ich hatte seine Schritte nicht näherkommen gehört. Plötzlich spürte ich sein Gesicht über mir. Er wusste, dass ich der Drahtzieher unserer Gruppe war. Ich fing an zu zittern, das Herz klopfte mir bis zum Hals. Jeden Augenblick erwartete ich, Abdallahs Hand würde nach meiner Kehle greifen und mich erwürgen. Meine Mutter hatte mich immer vor ihm gewarnt, weil er geistesgestört war. Ich blieb regungslos liegen, bis Abdallah sich resigniert abwandte und ich hörte, wie seine Schritte auf der Treppe leiser wurden. Als ich die Augen aufschlug, sassen die Jungen schweigend um mich herum.

War diese Erinnerung ein Stück meiner Heimat? Dann konnte ich sie mitnehmen wie meine Hände und meine Füsse. Die Heimat, das ist vielleicht Gegenwart und Vergangenheit zusammen, die alltägliche Gewohnheit. Man kann den Alltag nur lieben, wenn er Wirklichkeit ist, und Wirklichkeit ist er nur da, wo du zuhause bist. Der Alltag eines fremden Landes ist immer nur vorübergehend Wirklichkeit. Sobald du das Land wieder verlässt, hört sie auf, für dich zu existieren. Alles, was du in der Heimat tust, hat einen Wert, hat seinen Platz, weil du ihr Kind bist, und sie ist deine Mutter, die du an allem teilhaben lässt, was du tust. Du hast deine Nachbarn, deinen Metzger, deinen Lebensmittelhändler, du kennst den Busfahrer, sie alle gehören zu deinem Alltag. Wenn du mit allen gemeinsam, auch denen, die du nur gelegentlich triffst, die du nur vom Sehen kennst, wenn ihr euch alle zusammen an einem Ort niederliesset, der eurer Heimat ähnlich ist, und ihr dort ein neues Leben anfinget, was käme dabei heraus? Wärst du dann wieder in der Heimat? Wäre die Heimat wieder bei dir? Nein. Wir sitzen am Meer, das so aussieht wie das Meer zuhause. Die Brandung hört sich genauso an, die Wellen klatschen genauso gegen die Felsen und hinterlassen den Sand ebenso feucht. Wir stehen auf einem Berg, die Grillen zirpen in den Wäldern, der Boden ist rot vom Sandstein, Frauen melken Kühe in Eimer, die genauso aussehen wie die Eimer daheim. Du liegst in einer Kammer, in der sogar die Bettdecke die gleichen Streifen hat wie deine Decke zuhause. Aber du bist nicht zuhause.

Wir sassen zusammen und redeten von alten Zeiten, von denselben Leuten, die hier beisammensassen. Ich hatte Sehnsucht nach den Basilikummörsern vor Vaters Hütte im Süden, nach den Sportzeitschriften, den erotischen Heften unterm Kopfkissen, den verblassten Küchenfliesen. Als ich sagte, dass diese Dinge für mich Heimat bedeuteten, wurde ich ausgelacht. Lacht nicht, Freunde. Ich kann mich an ein anderes Land nicht gewöhnen. Sogar das Obst schmeckt hier anders. Ihr meint, ich rede daher wie ein Mädchen? Ich empfinde also wie ein Mädchen. Das ist eure Ansicht. Wenn ich euch richtig verstehe, sollen echte Gefühle Mädchensache sein. Offensichtlich haben wir nicht dieselbe Wellenlänge, Freunde.

Wie lange noch sollte ich in Afrika bleiben, in diesem Backofen, dem der Duft nach frischem Brot fehlte, in dem es muffig roch von der schwülen Hitze. Sogar die blühenden Bäume, die Steine, die Spinnennetze und die schwarzen, immer müden Körper mit ihren unterwürfigen, schreckhaften Blikken waren durchdrungen von diesem muffigen Geruch, der wie eine Dunstglocke über mir und über ganz Afrika hing. Jedesmal, wenn ich einem Neuankömmling aus dem Libanon begegnete, war die Dunstglocke verflogen. Alles glänzte und leuchtete in der Sonne, der Morgen atmete frisch und klar. Nach ein paar Tagen schlich sich allmählich die Schwüle bei ihm ein. Dann hatte Afrika ihn aufgesogen.

Diese Empfindungen wurden immer intensiver. Ich wurde zunehmend reservierter, wenn ich mit Libanesen zusammentraf. Ihre Gespräche, ja sogar ihre Kleidung bedrückte mich. Ich kam mir vor wie ein Idiot, wenn ich versuchte, meine Anspannung zu ignorieren. Ich musste mir auf die Zunge beissen, um niemanden anzufahren oder gar zu beleidigen. Ich musste mich immer wieder daran erinnern, dass ich aus anderen Gründen hier war. Ich war ein politischer Flüchtling. Laut Gesetz galt ich als Verschwörer, als Verbrecher. Sie waren aus wirtschaftlichen Gründen gekommen. Nach einem Jahr blieben sie wegen des Geldes, nach ein paar weiteren Jahren hatten sie in dieser Erde Wurzeln geschlagen und blieben, weil sie die halbe Strandpromenade aufgekauft hatten. Ihre geschnitzten Stühle trieben mir den Zornschweiss auf die Stirn. Ihre Essgewohnheiten brachten mich zur Weissglut. Ihre französischen Konversationen schienen nur aus einem Wort zu bestehen: „Bon, bon." Ihr ewiges „bon" schnürte mir das Herz ab. Ihr einziges Interesse galt dem Geldscheffeln, dem Kubbeessen und dem Kartenspielen. Sogar die Genossen aus der Partei waren Bonsager, Geldscheffler und Kubbefresser, nur kam bei ihnen noch das Bekenntnis zum syrischen Nationalismus dazu. Neben der Verwirklichung ihrer materiellen Träume blieb ihnen keine Zeit zu leben, Afrika zu entdecken.

Auf einer Parteiversammlung brachte ich das Thema zur Sprache. Ich fragte, warum sie keine Bücher läsen, keine

Nachrichten aus der Heimat verfolgten, sich nicht um das politische Weltgeschehen kümmerten, warum sie nur das Wort „bon" lernten und weiter nichts. Der einzige, der mich nicht wütend machte, war Madsched. Zu ihm baute ich eine engere Beziehung auf. Durch die Gespräche mit ihm erfuhr ich, was materielle Not bedeutete. Ich lernte, die Fremde mit den Augen des Fremdlings zu sehen, der die Heimat aus freien Stücken verlassen hatte.

„Der Süden", sagte Madsched einmal, „besteht nur aus Fliegen und Staub. Darum musste ich fort. Ich musste nach Afrika. In Afrika, so habe ich geglaubt, würden die Diamanten an den Bäumen wachsen. So wie ich mir vorstellte, in Saudiarabien lägen die goldenen Uhren auf der Strasse herum."

Aber ihm wurde klar, dass man in Afrika wie in Saudiarabien, wie in allen Ländern der Welt, hart arbeiten und kämpfen musste, dass es viel Schweiss und Plackerei kostete, bis man goldene Uhren und Diamanten sah.

Ich versuchte, Madsched von meinem Lebensstil und meinen Ansichten über den Umgang mit den Afrikanern zu überzeugen. Er hingegen dachte vor allem ans Heiraten. Mit einer Afrikanerin wollte er sich auf keinen Fall „in Schwierigkeiten bringen". Vielleicht waren ihm Gerüchte über meine Affären mit Afrikanerinnen zu Ohren gekommen, denn er beteuerte, er habe den andern von den Briefen erzählt, die ich aus dem Libanon bekäme, um den Verdacht auszuräumen, ich hätte etwas mit einer Afrikanerin. Ich ging zum Fenster und überlegte. Briefe? Was für Briefe? Ach ja, die Briefe von meiner Nichte Sahra. Das waren die einzigen Briefe, die mich mit der Heimat verbanden.

Madsched liess mich allein in Gedanken über die Briefe meiner Nichte und das vertraute libanesische Briefpapier. Sie war die einzige, die mich über das Geschehen im Libanon und in der Familie auf dem laufenden hielt. Ihre Briefe waren schön, aber auch traurig. Ich konnte kaum annehmen, dass sie sich an mich erinnerte.

Sie mochte etwa zehn Jahre alt gewesen sein, als ich den Libanon verliess. Ich selbst hatte sie nur dunkel in Erinnerung und konnte mich nicht entsinnen, je mit ihr gesprochen zu haben. Darum bat ich sie um ein Foto, damit ich wüsste, wem ich schrieb. Ich hatte keine Ahnung, was sie veranlasst hatte, mir zu schreiben. Jedesmal, wenn ich einen Brief von ihr bekam, fragte ich mich, ob Sahra wohl wüsste, dass sie mich durch ihre Briefe mit der Heimat und der Familie verband. Ich fragte mich, was aus den Verwandten, den Freunden und Genossen geworden war, warum sie den Kontakt zu mir abgebrochen hatten. Inzwischen waren Jahre vergangen, und ein Briefwechsel mit mir stellte keinerlei Risiko mehr dar. Die libanesische Regierung hatte auf einen Auslieferungsantrag verzichtet, der Botschafter und alle Botschaftsangehörigen wussten, dass ich hier war.

Anfangs hatte ich einen Brief nach dem andern an Familie und Freunde geschickt. Die meisten hatten zunächst eifrig zurückgeschrieben, aber nach und nach waren die Antworten ausgeblieben. War es Nachlässigkeit, Gleichgültigkeit, oder ging es ihnen so gut, dass sie es nicht nötig hatten zu schreiben? Hatten sie meine Briefe überhaupt zu Ende gelesen? Wohl kaum, denn wenn ich schrieb, wurden mindestens zehn Seiten daraus. Das bedeutete, dass ich in höchster Not war. Vielleicht ging es Sahra ähnlich. Vielleicht füllte sie aus dem gleichen Grund Seite um Seite über die verschiedensten Probleme. Ihre Sätze waren durchdacht, von naiver Logik und hatten immer einen melancholischen Unterton. Über sich selbst schrieb sie nie, obwohl ich sie immer wieder darum bat, etwas von ihrem Alltagsleben in Beirut zu erzählen, damit ich es anfassen konnte, damit ich bedauern oder auch froh sein konnte, nicht dort zu sein. Aber so, als läse sie meine Briefe nicht, antwortete sie nie auf meine Fragen, sondern schrieb und schrieb über Themen ihrer eigenen Wahl.

Nur einmal beantwortete sie eine Frage. Ich hatte sie ein Jahr zuvor gefragt, ob sie Lust hätte, mich in Afrika zu besuchen. Ihre Antwort lautete: „Mein Vater ist mit einer Reise nach Afrika einverstanden." In den knappen Briefen, die sie mir am Schluss schickte, fiel mir auf, dass sie viel über den Tod schrieb. Ihrer Meinung nach war der Tod das grösste Glück, das dem Menschen widerfahren konnte, was mir oberflächlich und naiv vorkam. Ich versuchte, nach dem Grund für ihre Empfindungen zu forschen und fragte, ob sie Probleme hätte. Als sie nicht auf meine Fragen einging, schrieb ich an ihren Bruder Achmad und forderte ihn auf, sich um Sahra zu kümmern. Er reagierte überhaupt nicht auf diesen Brief.

Anfangs hatte ich geglaubt, ich würde mich an die glühende Hitze gewöhnen. Aber wenn ich die Tür aufmachte und die glühende Sonne sah, hatte ich das Gefühl, in einer Falle zu sitzen. Die Sonne ist nicht rund in Afrika, sie ist ein glühender Klumpen mit lodernden Zungen nach allen Seiten, die nur darauf lauern, an einem hochzuzüngeln. Ich glaubte, ich würde dieser Hitze Herr werden, ich würde ins Stadtzentrum gehen, durch die Geschäfte bummeln, vielleicht ein anderer Mensch werden, anders denken, andere Bücher lesen, eine andere Sprache sprechen. Aber da waren nur die leeren Auslagen der Buchhandlungen, da war der Feuerklumpen, der immer am selben Platz hing, da waren die Menschen, die von einem Tag zum andern lebten und nur auf den Augenblick warteten, in dem sie in ein Flugzeug steigen würden, das nach Beirut flog. Da waren die ungastlichen Häuser, da stand ich wie auf einem Bahnhof ohne Gleise, und der Feuerklumpen wollte mich ersticken mit seiner Schwüle. Da waren die drei Restaurants mit immer denselben Gästen, den eintönigen Speisekarten, der provisorischen Atmosphäre. Wie sollte ich mich in diesem Land weiterentwickeln? Wie sollte ich in den Libanon zurückkehren, wenn ich wusste, dass ich nach wie vor mit jedem, den ich träfe, diskutieren würde und versuchen, ihm meine Partei aufzuzwingen? Wie sollte ich ein Haschem werden, der stärker von Vernunft als von seinen Gefühlen geleitet wurde, wenn ich von lauter Bonsagern, Kubbefressern und Geldscheffllern umgeben war? Wo gab es Bücher, Luft, Kontinuität, die Kleinigkeiten, die den Menschen zum Menschen machen? Der Feuerklumpen gab keine Antwort, und alle dachten nur an morgen, zwischen den Flügeln eines Flugzeugs, Destination Beirut.

Ich wollte den Mut nicht aufgeben, aber diese afrikanische Stadt hatte nichts zu bieten ausser Gedränge, Gerede, Karten, die auf Spieltische geknallt wurden, Spielern und betrunkenen Afrikanern in ihren Strohhütten. Als ich zum Vorsitzenden der hiesigen Partei ernannt wurde, lehnte ich mich gegen diesen Posten auf. Früher hätte ich mir nichts Schöneres gewünscht als einen solchen Posten. Jede Versammlung wäre für mich eine Prüfung meines Wissens und Könnens gewesen. Aus Liebe zur Partei hatte ich davon geträumt, Versammlungen nach meinen Vorstellungen leiten zu können. Ich hätte mir gewünscht, dass das Gefühl die treibende Kraft war und nicht Logik oder philosophische Beweisführungen. Aber dieser Posten hier verlangte keinerlei Einsatz. Es wurde nicht diskutiert, es gab keine Auseinandersetzungen. Man gehörte der Partei an wie irgendeinem Klub.

Die ersten wöchentlichen Versammlungen erwartete ich noch voller Spannung und Ungeduld. Aber hier war alles anders als im Libanon. Hier wurde mein Eifer durch den Feuerklumpen und seine Schwüle erdrückt. Das Gefühl des Provisoriums lähmte den Genossen Körper und Geist. Sie fragten ständig, ob unsere Versammlungen mit denen in Beirut vergleichbar seien und ob ich über die dortigen Ereignisse auf dem laufenden sei. Ich nickte nur und starrte auf ihre vorspringenden Bäuche und die schweissglänzenden Gesichter. Ich wunderte mich über diese Frage, wo es doch keinerlei Neuigkeiten von der Partei aus dem gesamten Libanon gab. Es gab Verhöre und Folter mit allen alten und neuen Methoden. Das marode, zersplitterte System, das wir hatten stürzen wollen, war plötzlich eine starke Regierung, die allen Orkanen standhielt. Die Schwächlinge, die vom Ruder hin- und hergeschüttelt worden waren, hatten sich als absolute Herrscher entpuppt. Ich musste an zwei Fotos aus der Zeitung denken. Auf dem einen sass ein wohlgenährter Mann an einer gedeckten Tafel, das zweite zeigte einen Mann mit eingefallenem Gesicht am Boden. Er sah krank und abgezehrt aus, und die gebrochenen Handgelenke zeigten noch die Spuren der Handschellen. Bei genauer Betrachtung konnte ich erkennen, dass es sich um ein und denselben Mann handelte, allerdings nur an den Augen. Sonst hatte sich alles verändert. Diese Augen bettelten nur um eins: Wann werdet ihr endlich begreifen?

Das waren die Neuigkeiten von der Partei im Libanon, in allen Einzelheiten. Assad al-Aschkar war verhaftet worden und hatte einen Fluchtversuch unternommen. Während ich hier bei den Genossen sass, war ich plötzlich wieder in dem Bus nach Damaskus. Der Geruch der Bäume hing mir in der Nase. Dann war ich in dem Hotel in Damaskus unter den bewundernden Blicken der Kameraden, die mich wegen meiner waghalsigen Flucht einen Helden nannten.

Meine Wut nahm zu, meine Wut auf das provisorische Leben, die provisorischen Versammlungen, die provisorischen Genossen. Was ich auch tat, mein Leben hier blieb wie ein Eisblock mitten auf einem heissen, dampfenden See.

Meine Flucht hatte meine Position in der Partei gefestigt. Ich genoss allgemeines Ansehen in Afrika. Als ich dort ankam, wurde ich behandelt, als sei ich der lang ersehnte Mahdi, der Künder der Endzeit. Von allen Seiten wurde ich mit Einladungen und Respektbezeugungen überhäuft. Jedes Wort, das ich sagte, wurde bewundernd mit „bon" aufgenommen. So war es am Anfang. Doch mit der Zeit brach mein hitzköpfiges Temperament wieder durch. Einem Genossen, dessen Bruder zu Tode gefoltert worden war, versprach ich, das Schwein, das den Befehl zur Folterung erteilt hatte, aufzuspüren, sobald ich wieder im Libanon sei. Bei der erstbesten Gelegenheit sollte er gelyncht werden. Zuerst schlug ich vor, ihn zu erschiessen. Dann erschien mir das angesichts der brutalen Foltermethoden zu milde, und ich entschied, er solle mit einer Autobombe in die Luft gesprengt werden. Diesen Gedanken, den ich offen aussprach, bezeichneten die Genossen als faschistisch. Doch wurde etwa nicht gefoltert? Wer also war der Faschist, ich oder dieser Folterknecht? Viele wollten zuerst nicht glauben, dass ich es ernst meinte, aber diese Ansichten waren mein voller Ernst.

Ich wurde immer leichtsinniger unter dem Druck des Lebens hier und ruinierte damit meine berufliche Karriere. Ein Genosse, Besitzer einer Kaffeefabrik, hatte mir einen hohen Posten in seinem Unternehmen vermittelt. Nun schob er mich diskret und mit diplomatischem Geschick Stufe für Stufe die Hierarchieleiter abwärts, bis ich mich als einfacher Arbeiter in dieser Fabrik wiederfand. Meinen Heldennimbus behielt ich trotzdem, besonders für die Jüngeren. Ich wurde auch weiterhin häufig eingeladen und fing an, mich an das Leben hier zu gewöhnen. Die Einberufung von Parteiversammlungen gehörte nicht mehr zu meinen Aufgaben, ich versuchte nicht mehr, den anderen Libanesen zu sagen, wie sie zu leben hätten, sondern integrierte mich in ihre Gemeinschaft, besonders, als meine Korrespondenz mit zuhause abriss und mir klar wurde, dass an eine Rückkehr in den Libanon unter der Regierung Schehab nicht zu denken war.

Die Abende am Spieltisch wurden zur Gewohnheit, ich lernte zuhören, wenn jemand eine belanglose Geschichte erzählte, ohne gleich aufzubrausen, Kleinigkeiten, die mich vorher geärgert hatten, fingen an mir zu gefallen. Ich wurde einer von den Kubbefressern. Das Wort „bon" ging mir leicht über die Lippen. Ein Vermögen machen, warum nicht? Das Leben im Libanon war schöner. Alle meine Gedanken und Hoffnungen folgten den Flügeln der Flugzeuge, die Tag und Nacht in den Libanon flogen. Und Tag und Nacht träumte ich von der Liebe und vom Heiraten. Morgen würde ich in der Heimat sein. Die Zeit würde stillstehen und ich würde das Leben nachholen, in der Heimat.

Einmal fragte ich Sahra in einem Brief nach einer Freundin, die Interesse hätte, mir zu schreiben. Wie üblich blieb sie die Antwort schuldig. Ich würde sie fragen, wenn sie hier wäre. Ich würde sie bitten, mich mit einem libanesischen Mädchen bekannt zu machen. Die Französinnen hier waren zwar recht attraktiv, aber ich wollte eine Frau, der die Parteiparolen geläufig waren und die genauso gern wie ich die Lieder von Fairus hörte. Die Afrikanerinnen waren nur gut für den Sex. Meine Affären stiessen bei den Freunden auf Kritik. Anfangs begriff ich den Grund nicht. Schliesslich bekam ich heraus, dass es einzig und allein die Hautfarbe war. Wer sich mit einer Schwarzen sehen liess, dessen Chancen sanken bei den Libanesinnen. Also beschränkte ich meine Beziehungen mit Afrikanerinnen aufs Bett.

Wenn Sahra heute in Afrika ankommt, werde ich traurig sein. Wenn sie hierherkommt, reisst meine einzige Verbindung zur Heimat ab. Meine Trauer wird ruhig und leicht sein, denn ich bin nur vorübergehend von der Heimat abgeschnitten. Mein Name ist für immer in den Stamm des Baumes in Dhur Schueir eingeritzt, der Saades Hütte trägt. Das ist wohl das einzige, was geblieben ist nach so vielen Jahren. Das Bett ist nicht mehr mein Bett, die Leintücher riechen nicht mehr nach mir. Die Schulbücher haben sie bestimmt nicht aufgehoben. Nur das Gewicht, das ich im Trainingsraum gestemmt habe, steht vielleicht noch hinter dem Badezimmerofen. Was einmal war, hat der Küchengeruch des Alltags überdeckt. Heute werde ich taufrische Nachrichten aus der Heimat bekommen. Ich hoffe, Sahra weiss Bescheid über alle Genossen, die ich in meinem letzten Brief aufgezählt habe. Sie wollte wissen, was sie mir aus dem Libanon mitbringen sollte. Das war meine einzige Bitte gewesen. Sie hatte vielleicht an die Spinattaschen gedacht, für die ihre Mutter berühmt war. Mit diesen köstlichen Spinattaschen hatte Fatme mein Stillschweigen über ihren Geliebten erkauft.

Ich hätte nie gedacht, dass meine Gefühle für Sahra so intensiv werden könnten. Dass ich auf die Couch im Wohnzimmer übergesiedelt war und ihr mein Schlafzimmer überlassen hatte, war ein Versuch, diesen Gefühlen Ausdruck zu geben. Sahra war mein Bindeglied zur Familie und zur Heimat. Nach vielen Jahren konnte ich sie endlich sehen, riechen, ja sogar anfassen. Ich wollte ihre Hand, ihr Gesicht, ihr Haar, ihr Kleid berühren. Ich wollte sie ganz fest an mein Herz drücken. Durch sie war Afrika mit einem Schlag wie verändert. Der Feuerklumpen war ein wenig blasser geworden, das Heimweh war verschwunden, die Worte hatten einen neuen Sinn. Sie sah ihrer Mutter und mir ähnlich. Sie war ein Teil von mir. Da hatte sie Tausende von Meilen zurückgelegt und war in Afrika gelandet wie ein trauriger, erschöpfter Schmetterling. Ich wollte mehr von ihr wissen, ich war unersättlich. Jede Kleinigkeit sollte sie mir erzählen. Mich interessierte alles, auch das, was sie für bedeutungslos hielt. Endlich war sie da. Sie lag nebenan in meinem Bett. Ich konnte sie atmen hören.

Wie war das Haus öde gewesen, ich allein mit dem surrenden Ventilator, der den Staub aufwirbelte. Immer war ich allein gewesen, wenn ich Einladungen annahm, ans Meer ging oder in einen der Klubs. Jetzt hatte sich ganz Afrika verändert. Ich wollte sie überallhin mitnehmen. Ich wollte ihr kaufen, was ihr Herz begehrte. Ich würde ihr den goldenen Armreif kaufen, der mir kürzlich so gut gefallen hatte. Mir war nur kein Mädchen eingefallen, der ich ihn hätte schenken mögen. Wenn ein Mensch zu dir kommt, der dein Leben verändert, ist das kein Zufall. Die drei Restaurants waren wie verwandelt. Das Kino sah mit einem Mal einladend und grosszügig aus. Dass sie in mein leeres, provisorisches Leben trat, war ein umwälzendes Ereignis. Ich spürte, dass ich durch sie Vergangenheit, Gegenwart und Zukunft finden könnte, meine Vergangenheit, meine Gegenwart und meine Zukunft. Ich würde Afrika neu entdecken, gemeinsam mit einem Menschen von meinem Fleisch und Blut, einem Menschen, der meine Bewegungen, meine Blicke und Herzschläge wahrnahm. Dieser erschöpfte, traurige Schmetterling hatte sich mich als Landeplatz ausgesucht, ohne zu wissen, dass ich wie ein junger Vogel war, der hungrig den Schnabel aufsperrte und nach einem Korn oder einem Tropfen Wasser lechzte.

Ich schlief unruhig, aus Angst, morgen ginge der Feuerklumpen wieder auf, um mich zu peinigen, und alles wäre nur ein schöner Traum gewesen. Aber der Morgen kam, und Sahra lag immer noch im Nebenzimmer. Ich hörte ihren ruhigen, gleichmässigen Atem. Es war ihr unangenehm, dass ich sie weckte. Wenn ich mich auf den Bettrand setzte, hielt sie die Luft an und verwandelte sich in ein Stück Holz. Wenn ich ihr meine Zuneigung zeigen wollte und ihr die Hand auf die Schulter legte, zog sie sich zurück. Wenn ich sie nur ansprach, ohne sie zu berühren, blieb sie stumm wie eine Sphinx. Wenn ich sie zum Tanzen überredete und sie nach langem Zögern einwilligte, hielt sie mir eine kalte Plastikhand hin.

Als ich meine Gefühle trotz ihres Schweigens und ihrer Abweisungen nicht unterdrücken konnte und auch nicht wollte, sagte sie tadelnd: „Was machst du da?"

Was ich mache? Ich bin du, ich bin deine Mutter, deine Mutter ist das Kind meiner Mutter. Lass mich dich umarmen, mein Gesicht in dein Haar wühlen, lass mich den Saum deines Kleides berühren. Lass deine Hand über mein Haar streichen, bevor ich einschlafe. Flüstere mir zu, dass ich bei dir geborgen bin. Leih mir deine Schulter, ich will mich anlehnen an dich, damit mir nicht mehr schwindlig wird von den Umdrehungen der Erde, damit der Kloss in meinem Hals sich auflöst. Nimm mich in deine Arme, mag der Feuerklumpen glühen, ich will seine Hitze nicht spüren, nur deine Wärme. Wiege mich in Sicherheit. Du fragst, was ich mache? Ich habe dir eine Flugkarte geschickt und dich vom Flughafen abgeholt. Weiter habe ich eigentlich noch nichts gemacht. Ich will lachen und weinen zugleich. Du bist die einzige, die sieht, wie ich hier in Afrika lebe, dem Feuerklumpen ausgeliefert. Sei kein Stück Holz! Mit einem Stück Holz kann ich nicht reden. Ihm gegenüber kann ich meine Gefühle nicht ausdrücken. Meine Gefühle aber sind Wasserfälle, die von Bergen herabstürzen, und Ströme, die sich in alle Ozeane der Welt ergiessen. Ich will mich an dich schmiegen. Nur so kann ich meinen Gefühlen Ausdruck geben. Die Partei allein genügt mir nicht. Obwohl ich mich mit ihr so vertraut fühle wie mit dir. Aber sie ist mir verschlossen. Ich habe versucht, bei ihr Geborgenheit zu finden, aber sie hat mich hier alleingelassen, trotz der Genossen. Vielleicht müssen Parteien hier an der Schwüle des Feuerklumpens ersticken. Wenn du nicht meine Nichte wärst, würde ich dich heiraten. Sag das niemandem. In deinen Augen liegt so etwas Trauriges, das ich liebe. Ich liebe die Trauer in deinem Schweigen. Sag es niemandem. Ich bin ein junger Vogel, der nach einem Korn, einem Tropfen Wasser lechzt. Weisst du, dass du der einzige Mensch bist, zu dem ich eine gefühlsmässige Verbindung habe? Als Kind habe ich von Gummireifen zum Spielen geträumt. In der Pubertät habe ich davon geträumt, die Schule zu schwänzen und ins dunkle Kino zu gehen. Danach hat die Partei alle meine Gefühle, meine Hitzigkeit, meine innere Ruhe und Ruhelosigkeit aufgesaugt. Zu ihr hatte ich eine emotionale Bindung, nicht zu einzelnen Genossen. In Afrika habe ich keine Beziehungen aufbauen können. Hier ist alles provisorisch. Hier bist du die einzige, zu der ich eine emotionale Bindung habe. Ausser belanglosen Überlegungen wie: Was essen wir morgen? Wohin gehen wir heute abend? Worüber sollen wir reden? Wann gehen wir schlafen? kreisen alle meine Gedanken nur um dich. Ich sitze im Wohnzimmer, während ein Mensch, zu dem ich eine Beziehung habe, mein Bett und mein Zimmer besetzt. Verstehst du mich? Oder lenken dich deine Pickel im Gesicht zu sehr ab? Meine Beziehung zu dir hat angefangen mit unserem Briefwechsel, mit meiner Einladung und deiner Zusage. Meine Beziehung zu dir verbindet mich mit der Heimat, denn du bist die Familie, und ein Mensch ohne Familie ist wie ein Wesen ohne Seele. Warum zitterst du so? Warum willst du nicht zulassen, dass ich dich an mich drükke und den provisorischen Zustand hier vergesse? Mit deinem Kommen ist ein Hoffnungsschimmer aufgetaucht, den du ausstrahlst und der in mich eindringt und mich ermutigt, an eine Rückkehr zu glauben. Du gibst mir Vertrauen und wirkliche Sehnsucht nach der Heimat. Ich sitze nicht mehr nur herum und hänge meinen Träumen nach, ohne etwas dafür zu unternehmen. Du presst die Lippen zusammen, du drückst dich an die Wand und fragst: „Was machst du da?" Das ist das einzige, was du nach langem Schweigen sagst, in das du sofort wieder verfällst. Dann gehst du ins Bad. Du schliesst dich ein und kommst nicht wieder. Du kommst nicht wieder.

4

Als ich Sahra fragte, ob sie meine Frau werden wollte, wusste ich von ihr lediglich, dass sie Haschems Nichte und unverheiratet war. Sie kam für mich wie gerufen. So musste ich nicht in den Libanon fahren, um eine Frau zu suchen. Das ersparte mir viel Geld für Reise und Aussteuer. Ich hatte gehört, dass eine Braut hier keine Ausstattung verlangte wie zuhause. Und auch wenn sie es wollte, hier würde sie keine Läden finden wie auf dem Suk Sarsuk. Auch der Schmuck war hier anders und billiger. Wenn ich erst verheiratet war, würde Afrika für mich eine neue Heimat werden. Das frische Wasser, den strahlenden Himmel, die schönen Berge, das unvergleichliche Klima des Libanon würde es hier natürlich nie geben. Aber was nützte mir das alles, wenn ich über den Burdsch-Platz lief und mir nicht einmal ein Falafel-Sandwich leisten konnte. Armut löscht die Schönheit der Landschaft vor deinen Augen aus, bis du nichts mehr siehst, nichts mehr denken kannst. Ich spreche vom Burdsch-Platz, nicht einmal von der Hamra-Strasse oder dem Rauscha-Viertel. Diese Gegenden sind ohnehin einer anderen Menschenrasse vorbehalten. Sie waren mir so fremd, dass ich mich nicht einmal getraut hätte, dort in ein Kino oder spazieren zu gehen oder mir ein Sandwich zu kaufen. Ich hatte Angst davor, weil ich so wenig Geld besass. Manchmal hatte ich nur eine Lira in der Tasche. Ich wollte nicht als Landstreicher angesehen werden. Darum mied ich die Gegenden der Reichen.

Immerhin habe ich es mit einiger Mühe geschafft, nach

Afrika zu kommen. Kaum hatten meine Füsse den Boden des schwarzen Kontinents berührt, da kamen bereits Briefe von Freunden und Bekannten aus meinem Dorf und den Nachbardörfern. Ich sollte ihnen helfen, nach Afrika auszuwandern. „Hier im Libanon kümmert sich kein Mensch um dich. Wenn du einen Piaster hast, bist du genau einen Piaster wert", las ich in diesen Briefen und dachte nur: Wem sagst du das? Ich dachte an meinen Vater mit Hammer, Dreifuss und einer Kiste Nägeln auf der Schulter. Ich dachte an meine Mutter, und ihren selbstgemachten Joghurt, an meine kleinen Geschwister, denen die Fliegen unter der Nase klebten, an meine Briefmarkensammlung, die ich im Geschirrschrank aufbewahrte, von der ich glaubte, sie würde mir eines Tages ein Vermögen einbringen. Dann waren da noch die ausgeschnittenen Zeitungsartikel und ein paar Bücher von Dschurdschi Saidan. Das war alles, was ich besass.

Mein Vater war selig, mich in Afrika zu wissen. Seine Briefe waren nicht an mich, sondern an Gott gerichtet, angefangen beim Bismillah über Gott, den Allmächtigen, der mich in seiner Barmherzigkeit nach Afrika hatte gehen lassen, wo ich, Inscha Allah, wie ein Mann lebte und nicht wie ein Tier, wo ich, Alhamdulillah, Arbeit hatte, bis zu den abschliessenden Danksagungen und Lobpreisungen Gottes, der mir soviel Gnade und Glück gewährte.

Ich musste heiraten, eine Familie gründen, um ein Heim zu haben wie jeder normale Mensch, damit ich mich nicht mehr zu schämen brauchte. Nur so würde ich die Minderwertigkeitsgefühle überwinden können, die ich früher in der Hamra-Strasse und heute in der Rue de la Fontaine hatte, der hiesigen Entsprechung zur Hamra. Ich musste arbeiten, um

Geld in der Tasche zu haben und ein normaler Mensch zu werden, der gelassen durch die Hamra in Beirut und die Rue de la Fontaine in Afrika schlendern konnte.

Den Ausschlag dafür, dass ich mir so schnell wie möglich ein kleines Vermögen zusammensparen wollte, hatte die libanesische Unabhängigkeitsfeier gegeben, die im einzigen grossen Hotel am Platz veranstaltet wurde. Alle Libanesen waren eingeladen. Wir hatten es von einem Kollegen erfahren, der eine schriftliche Einladung erhalten hatte, und nahmen an, die Botschaft hätte nicht genügend Einladungskarten für alle gehabt. Als wir beim Hotel ankamen, spürte ich, dass wir nicht dazu gehörten. Die reichen Libanesen fuhren in ihren grossen Wagen vor und wurden am Eingang von Botschaftsangehörigen respektvoll empfangen. Wir standen und warteten, bis wir an der Reihe waren. Ihre Blicke streiften uns flüchtig, aber niemand streckte uns die Hand zur Begrüssung hin. Ich dachte, ich müsste vielleicht von mir aus auf sie zugehen, sie kannten sich vermutlich und begrüssten einander deshalb so herzlich. Meine Freunde folgten mir zögernd. Unsicher klammerten wir uns aneinander und wurden mit befremdeten Blicken eingelassen. Mit gewöhnlichen Libanesen schien hier niemand gerechnet zu haben. Von Unabhängigkeitsfeier konnte keine Rede sein. Es gab keine Ansprachen, nur Gläser mit alkoholischen Getränken und Säften wurden herumgereicht, aber wir waren vom Glanz der Silbertabletts so geblendet, dass wir nicht wagten, die Hand danach auszustrecken. Sie feierten die Unabhängigkeit auf ihre Weise. Sie sahen aus, als könnte die Hitze ihnen nichts anhaben, als zöge sich die Sonne vor ihnen zurück. Die Erklärung für diesen Eindruck gab mir einer der geladenen Gäste. Er sagte, sie hätten sogar in ihren Wagen und Badezimmern Klimaanlagen. Erst machte mich das zornig und traurig. Dann aber sagte ich mir, das beste sei es wohl, nicht zuviel darüber nachzudenken.

Ein anderes Erlebnis dieser Art hatte ich mit einem grossen blonden Herrn. Er wollte ein Radiogerät kaufen und sprach mich auf französisch an. Bonschur, bonsuar und dschevusäm waren aber die einzigen französischen Worte, die ich kannte. Unwillkürlich begrüsste ich ihn auf arabisch, und zu meinem Erstaunen erwiderte er meinen Gruss. Er sah aus wie ein Europäer. Ich legte die Hand an die Brust und verneigte mich, wie es auf dem Land zur Begrüssung üblich ist, und sagte: „Willkommen, herzlich willkommen, Bruder. Sie sind Libanese? Treten Sie doch bitte näher. Füllen Sie meinen bescheidenen Raum mit den Wohlgerüchen des Libanon." Mir fiel überhaupt nicht auf, dass der „libanesische Bruder" meine Gefühle keineswegs erwiderte, sondern nur einen nervösen Blick auf das Gerät warf und die Hand in die Tasche steckte, um zu zahlen.

„Was darf ich Ihnen anbieten?" fragte ich, „Limonade oder Kaffee?" Ich plauderte drauflos über meine Schwierigkeiten bei der Beschaffung des Visums und erzählte, dass ich erst vor einigen Tagen angekommen sei und dass ich ein kleines Zimmer gemietet hätte bei meinem Vetter Machmud. Ich lud ihn ein, mich zu besuchen, er kenne doch sicher das Haus von Machmud Saatar, gleich neben der Pepsi-Cola-Fabrik.

Als der „libanesische Bruder" sich wortlos zur Tür gewandt hatte und gegangen war, kam Machmud auf mich zu und sagte halb ärgerlich und halb lachend: „Was ist denn in dich gefahren, Madsched? Weisst du überhaupt, mit wem du da geredet hast? Das war Wakil Sulaiman. Und den wolltest du in deine Kammer einladen!"

Verwirrt und beschämt versuchte ich mich zu rechtfertigen: „Aber wenn Libanesen sich in der Fremde begegnen, da ist es doch selbstverständlich, dass ich ihn begrüsse und einlade."

Doch Machmud und die afrikanischen Angestellten lachten mich aus. Wer Wakil Sulaiman war, erklärte er mir nicht. Das fand ich mit der Zeit selbst heraus. Er war ein Rechtsanwalt aus aristokratischer Familie, die aus politischen Gründen in Afrika im Exil lebte.

Aus diesen Erfahrungen lernte ich, dass die Welt war wie eine Hand. Jeder Finger hatte die ihm bestimmte Länge und Form, ganz gleich ob im Exil oder in der Heimat. Ich wurde daran erinnert, dass es sogar auf dem Land Unterschiede gab. Ich hatte sie nur vergessen, als ich nach Afrika kam, in der Annahme, die Fremde bringe die Menschen einander näher, insbesondere dann, wenn es sich um Landsleute handelte. Doch diese Annahme war falsch. Das einzige, was die Menschen einander näher brachte, war das Geld. Darum wollte ich arbeiten. Ich wollte im Geld schwimmen, wollte meine Mutter mit Geld überhäufen und ihr verbieten, als Dienstmädchen in Beirut zu arbeiten. Wir würden gemeinsam die Vergangenheit vergessen, in der sie mich unter irgendeinem Vorwand mitnahm und mich zwischen Dutzende von Schuhen setzte.

Hin und wieder war ich auch in der Schule gewesen, oder ich hatte meinem Vater geholfen, das Werkzeug zu tragen. Mit Leisten, Ahle und einem Bündel Lederflicken liefen wir durch die Dörfer und riefen gemeinsam: „Der Schuhflicker ist da! Der Schuhflicker ist da!" Die Dienstherrin meiner Mutter stellte mich vor die blankgeputzten Schuhe wie vor eine schwierige Prüfung. Meine Angst, sie zu begutachten, wurde jedesmal grösser. Dann schimpfte ich meine Mutter laut aus, nur damit sie mich nicht mehr mitnahm, obwohl ich wusste, dass sie mich wieder zwingen würde, weil sie dadurch drei Lira mehr verdiente. Als ich den einzigen Freund verlor, an dem meine Kinderträume hingen, hörte ich auf, mich dagegen zu sträuben.

Dieser Freund war ein Esel, den ich nach der gleichnamigen Serie in der Zeitschrift „Sindbad" Safwan getauft hatte. Wenn ich ihn mit seinen blutverkrusteten Hufen über die steinigen Pfade trotten sah, lebte ich auf. Safwan kannte mich und seinen Namen. Ich liebte ihn, und er liebte mich. Er war verkauft worden, ich hatte keine Ahnung warum. Als der Käufer ihn abholte und ihn mit grober Stimme antrieb: „Los, Esel, hüah!", schrie ich mit Tränen in den Augen: „Er heisst nicht Hüah, er heisst Safwan!" Ich lief zu ihm und schlang ihm die Arme um den Hals. Aber trotz seiner Liebe zu mir ging er mit dem Mann, der ihn gekauft hatte, über den steinigen Weg davon, ohne sich nach mir umzudrehen.

„Safwan!" rief ich, „Safwan!" und rannte hinter ihnen her. Ich folgte ihnen bis zum Nachbardorf. Safwan drehte sich kein einziges Mal um, aber ich gab nicht auf. Meine Füsse wurden so wund wie seine Fesseln. Ich blieb erst stehen, als der Mann von Safwans Rücken sprang, mir mit seinem Stock drohte und brüllte: „Wenn du noch weiter hinter uns herrennst, Bürschchen, dann nehme ich dich mit und verkaufe dich an die Zigeuner!" Mit seinen blitzenden Goldzähnen und den buschigen Brauen sah er furchterregend aus, wie ein Teufel. Doch ich liess mich nicht einschüchtern, sondern brüllte zurück: „Safwan, wen liebst du mehr, mich oder den Reis?" Das sagte meine Mutter immer, wenn sie zärtlich zu mir war: „Madsched, mein Kleiner, sag, wen liebst du mehr, mich oder den Reis?"

In Afrika nähte ich mir einen Beutel aus weissem Baumwollstoff, in den ich meine Ersparnisse stopfte. Den Beutel verwahrte ich hinter dem Kühlschrank. Mein ganzer Ehrgeiz hing daran, dieses Säckchen zu füllen. Wenn eines voll war, nähte ich das nächste. Doch bis es soweit war, dauerte es eine Ewigkeit. Darum fing ich an, nach Ladenschluss bei Tallal zu arbeiten, dessen Geschäft nur nachmittags und abends offen war. Bei ihm war alles anders als bei uns, seine Lebensgewohnheiten, seine Ansichten, einfach alles. Er lebte in den Tag hinein, wie er sagte. Afrika war für ihn nicht das Gelobte Land. Es war ein Land wie jedes andere, und er wollte jeden Augenblick seines Lebens geniessen. Ab neun Uhr abends verbrachte er seine Zeit in Nachtklubs zwischen Frauen und Spieltischen. Tagsüber lag er im Bett oder am Strand. Eine Zeitlang hatte er seinen Laden auch vormittags geöffnet und dafür einen zusätzlichen Angestellten beschäftigt, aber das hatte ihm nur Verluste eingebracht.

Als wir uns kennenlernten, fragte er mich, ob ich nicht abends bei ihm arbeiten wolle. Und wie ich wollte! Hin und wieder kam er vorbei, setzte sich zu mir und erzählte eine von seinen absurden Geschichten. Ich genoss seine Gesellschaft sehr und hätte es gern gesehen, wenn er häufiger gekommen wäre. Tallal hatte eine Leichtigkeit, die mir die Sorgen vom Herzen nahm. Er brachte mich immer zum Lachen. Wenn er redete, wusste ich nie genau, ob es ernst oder als Scherz gemeint war. Aber ganz gleich ob er redete oder schwieg, er trug immer ein Lächeln auf dem Gesicht. Worüber ich mich bei Tallal am meisten wunderte, war das Essen, das er mir anbot. Kochen war eine seiner Leidenschaften. Wenn er mich sehnsüchtig von Mutters Küche reden hörte, rief er: „Mann, vergiss deine Firake und Tomatenkubbe! Hier hast du alle Herrlichkeiten der Welt: Scampi, Austern, Paté, Kaviar, Avocados ..."

In der ersten Zeit dachte ich, er hätte diese Namen erfunden. Aus seinem ewigen Lächeln wurde ich einfach nicht schlau. Aber als wir einmal gemeinsam einkaufen gingen, entdeckte ich, dass es all diese exotischen Dinge tatsächlich gab. Wählerisch griff er nach Mangos und Papayas, die wie kleine gelbe Melonen aussahen, und erzählte von seinem Vetter, der Gummibäume hatte sehen wollen, als er nach Afrika kam. Er hatte sich Bäume vorgestellt, an denen Gummireifen wuchsen.

Mit der Zeit fing ich an, unter sexuellem Entzug zu leiden. Seit meiner Ankunft hatte ich nicht einmal die Hand einer Frau berührt. Die letzte Frau, mit der ich geschlafen hatte, war über vierzig gewesen und hatte in einem Eckhaus am Burdsch-Platz gewohnt. Die wenigen Male, die ich bei ihr gewesen war, konnte ich an den Fingern abzählen. Ihr Appartement lag genau über einem Restaurant, und im Nachbarhaus war eine Bäckerei. Darum hatte ich jedesmal, wenn ich erregt war, sofort den Geruch von Falafel, Tahina, frischen Brotfladen und Essiggemüse in der Nase. Während ich wartete, bis sie mir mit einem Augenzwinkern zu verstehen gab, dass ich heraufkommen sollte, roch ich die verführerischen Falafel und war plötzlich unsicher, ob mich ein Falafel-Sandwich nicht mehr reizte als diese Frau. Eine Falafel erschien mir so süss und verlockend wie eine verbotene Frucht, ich hatte den Geschmack schon auf der Zunge. Aber in dem Moment, in dem sie mich zu sich heraufwinkte, sackten alle Gefühle in den Unterleib.

Auf dem Land hatte zwischen meinem Körper und mir Frieden geherrscht. Ich stellte einen Stuhl gegen die Tür, denn sie liess sich nicht abschliessen, und schlug „Jane Eyre" auf, und zwar die Seite mit dem Bild, wo Jane von Mr. Rochester geküsst wurde. Dieses Bild erregte mich unglaublich stark, und ich fing hastig an, mir Befriedigung zu verschaffen. Dabei wanderten meine Augen ständig nervös zwischen Fenster, Tür und Jane Eyre hin und her. Heute kann ich mich nur darüber wundern, dass dieses kleine, harmlose Bild bei mir derart intensive Phantasien ausgelöst hat. Als ich mit meinem heimlichen Laster anfing, brauchte ich keine äusseren Stimulantien. Mit den Jahren machte sich jedoch die Routine zwischen meinem Körper und mir breit. Aber soviel ich auch in meinen Büchern blätterte, etwas Aufregenderes als Jane Eyre besass ich nicht.

Nachdem ich in der Zeitschrift „Dein Arzt" gelesen hatte, dass übermässige Selbstbefriedigung das Nervensystem schädigen könne, tat ich es seltener. Ganz gab ich es aber erst auf, als meine Mutter mich einmal dabei überraschte. Mit einem Brotblech stiess sie die Tür auf. Plötzlich stand sie mitten im Zimmer mit dem grossen runden Blech auf dem Kopf und sah mich in einer peinlichen Position, die uns beide in äusserste Verlegenheit brachte. Als sie langsam das Tablett vom Kopf nahm und sich bückte, um es abzusetzen, nutzte ich die Gelegenheit, zog hastig die Hose hoch und lief zur Tür. Sie hielt mich am Ärmel fest und rief: „Schäm dich, Madsched, wie kannst du sowas tun? Du machst deine Gesundheit kaputt, du kriegst Tuberkulose davon, und dann bringen sie dich nach Bhannis. Mein Liebling, willst du Tuberkulose kriegen? Es macht dich unfruchtbar, und dann kannst du keine Kinder zeugen. Das ist doch eine Schande. Madsched, wenn der Teufel nochmal kommt und dir das einflüstern will, jag ihn weg. Du willst doch nicht unfruchtbar werden!"

Von da an lebte ich in ständiger Angst, meine zukünftige Frau könne von meinem geheimen Laster etwas erfahren. Wenn die Ehe kinderlos bliebe und der Arzt ihr den Grund dafür sagen würde, könnte sie mich deswegen verlassen. Wegen des sexuellen Verlangens dachte ich schon mit achtzehn ans Heiraten. Aber im Dorf gab es keine Familie, die mich hätte zum Schwiegersohn haben wollen. Alle wollten ihre Töchter mit Männern verheiraten, die ausgewandert waren oder zumindest in Beirut lebten.

Bevor ich fortging, hörte ich immer wieder, Afrika sei das Land der unbegrenzten Möglichkeiten. Es hiess, die schwarzen Mädchen warteten nur auf weisse Männer und jagten sie wie die Vögel. Meine Mutter hatte wohl auch solche Geschichten aufgeschnappt, denn als sie mir die Koffer packte, schärfte sie mir ein: „Madsched, mein Liebling, pass auf dich auf. Alles, nur keine Negerin. Das sind alles hinterlistige Weiber. So eine fängt sich einen weissen Mann, und wenn er sich mit ihr einlässt, wird sie sofort schwanger, und der Mann hat sie am Hals. Dann weigert sie sich abzutreiben, und wenn sie ein Kind bekommt, ist es deins, ob du willst oder nicht. Wenn es wenigstens wirklich dein Kind wäre, von deinem Fleisch und Blut. Aber vielleicht hat sie fünf Minuten vorher mit einem andern geschlafen. Du kennst doch Maha Derwisch, die Tochter der Negerin. Im ganzen Dorf wird sie ausgelacht. Alle rufen 'Nigger' hinter ihr her. Sie hat praktisch keine Zukunft. Wer will die schon heiraten mit ihrem Krauskopf und der dunklen Haut. Niemand will sie haben, das arme Ding. Willst du solche Kinder? Willst du, dass deine Kinder verspottet werden und du dazu?"

Es waren nicht die Worte meiner Mutter, die zwischen mir und den Afrikanerinnen standen, sondern ihr Äusseres. Ich konnte mir nicht vorstellen, mich auf einen solchen Körper zu legen. Die wulstigen Lippen, das barbarische Haar und die nach Schweiss stinkenden schwarzen Leiber stiessen mich ab.

Als ich auf ihr lag, wünschte ich mir, sie würde mir gegen die Brust schlagen und schreien, ich solle ihr nicht wehtun. Aber sie lag nur unbeweglich da und wandte das Gesicht von mir ab. Sahra war nicht besonders hübsch. Trotzdem war meine Freude, sie zu bekommen, unbeschreiblich gross. Endlich war ich verheiratet. Endlich besass ich den Körper einer Frau, mit dem ich schlafen konnte, wann immer ich wollte. Von jetzt an würde ich mir nicht mehr so verloren vorkommen und mich nicht mehr von diesen Negerinnen belagert fühlen. Ich hatte Haschems Nichte geheiratet, die Tochter einer angesehenen Familie.

Ein Traum war in Erfüllung gegangen. Die Verlobungszeit hatte nur eine Woche gedauert, solange, bis die Antwort ihrer Familie auf Haschems Telegramm gekommen war. Sie schien sich nicht besonders zu freuen. Meist schwieg sie, und wenn sie den Mund aufmachte, tat sie es nur, um etwas abzulehnen. Sie war sehr schüchtern. Wenn ich ihr den Arm um die Schultern legen wollte, beugte sie sich vor, um ihm zu entgehen. Wenn ich für sie eine Pistazie aufbrach, nahm sie sie an, ass sie aber nicht, sondern sagte, sie möge keine Pistazien. Etwas gelöster wirkte sie, wenn ich sie zusammen mit Tallal und ein paar Freunden ins Restaurant ausführte. Dann sprach sie ein wenig, lächelte auch hin und wieder, lehnte aber jede Aufforderung zum Tanzen ab. Darüber war ich im Grunde genommen froh, denn ich war selbst kein guter Tänzer. Zum ersten Mal in meinem Leben hatte ich erst hier in Afrika getanzt. Das war auf einer Neujahrsfeier gewesen, Tallal hatte mir unbedingt das Tanzen beibringen wollen.

Ich war glücklich, sie geheiratet zu haben. Ihre Launen beeinträchtigten meinen Entschluss nicht im geringsten. So benahmen sich Frauen nunmal am Anfang. Ich war sicher, mit der Zeit würde sie sich an mich gewöhnen, und alles würde anders werden.

Jetzt lag sie da mit abgewandtem Gesicht, und ich spürte ihre Beklommenheit. Das war normal. Alle Mädchen sind in der Hochzeitsnacht befangen und haben Angst vor dem Schmerz. Ich spürte ihren Widerwillen. Das war ganz natürlich in der Hochzeitsnacht. Ich drang in sie ein. Sie wandte den Kopf noch weiter ab. Ich hörte nicht den leisesten Schmerzenslaut und spürte keinerlei Widerstand. Ich vereinigte mich mit ihr. Jetzt waren wir Mann und Frau. Ich sah nichts. Das Laken war weiss. Ich sah nicht einen Tropfen Blut. Abrupt stiess ich sie von mir. Sie wich meinem Blick aus. Ich suchte Blut, wenigstens einen Tropfen Blut. Nichts.

„Du Hure!" stiess ich hervor. „Du verdammte Hure."

Sie sagte kein Wort, griff nur nach der Decke und zog sie über sich. Ich riss ihr die Decke fort und untersuchte ihr Nachthemd. Nichts. Nicht ein Blutstropfen. Als sie versuchte, die Decke wieder an sich zu ziehen, riss ich sie ihr aus der Hand und brüllte: „Warst du schon mal verheiratet?"

Sie schüttelte den Kopf.

„Aber das ist unmöglich. Du bist eine Frau!"

Sie schwieg.

Voller Schmerz und Zorn rief ich: „Das heisst, du hattest eine illegale Beziehung."

Sie schwieg. In dem Moment war es mir gleichgültig, ob sie Haschems Nichte war, und ich schrie sie an: „Sag die Wahrheit! Oder sollen wir zu Haschem gehen und die Sache klarstellen?"

Zu meiner Überraschung brach sie in Tränen aus und stammelte, sie hätte keine Ahnung, wovon ich spräche, sie sei Jungfrau gewesen.

„Hältst du mich für blöd?" rief ich. „Nur weil du Haschems Nichte bist, muss ich dir noch lange nicht alles glauben. Denkst du, ich lasse mich von dir verarschen? Nein, nicht mit mir."

Sie schwieg und starrte aus dem Fenster. Ihr Gesicht war wie versteinert, ihre Augen starr. Sie fixierte irgendeinen Punkt am Fenster, eine Stunde, zwei Stunden, drei Stunden, beantwortete keine Frage, ass nichts, trank nichts, sass nur da in ihrem Nachthemd, vor sich die zerwühlte Bettdecke. Schliesslich packte mich die Verzweiflung, und ich ging zur

Tür. Da hörte ich sie sagen: „Bitte, ruf einen Arzt. Er soll mich untersuchen, und er wird dir sagen, dass ich vor dieser Nacht Jungfrau gewesen bin."

Als ich sie das sagen hörte, fühlte ich mich etwas besser und erwiderte: „Der Arzt, den ich kenne, macht Hausbesuche nur in Notfällen. Zieh dich an, wir gehen zu ihm."

Sie stand auf, schlug die Tür zu und liess mich draussen stehen. Tausend Gedanken schossen mir durch den Kopf. Das Herz schlug mir bis zum Hals, und ich klopfte an die Tür. Zu meiner Verwunderung öffnete Sahra und stand vollständig angekleidet vor mir. Sie lief vor mir her. Die Klinik war ziemlich weit entfernt. Blass, mit geschwollenem Gesicht und matten Augen sass sie neben mir in meinem Lieferwagen. Als ich ihr die Tür aufhielt, wirkte sie so schwach, dass ich ihr beim Aussteigen helfen musste. Sie ging vor mir her. Ich beschleunigte meinen Schritt und fasste sie bei der Hand. Sie liess es zu.

Das Wartezimmer war bereits voll von afrikanischen Frauen. Ich führte sie zu zwei freien Plätzen. Alle fünf Minuten tauchte das Gesicht des Arztes im Türspalt auf, und jedesmal kam es mir vor, als wollte Sahra mir etwas sagen, aber immer wieder fiel sie in ihre Erstarrung zurück. Als der Kopf die letzte Afrikanerin hereingerufen hatte, hörte ich Sahra sagen, sie sei einmal auf dem Heimweg von der Arbeit vergewaltigt worden. Ich stöhnte und wischte den Schweiss ab, der mir vor Zorn auf die Stirn trat. Diese Geschichte erfand sie doch nun auch wieder.

„Gut, du bist also vergewaltigt worden. Und was ist mit der Polizei? Was hat deine Familie unternommen?" In dem Moment, in dem ich ihre Familie erwähnte, kam mir in den

Sinn, sie könnten mich allesamt zum Narren gehalten haben. Womöglich war das ganze von Anfang an ein abgekartetes Spiel gewesen, sie hatten sie nach Afrika geschickt, damit sie sich dort einen Mann angelte, der blöd genug war, sie zu heiraten. Vielleicht wusste Haschem sogar Bescheid und hatte die Sache eingefädelt. Wütend und beklommen sass ich da. Der Kopf des Arztes erschien, um uns hereinzurufen. Da sagte Sahra plötzlich hastig, sie sei zweimal schwanger gewesen und habe zweimal abgetrieben. Ich stand wortlos auf und ging zur Tür. Sie kam hinter mir her. Ich stieg in den Lieferwagen und versuchte, einen klaren Kopf zu bekommen. Sahra rüttelte an der Beifahrertür. Ich hatte nicht die geringste Lust, ihr zu helfen. Ich hasste sie. Als ich die Tür aufmachte, kletterte sie mühevoll auf den Sitz. Ich wandte die Augen ab, um ihr geschwollenes Gesicht und die glanzlosen Augen nicht sehen zu müssen, die meinen Hass nur noch steigerten.

Als wir wieder zuhause waren, musste ich an meine Mutter denken und an Marika in ihrem Eckhaus am Burdsch-Platz und an den Falafel-Geruch. Innerhalb von wenigen Stunden hatte sich Sahra vom schüchternen, schweigsamen Mädchen in eine hinterhältige, liederliche Frau verwandelt. Ich dankte Gott, dass meine Mutter weit weg war von alledem. Sie hätte von mir das blutbefleckte Laken verlangt, um es Sahras Mutter und den Verwandten und Nachbarn zu zeigen. Sie hätte mir keine Ruhe gelassen, wenn sie diesen Lappen nicht bekommen hätte.

Am Morgen nach der Hochzeit meiner Schwester mit meinem Vetter hatte meine Mutter mit ihrer Schwester Kaffee getrunken und wissen wollen, warum sie ihren Sohn nicht nach dem Laken fragte.

„Ach, Umm Madsched", hatte meine Tante erwidert, „das ist doch nicht so wichtig unter uns Schwestern."

Der Gedanke, dass die Geschichte mein Geheimnis bleiben könnte, beruhigte mich etwas. Dann fiel mir dieser andere Mann ein. Wer war der Verbrecher? Gab es tatsächlich Menschen, die so schlecht sein konnten? Ich wollte Sahra nach ihm fragen. Sie hatte sich eingeschlossen. Erst nach langem Bitten und Betteln machte sie auf. Sie sass mit Stift und Schreibblock auf dem Bettrand. Ich erkundigte mich nach seinem Namen, seinem Beruf und ob er sie habe heiraten wollen. Ich wollte wissen, ob ich ihr irgendwie helfen könnte, ob man ihn dazu bringen könnte, sie zu heiraten.

Damit musste ich eine empfindliche Stelle in ihrem Gehirn getroffen haben. Ihr Nervensystem schien völlig ausser Kontrolle zu geraten. Sie fing an zu zittern und zu weinen, krümmte und wand sich. Plötzlich wischte sie die Tränen ab, richtete sich auf und erstarrte, als hätte sie mit der, die gerade noch gezittert und geschluchzt hatte, nicht das geringste zu tun. Stocksteif sass sie da und stierte vor sich hin. Sie zeigte keinerlei Reaktionen, wollte nichts essen, nichts trinken, und ich dachte wieder an meine Mutter. Sie durfte unmöglich von der Geschichte erfahren. Ich dachte an Haschem. Meine Befürchtungen, er könnte die Sache eingefädelt haben, zerstreuten sich, denn als ich seinen Namen erwähnte, warf Sahra sich mir dramatisch zu Füssen und flehte: „Du kannst mit mir machen, was du willst, nur sag bitte Haschem nichts davon. Du kannst dich scheiden lassen, wenn du willst. Ich gehe irgendwohin und suche mir eine Arbeit. Du brauchst nicht für mich zu sorgen. Du kannst mich umbringen. Mach, was du willst, wenn nur keiner von meiner Familie etwas erfährt, ich flehe dich an."

Die Nacht brach herein. Ich war völlig durcheinander. Mal packte mich der grosse Weltschmerz, dann wieder Wut, und mit einem Mal stieg in mir das Verlangen hoch, mit ihr zu schlafen. Dass dieses Gefühl immer stärker wurde und mich schliesslich überwältigte, verwirrte mich noch mehr. Da lag sie nebenan auf dem Bett und flehte darum, dass ich ihr verzieh. Ich ging ins Zimmer, verschloss die Fensterläden und löschte das Licht. Dann stieg ich zu ihr ins Bett und schlief mit ihr, ohne zu wissen, ob sie das Gesicht von mir abwandte. Sie war steif wie ein Stück Holz, doch das beunruhigte mich nicht weiter. Ihre Angst, so sagte ich mir, war so gross gewesen, dass sie Zeit brauchte, um sich davon zu erholen. Aber – das Wörtchen „aber" schien sich vor jeden meiner Gedanken und jede meiner Handlungen zu schieben – aber warum hatte sie in die Heirat eingewilligt, wenn sie so grosse Angst hatte, weil sie nicht mehr Jungfrau war? Hatte sie geglaubt, ich würde es nicht merken? Machte ich den Eindruck, ein solcher Idiot zu sein?

Nach ein paar Tagen verlor die Sache an Bedeutung. Was woanders wichtig war, schien in Afrika belanglos. Hier gab es keine Gesellschaft, keine Familie, nicht die Atmosphäre, in der solche Dinge aufgebauscht und breitgetreten wurden. Hier stand jeder allein wie ein einzelner Baum, ein Wesen ohne Vergangenheit. Das lag vielleicht daran, dass es hier keine Mütter gab, und die wenigen, die da waren, hatten sich akklimatisiert. Unsere arabische Gesellschaft existierte hier nicht. Die traditionellen Werte verschwammen. Ein auf sich selbst gestellter Mensch ohne Vergangenheit konnte keine Tradition bewahren, und von der Natur war keine Unterstützung zu erwarten. Meine Mutter war im Dorf oder irgendwo in einem Haus in Beirut. Hier wurde ich wegen einer solchen Geschichte von niemandem schief angesehen.

Vielleicht musste ich einfach alles vergessen und mit Sahra von vorn anfangen, vorausgesetzt, dass auch sie die Vergangenheit vergessen konnte, etwas fröhlicher und gesprächiger wurde, mir bei der Arbeit half und Kinder bekam. Irgendwann würden wir womöglich als reiche Leute aus Afrika in den Libanon zurückkehren. Aber Sahra änderte sich nicht. Ihr Gesicht blieb ausdruckslos und verschlossen, die Augen starrten zum Fenster. Sie stellte keine Fragen, gab keine Antwort und bewegte sich nur, um ins Bad zu gehen. Ich sah sie weder essen noch trinken. Den ganzen Tag verbrachte sie auf der Couch mit dem Transistorradio und einem Laken, als wäre diese Couch ihr neues Zuhause. Ich hielt ihren Zustand nicht für besorgniserregend, weil ich annahm, sie machte sich nur aus Angst und Scham steif, wenn sie mich sah.

Schliesslich hielt ich es dennoch für angebracht, Haschem zu informieren. Als er es erfuhr, wurde er bleich, presste die Lippen zusammen und sprang sofort in seinen Wagen, ohne auf mich zu warten. Ich fuhr hinter ihm her und holte ihn vor dem Haus wieder ein, wo er bereits stand und mit beiden Fäusten gegen die Tür hämmerte. Angesteckt von seiner Aufregung schloss ich mit zitternden Fingern auf. Für einen Moment schoss mir der Gedanke durch den Kopf, sie könnte sich etwas angetan haben. Ich sah sie schon vor mir in Flammen. Aber sie lag unverändert auf der Couch vor dem Fenster mit dem Transistorradio, das arabische Lieder sendete. Als sie Haschem sah, warf sie mir einen fragenden Blick zu, um zu erfahren, ob ich es ihm gesagt hätte. Um weiteren Aufregungen vorzubeugen, sagte ich schnell, ich hätte keine Ahnung, was der Grund für ihren Zustand sei.

Haschem ging zu ihr, hob sie auf und trug sie hinaus. Ich folgte ihm zu seinem Wagen, machte die Tür auf und half ihm, Sahra auf den Rücksitz zu setzen. Er nahm neben ihr Platz, legte ihr den Arm um die Schultern, reichte mir die Schlüssel und befahl mir, zum Krankenhaus zu fahren. Obwohl ich seinen Gedankengängen nicht ganz folgen konnte, führte ich jede seiner Anweisungen aus, ohne irgendwelche Fragen zu stellen. Dieses kleine Luder, das Angst hatte vor seiner eigenen Scham. Was das Krankenhaus mit einer reumütigen Schwindlerin zu tun haben sollte, war mir schleierhaft. Ich wusste noch nicht, dass ich in der folgenden Woche täglich mit meinem Lieferwagen zum Krankenhaus fahren würde, um Sahra zu besuchen.

Sie sass lächelnd und mit gekämmtem Haar im Bett, ich nahm ihre Hand, und sie antwortete auf meine Fragen. Manchmal war ihr Gesicht rot, und sie hatte blaue Flecken auf der Stirn. Es kam mir nicht in den Sinn, nach ihrer Behandlung zu fragen. Ich wusste ja, was mit ihr los war. Solange ihr Onkel die Rechnungen bezahlte, wollte ich mich nicht einmischen. Zwar hatte ich bis dahin noch nie gehört, dass ein Krankenhaus für Leute da war, die weinten und schwiegen. Ins Krankenhaus gehörten Herzkranke und Schwerverletzte, die operiert werden mussten. Doch wenn Haschem es für richtig hielt und die Kosten trug, war es mir recht. Mir fiel ein, dass Haschem mir kurz vor unserer Heirat gesagt hatte, dass sie einmal einen leichten Schock gehabt hätte, da sie die Trennung von ihrer Familie nur schwer verkraftet habe. Insgeheim musste ich über diese Begründung lachen. Aber ich dachte ja gar nicht daran, Haschem über den wahren Grund für ihren Zustand aufzuklären.

Als sie endlich entlassen wurde, war ich erleichtert, vor allem, weil ich nicht wusste, was ich sagen sollte, wenn sich jemand nach ihr erkundigte. Meine einzige Sorge war, ihre Vergangenheit geheimzuhalten, um meinetwillen. Mit der Zeit wurde diese Sorge überlagert von der Ungewissheit, was aus unserem gemeinsamen Leben werden sollte. Die Hoffnungen, derentwegen ich sie geheiratet hatte, schwanden dahin. Sie führte weder den Haushalt noch unterstützte sie mich bei der Arbeit, ganz zu schweigen von Kindererziehung. Daran war bei ihrem Zustand nicht zu denken. Die Rollen waren vertauscht. Anstatt dass sie mir half, musste ich mich ständig um sie kümmern, während sie sich abwechselnd wie eine Verrückte gebärdete oder schweigend auf der Couch herumlag.

Am Tag nach ihrer Entlassung aus dem Krankenhaus kamen Tallal und seine Freundin zu Besuch. Sie brachten einen Strauss Blumen mit. Sahra griff nach dem Strauss, nickte ihnen nur zu, anstatt sie zu begrüssen, und fing an, die Blumen zu verteilen. Eine steckte sie Tallal ins Knopfloch, eine zweite seiner Freundin ins Haar, mir schob sie eine in die Brusttasche, und sie selbst nahm eine Blume in den Mund. Daraufhin fing sie an zu lachen und lachte etwa eine Viertelstunde lang. Ich versuchte, in ihr Gelächter einzustimmen, auch Tallal und seine Freundin gaben sich alle Mühe mitzulachen, ihre übertriebenen Bewegungen und ihr gekünstelter Gesichtsausdruck machten uns allerdings eher nervös. Mit den restlichen Blumen ging sie zur Wand. Sie zeichnete mit dem Finger ein Viereck, drückte eine Blume in den imaginären

Rahmen und liess sie zu Boden fallen. Sie hob sie auf und versuchte es noch einmal, aber die Blume fiel wieder herunter. Da fing sie an zu fluchen und zu schimpfen und wurde puterrot im Gesicht. Dann drehte sie sich zu mir um und sagte, ich solle ihr Klebstoff holen.

„Wozu?" fragte ich nervös. Ihr Verhalten wurde mir immer peinlicher.

„Ja, siehst du denn nicht, dass ich das Bild meiner Mutter mit Blumen schmücken will?" rief sie.

Du verdammtes Weibsstück, dachte ich. Was soll der Blödsinn? und ging unwillig hinaus in die Küche. Tallal kam hinterher, wollte mich beruhigen und versprach, er werde mir helfen, eine Lösung für mein Problem zu finden. Als wir wieder ins Wohnzimmer kamen, zerrte Sahra Tallals Freundin am Arm und versuchte, ihr den goldenen Armreif in die Hand zu drücken, den ich ihr zur Hochzeit geschenkt hatte. Tallals Freundin lehnte ab, und Sahra sagte: „Das ist ein Freundschaftsgeschenk. Das ist von mir für dich."

Tallal und ich waren sprachlos. Ich ging zu Sahra und versuchte vorsichtig, die arme Frau aus ihrem Griff zu befreien. Sahra verteidigte sich, fuchtelte mit dem Armreif herum und rief: „Sie weist mein Geschenk zurück. Es sollte ein Freundschaftsgeschenk sein. So etwas gehört sich einfach nicht."

Jedesmal, wenn ich sie bei der Hand nahm und versuchte, sie fortzuziehen, fing sie an zu schreien. Da nahm Tallal seine Freundin an der Hand und führte sie eilig hinaus. Sahra lief ihnen nach an die Tür, die ins Schloss fiel, trommelte mit beiden Fäusten dagegen und rief immer wieder: „Warum laufen sie weg? Warum laufen sie denn weg?"

5

Jedesmal, wenn ich die Augen aufmache, möchte ich sie am liebsten gleich wieder schliessen. Sie brennen, als wäre die Luft voller Salzwasser. Wenn ich die Augen schliesse, sehe ich Vater, wie er seine Uhr aufzieht. Ich sehe Mama mit Gurkenscheiben im Gesicht und Zuckermasse auf den Beinen. Ich sehe sie in ihrem Satin-Morgenrock auf den Küchenbalkon gehen. Ich sehe Vater die Uhr wieder in die Tasche stekken. Ich sehe ihn einen Berg von Mluchia in vier Portionen teilen, eine für Mama, eine für mich, eine für sich selbst und eine für die Nachbarin. Ich sehe ihn hinter Mama herlaufen, erst in die Küche, dann ins Bad. Ich höre ihre Stimme und die Schläge des Ledergürtels auf ihrem Körper. Ich will die Augen aufmachen, aber dann kommt das Salzwasser wieder.

Ich schliesse die Augen nur halb, aus Angst, Mama könnte mit dem Mann auftauchen, aus Angst, Malek könnte auftauchen in der Garage und mir die Kleider vom Leib zerren, aus Angst, mein Onkel könnte keuchend über mir auftauchen, aus Angst, mein Mann könnte auftauchen. Wenn er sich mir nähert, weht mir ein eisiger Wind entgegen, und Tausende von Schnecken kommen auf mich zu und kriechen an mir hoch. Der Wind riecht nach verwesenden Kadavern, der Gestank dringt mir in alle Poren, die Schnecken kriechen mir über die nackte Haut, und ich kann mich nicht wehren. Ich spanne Haut, Muskeln und Knochen an und erstarre zu Eis, aber es nützt nichts. Die Schnecken kriechen weiter und hinterlassen eine Schleimspur. Ich muss etwas dagegen tun, ich muss sie zerschneiden, verbrennen, aber ich bin wehrlos.

Ich will allein sein. Ich will, dass mein Körper mir gehört. Die Erde und die Luft um mich herum sollen mir allein gehören. Wenn mein Mann endlich von meinem Körper ablässt, will ich, dass sein Atem verschwindet aus meinem Umkreis, meiner Aura. Ich kann seinen Atem nicht ertragen, nicht seine Nähe.

Was muss ich tun, um mich richtig zu verhalten? Ich habe mir grösste Mühe gegeben mit Tallal und seiner Freundin. Ich habe versucht, fröhlich zu sein, und was ist passiert? Ich habe sie mit meinen Blumen angefallen, sagt Madsched. Das sagen auch die beiden, das sagt die ganze libanesische Gemeinschaft. Ich habe die Hoffnung aufgegeben, Mitglied dieser Gemeinschaft zu werden. Ich habe versucht, mich anzupassen, indem ich die anderen Frauen imitiert habe. Aber ich wusste nicht, wie ich mich in den alltäglichsten Dingen verhalten, was ich anziehen und sagen sollte. Also habe ich geschwiegen. Als ich gelacht habe, hat Madsched mich angefaucht, doch nicht so idiotisch zu lachen, und mich ins Haus gezogen. Die Nachbarin hat mich entsetzt angestarrt. Ich muss wohl sehr laut und viel gelacht haben. Am liebsten hätte ich Madsched in die Hand gebissen und wäre in den Urwald geflohen, aber ich habe nur den Kopf hängen lassen, mich in meinen Kasten zurückgezogen und geschwiegen.

Ein paar Wochen später luden Tallal und seine Freundin uns zu einem Konzert der libanesischen Sängerin Samira Taufik ein. Madsched nahm mich mit in die Stadt, um mir ein passendes Kleid für den Anlass zu kaufen.

Seit meiner Entlassung aus dem Krankenhaus hatte ich die Wohnung nicht verlassen. Kaum machte Madsched die

Haustür auf, war ich schon schweissgebadet, und heisser Dampf blies mir ins Gesicht. Meine Sonnenbrille war sofort beschlagen, und der Schweiss rann mir über die Handflächen, Schenkel und aus den Achseln. Mir wurde übel. Das war Afrika. Von der Führerkabine des Lieferwagens aus sah ich nur Autos. Ich wollte schlafen, aber daran war bei dem Geholper und Gerüttel nicht zu denken, ausserdem hatte ich Angst vor Madscheds Reaktion, wenn ich jetzt einschliefe.

Wir gingen von Laden zu Laden. Madsched wartete jedesmal geduldig, dass ich etwas auswählte. Ich warf einen flüchtigen Blick auf ein oder zwei Kleider, traute mich nicht, sie anzufassen und lehnte grundlos ab. Wir betraten unzählige Kleidergeschäfte, immer spielte sich das gleiche ab. Ich konnte mir mein Verhalten selbst nicht erklären. Ich wusste nicht, warum ich überhaupt hineinging, obwohl ich von vornherein wusste, dass ich nichts nehmen würde, weil ich nichts sah. Madsched schien sich ebenso verloren zu fühlen. Er stand zögernd und ratlos da, drängte mich nicht, mit den Verkäuferinnen zu reden, sondern stand nur herum. Nur einmal zeigte er auf ein Kleid, das mir viel zu weit war. Wir verliessen Laden um Laden, und jedesmal wurde die Beklemmung und Hitze unerträglicher. Beim letzten Geschäft hielt Madsched mich an der Tür an, drückte mir ein paar Geldscheine in die Hand und sagte: „Kauf, was du willst, ich hole dich nachher ab."

Nun musste ich selbst entscheiden. Ich entdeckte ein zweiteiliges, silberfarbenes Kleid. So etwas Ähnliches hatte ich einmal bei Tallals Freundin gesehen. Die Verkäuferin wies mir wortlos eine Umkleidekabine zu. Ich zog das Kleid an und muss wohl sehr lange vor dem Spiegel gestanden haben, denn nach einer Weile schaute sie besorgt herein, um zu fragen, ob alles in Ordnung sei und ob ich das Kleid kaufen wolle. Ich nickte nur. Dann setzte ich mich mit meiner Tragtasche auf einen Stuhl und wartete auf Madsched.

Als ich an dem Konzertabend in meinem neuen Kleid ins Wohnzimmer trat, wo Madsched, Tallal und seine Freundin warteten, starrten mich alle drei ungläubig an. Ich spürte sehr wohl, dass dies keine Blicke der Bewunderung waren. Ich setzte mich und versuchte, die Stimmung durch ein paar belanglose Worte aufzulockern, doch es wollte mir nicht gelingen. Sie vermieden es, mich anzusehen. Madsched seufzte ein paar Mal tief, stand dann auf und sagte: „Los, gehn wir."

In dem Moment hasste ich Tallal und seine Freundin. Madsched war ständig und in allem nur auf Tallals Anerkennung aus. Und nun schämte er sich meinetwegen. Kaum hatten wir auf dem Rücksitz von Tallals Wagen Platz genommen, beugte sich Madsched zu mir und fragte gepresst, wie ich eigentlich dazu käme, so etwas zu kaufen, und ob ich mich im Spiegel gesehen hätte. Er reichte mir ein Papiertaschentuch und sagte: „Wisch dir den Mund ab. Du siehst aus wie eine Katze, die gerade ihre Jungen gefressen hat." Stöhnend fuhr er sich mit den Fingern durchs Haar. „Wie kann man nur so einen kurzen Rock anziehen?" zischte er dann. „Wofür hältst du dich eigentlich? Für eine Dame aus Frankreich oder England? Wenn der kurze Rock wenigstens eine hübsche Figur zeigen würde. Aber sieh doch mal deine Beine an mit all den Narben. Und der Tuschkasten in deinem Gesicht. Du siehst aus wie eine Wilde in Kriegsbemalung."

Während er mich ausschimpfte, schwand meine allerletzte Hoffnung, jemals seine Anerkennung zu finden. Auch wenn ich mich ändern würde, wenn ich redete und mich verhielte wie eine normale Frau, normale Kleider trüge und normal lachte, er würde immer etwas an mir auszusetzen haben. Sie alle würden Fehler entdecken. Tränen stiegen mir in die Augen. Ich versuchte, sie zurückzuhalten. Sie liefen mir über das Gesicht, und ich dachte, daran ist Gott schuld. Er hat mir dieses Aussehen gegeben und mir dazu das Talent versagt, etwas aus meinem Äusseren zu machen. Meine Hand fuhr tastend über mein Gesicht, über Hügel und Krater. Ich bat Madsched, mich wieder nach Hause zu bringen. Es schien, als hätte er nur darauf gewartet, seit ich zu ihnen ins Wohnzimmer getreten war. Er beugte sich sofort zu Tallal und teilte ihm meinen Wunsch mit. Niemand widersprach. Sie hätten wenigstens Protest vortäuschen können.

Tallal schwang das Steuerrad herum und fuhr uns zurück. Der Wagen näherte sich der breiten Strasse, in der wir wohnten. An einer staubigen Seitenstrasse, die mir vorher noch nie aufgefallen war, hielten wir an. Zu beiden Seiten standen Strohhütten. Ein kleines Haus am Ende der Strasse kam mir bekannt vor. Die Fassade erinnerte mich an meine Trauer und mein Schweigen. Ich stieg aus dem Wagen, wollte etwas sagen, konnte aber kein Wort herausbringen. Madsched griff hart nach meiner Hand und fragte, warum ich mich von Tallal und seiner Freundin nicht verabschiedet hätte. Ohne zu antworten lief ich ins Bad und schloss mich ein. Ich wiegte den Kopf hin und her und schrie aus tiefster Seele. Ich schrie laut, aber meine Schreie blieben mir im Hals stecken. Ich hatte die Stimme verloren.

An der Tür wurde gerüttelt. Lass mich in Ruhe. Ach, lasst mich doch alle in Ruhe, ich will nur schlafen, schlafen, schlafen, ich will von niemandem zur Rechenschaft gezogen werden wegen irgend etwas, was ich getan habe oder tun werde, ich will mich hier auf den Fussboden legen und schlafen, ich will allein sein, nichts mehr hören, alle Menschen sollen schweigen.

Ich wollte für immer auf dem Fussboden in diesem Badezimmer schlafen. Nur hier fühlte ich Afrika nicht. Nur hier konnte ich meinen Gefühlen freien Lauf lassen und vergessen, wo ich war. Dieser Raum war meine Welt. Auf der ganzen Erde und im Himmel gab es für mich nur diesen Raum mit seinen kalten Fliesen. Endlich hörte das ewige Klopfen an meiner Tür auf. Endlich schwieg diese Stimme, die ich unter Tausenden von Stimmen heraushören würde, weil sie das einzige Geräusch in diesem Haus war.

Diese Stimme ist die Stimme meines Mannes, die Stimme meines Vaters, die Stimme meiner Mutter, die vor ihm ins Badezimmer flieht, die sich voller Angst unter dem Bett versteckt. Aber die dröhnende Stimme meines Vaters ist zärtlich im Vergleich zu Madscheds Stimme. Vaters Stimme ist mir vertraut. Madsched dagegen ist mir fremd. In einer einzigen Nacht ist er mein Mann geworden, ohne mich zu kennen, ohne meine Angst zu kennen und mein Frieren, als ich mit Mama zitternd hinter der Tür stand und den Geruch ihrer Hand einsog. Er wusste nichts von Vaters Schritten, die ich auswendig kannte, von dem Ticken seiner Uhr und seinem Hitlerschnurrbart. Er wusste nichts von meiner Übelkeit auf dem Weg nach Damaskus. Er war nicht bei mir, als ich bei Grossvater sass und zusah, wie er mit zitternden Händen die grünen Tabakblätter aufzog. Er war nicht da, wenn meine Hand über mein Gesicht fuhr und Furchen hineingrub, wenn meine Nägel in meinen Beinen tiefe Spuren hinterliessen. Madsched, mein fremder Ehemann. Was hatte er an meiner Seite im Bett zu suchen? Warum lag ich an seiner Seite? Was hatte er auf meinem Körper verloren? Wie lange würden mir die kalten Schnecken noch über die Haut kriechen?

Vetter Kassem, ich will nicht, dass du Grossvater die Stimmung verdirbst. Nimm deine Hand von meinem Unterleib. Ich will Grossvater nicht im Schlaf stören. Nimm diese kalte Hand weg. Onkel Haschem, deinetwegen zittere ich wie eine Feder. Ich muss mich vor dir verstecken, vor deinen Blicken und der widerwärtigen Berührung deiner Hände, vor deinem Arm, den du am Abend im Kino um mich gelegt hast. Warum hast du mich nicht beschützt? Sie sagen doch, du seist ein Held! Du bist doch so klug. Du, ein Held?

Und du, Afrika, aus dem Libanon bin ich zu dir geflohen. Warum speist du Schlange nicht deinen Giftspeichel aus und lässt mich in dich hineinkriechen? Warum hast du mich in jenen kalten Raum zurückversetzt, in dem ich immer zitterte und schlucken musste, wenn ich eine Autohupe vor dem Garagentor hörte, in den Raum, der mich nackt gesehen hat, und Malek roch nach Motorenöl, und mein Vater mit seinem Bild von mir, und meine Mutter in einem Bett mit dem Mann, der mir eine Puppe und ein Hühnerbein gegeben hat und den Kopf in ihren Schoss legte, wenn sie ihm Schlaflieder sang. Malek, lädst du immer noch Mädchen ein ins Café? Das Café der Schutzsuchenden. Und nach dem Kaffee hältst du deine Vorträge über Khalil Gibran und die reine Liebe, und dann nimmst du ihre Hand und führst sie von der Theorie in die Praxis.

Ach, lasst mich doch alle allein in diesem Badezimmer, in dem ich Raum und Zeit vergessen kann, das mich vor den Menschen bewahrt. Es löscht meine Erinnerungen an die Arbeit in der Fabrik, in der die Arbeiter einander gleichen wie die Zigarettenpäckchen. Nur ich war anders mit meinem Gesicht voller Krusten und Narben. Ich will meine Hilflosigkeit vergessen, die mich lähmte, wenn Malek draussen im Wagen auf mich wartete, und die Angst vor meinem Vater, wenn ich nach Hause kam, und die Angst vor meiner Mutter, die wusste, wie eine Frau sich vor einem Mann auszieht. Ich will meine Karina vergessen, die auftaucht, wenn ich tagsüber schlafe, und mir Alpträume eingibt. Grossvater hat einmal gesagt, eine Karina sucht sich einen Menschen als Wohnung aus und lebt friedlich mit ihm zusammen. Nur manchmal taucht sie auf, wenn man schläft, besonders tagsüber. Und dann kann es vorkommen, dass man Alpträume bekommt. Ich versuche, die Augen zu öffnen, aber ich schaffe es nicht. Ich versuche zu schreien, lege alle Kraft in meine Kehle, aber meine Stimmbänder sind völlig blockiert.

Die Karina hielt mir die Augen zu und blockierte meine Stimme und meine Gedanken. Ich hörte dumpfe Schläge. Sie klopften gegen die Fliesen. Wenn ein Schlag verhallt war, wartete ich bereits auf den nächsten. Ich bekam die Augen nicht auf und konnte nicht um Hilfe rufen. Plötzlich klappten meine Augenlider hoch, und ich sah Tante Nadschiba mit ihrem Holzbein und einem Stoffbündel in der Hand vor mir stehen. Ich starrte sie an, als sei sie soeben auf einer fliegenden Untertasse gelandet.

„Du schläfst aber tief, meine kleine Nichte", lachte sie. „Eine Viertelstunde laufe ich schon im Haus herum, und du schläfst. Nur gut, dass ich kein Einbrecher bin. Wo ist denn deine Mutter, Sahra?"

Ich träumte noch von meiner Karina, die mich quälte und würgte. Ich erzählte Tante Nadschiba von meiner Karina. Da setzte sie sich neben mich und rezitierte die Fatiha. Anschliessend schnürte sie ihr Bündel auf, entnahm ihm kleine Beutel mit Kischk, Saatar, Kamille und Anis und legte sie vor mir auf das Bett.

Ich will in diesem Badezimmer bleiben. Die Schläge an der Tür sind mir gleichgültig, und auch die Stimme dieses fremden Mannes, der in mein Leben getreten ist, nur weil ich bei dem alten Doktor auf dem Tisch gelegen habe. Nur darum bin ich jetzt hier im Badezimmer dieses Fremden, der nichts weiss von meiner Karina und Tante Nadschiba und Vaters Jähzorn, der mich immer an einen Spruch erinnert, den ich einmal in der Schule gelernt habe: „Als wäre der Zorn des Himmels über ihn gekommen." Ich will dieses Badezimmer nie mehr verlassen. Da ist die Stimme von Onkel Haschem, diesem fremden Verwandten.

Ich hörte meine Stimme lauter werden, aber meine Karina war da und blockierte meine Stimmbänder, obwohl ich wach war. Konnte sie Schlafen und Wachen nicht mehr unterscheiden, weil ich Tag und Nacht schlafen konnte? Onkel Haschems Stimme bat mich um ein Wort zu seiner Beruhigung. Glaubte er etwa, ich hätte mich umgebracht? War es überhaupt möglich, in diesem Badezimmer einen Selbstmordversuch zu begehen, wo es nicht einmal einen Gasofen gab? Meine Karina liess mich los. Ich schloss die Tür auf, ging ins Wohnzimmer und griff nach dem Transistorradio und einem Laken.

Madsched schlug sich mit der flachen Hand an die Stirn und sagte zu Onkel Haschem: „Schluss, Haschem, ich platze gleich. Vorgestern hat Saida, Mussas Frau, sie mit dem Radio ums Haus herumlaufen sehen. Sie hatte es so laut aufgedreht, dass Gott im Himmel es hören konnte. Madame Sahra läuft mit einem Transistorradio herum und tanzt auf offener Strasse. Wallahi, so benehmen sich nicht einmal die Schwarzen!"

Als mein Onkel nichts erwiderte, rief Madsched aufgebracht: „Ich kann sie und ihr Benehmen nicht mehr ertragen, Haschem! Was habe ich denn verbrochen, dass Gott mir eine solche Strafe ins Haus schickt? Hilf mir, alter Freund, wie, das ist mir egal!"

Einmal hat meine Karina mich am hellichten Tag aufgesucht und meinen Namen gerufen. Ich habe Angst gehabt, ihr zu antworten, und seitdem kommt sie nur noch im Traum. Alles ist durcheinander. Der Schlaf ist voll von Alpträumen, die sie mir eingibt. Erst betäubt sie mich, und dann fällt sie über mich her. Ich wälze mich herum mit schweren Lidern und trockener Kehle. Mein Herz klopft so stark, dass ich davon Lungenschmerzen und Atemnot bekomme. Tante Nadschiba hat gesagt, die Karina sei gut und böse zugleich. Sie beherrscht jeden Menschen von klein auf. Sie ruft ihn immer, aber sie zeigt sich ihm nie. Nur wenn man an ihrer Existenz zweifelt, kann es vorkommen, dass sie durch einen anderen Menschen zu einem spricht und einen so davon überzeugt, dass es sie gibt.

Einmal war ich mit Mama zu Grossvater in den Süden gefahren. Sie hatte mich bei ihm in der Hütte gelassen, während sie sich irgendwo in der Tabakplantage mit ihrem Mann traf. Die Zeit verstrich langsam. Grossvater war vollauf mit seinen Tabakblättern beschäftigt und sprach kaum mit mir. Er holte nicht einmal ein Fünfpiasterstück für mich aus der Tasche, damit ich mir ein paar Nüsse hätte kaufen können. Er hatte es sehr eilig, mit seiner Arbeit fertig zu werden, weil er zu einer Versammlung bei der Husseinije musste.

Aus Langeweile versuchte ich, mir die Zeit mit Tabakschneiden zu vertreiben, aber das war anstrengender, als ich gedacht hatte. Das Wellblechdach der Hütte glühte unter der Sonne, der Zementboden dampfte, und das Trinkwasser im Tonkrug war heiss. Ich trat hinaus ins Freie. In der flimmernden Hitze lagen die Häuser von Nabatije, die kleine Moschee und die Terrassen da wie in einem historischen Gemälde mit verblassten Farben. Ich nahm meinen schwarzen Plastikgürtel ab, schleifte ihn hinter mir her und bildete mir ein, ich hätte einen Esel an der Leine. Ich lief bis zu einem Froschteich, in dem ein Haufen Unrat herumlag. Alles war still. Ich drehte mich einmal um mich selbst und sagte: „Lieber Gott, bitte schick mir eine Spielkameradin."

Dann ging ich ans Teichufer und hielt den Gürtel über das Wasser. Plötzlich sah ich im Wasserspiegel ein Mädchen. Es war bestimmt kein Traum, es war auch sicher nicht mein Spiegelbild, denn sie trug weder mein Haarband, noch hielt sie meinen Gürtel in der Hand. Ausserdem hatte sie ein anderes Gesicht. Ich hörte sie meinen Namen flüstern, und es kam mir vor, als hätte ich gesehen, wie sich ihre Lippen bewegten. Entsetzt machte ich auf dem Absatz kehrt und rannte los, stolperte über einen Stein, fiel hin, sprang wieder auf und rannte weiter zurück zur Hütte. Der Weg erschien mir endlos. Keuchend erreichte ich den Hütteneingang. Ich versuchte, mein lautes Keuchen zu unterdrücken. Als es mir nicht gelang, dachte ich, es sei womöglich die Stimme des anderen Mädchens. Sie hatte sich mir zum ersten Mal gezeigt, und ich war vor ihr davongelaufen. Seitdem erschien sie mir nie wieder. Als ich sie, zusammengekauert auf dem Badezimmerfussboden, rief, bildete ich mir ein zu hören, wie sie flüsterte: „Zu spät."

„Was schlägst du also vor?" fragte Madsched, darum bemüht, seine Gereiztheit nicht zu zeigen.

„Lass mich für eine Weile nach Beirut fahren", sagte ich und fing an zu weinen. Onkel Haschem kam zu mir und legte mir die Hand auf den Nacken. Da weinte ich noch mehr, weil ich die Hand nicht abschütteln konnte und weil ich in dem Zustand nichts anderes tun konnte als weinen. Mit dieser kalten Hand im Nacken fühlte ich mich wie eine Maus in der Falle. Ich hob den Kopf, um Madscheds Antwort zu hören. Onkel Haschem sagte, er werde mir für übermorgen einen Platz im Flugzeug reservieren lassen, und fragte, ob ich bis zu meiner Abreise bei ihm wohnen wolle. Ich schüttelte den Kopf.

„Dies ist Sahras Heim", sagte Madsched erleichtert. „Wenn sie will, gehe ich solange woanders hin."

Ich dachte nur noch an Flucht vor diesem fremden Mann und vor meinem Onkel, vor Tallal und den mitleidigen Blicken seiner Freundin, vor ganz Afrika. Ich wollte fliehen vor dem Grab, in das ich mein Geheimnis versenkt hatte. Ich wollte mich selbst wiederfinden, und mein Körper sollte wieder mir gehören.

Als ich auf dem Beiruter Flughafen ankam, sah ich als erstes hinter der Scheibe das finstere Gesicht meines Vaters mit einem fragenden Blick und das runde Gesicht meiner Mutter, das vor Spannung fast zu platzen schien. Ich hatte vergessen, was mich in Beirut erwartete.

Kaum war ich bei ihnen und hatte meine Mutter geküsst, überfiel mich mein Vater, der mich nicht einmal richtig ansah, mit einem Schwall von Fragen: „Was ist passiert, Sahra? Warum bist du gekommen? Du bist kaum verheiratet, und schon kommst du zurück. Was sollen wir Madscheds Familie sagen? Was macht seine Arbeit? Verdient er gut? Er ist doch, Inscha Allah, eine gute Partie?"

„Endlich wieder zuhause", seufzte ich. „Lasst uns daheim über alles reden, ja?"

Im Taxi beugte meine Mutter sich zu mir und flüsterte: „Verheimlichst du uns irgend etwas, Sahra?"

„Nein, Mama", erwiderte ich verständnislos, „was gibt's denn zu verheimlichen?"

Sie merkte, dass ich nicht verstanden hatte, worauf sie hinaus wollte, darum drängte sie weiter und fragte hoffnungsvoll: „Bist du in Erwartung? Inscha Allah, bist du deswegen zurückgekommen?"

Lächelnd schüttelte ich den Kopf. Damit schien ich alle Türen ihrer Träume zugeschlagen zu haben. Sie war so fest davon überzeugt gewesen, dass dies der Grund für meine Rückkehr sei, dass sich ihr Gesicht nun vor Enttäuschung verfinsterte.

„Warum bist du denn dann gekommen?" wollte sie wissen, und es klang beinahe ärgerlich. „Ist irgend etwas zwischen deinem Mann und dir vorgefallen? Habt ihr euch gestritten? Ich habe mich sowieso immer gefragt, wer dich überhaupt heiraten würde, dich, wie eine Sphinx, nie ein Wort, nie ein Lächeln."

Mir fiel auf, dass sie sich gar nicht nach ihrem Bruder erkundigte. Ich dachte an Madsched und seine Gereiztheit. Ob Malek von meiner Heirat und meiner Rückkehr in den Libanon erfahren hatte? Ich fragte nach Achmad. Da verfinsterte sich Vaters Gesicht. Er legte den Finger auf die Lippen, um mir zu bedeuten, dass hier nicht der Ort für eine solche Frage sei.

„Aber was ist denn los?" flüsterte ich meiner Mutter zu.

„Ach, Achmad", seufzte sie. „Möge Gott ihm den rechten Weg zeigen. Er ist völlig konfus. Ich erzähle es dir später." Sie betrachtete mich mit beredten Blicken. Tausend Fragen lagen ihr auf der Zunge, aber sie schwieg. Nur eine Bemerkung konnte sie sich nicht verkneifen. „Was hast du wieder mit deinem Gesicht gemacht, Sahra?" Meine zerkratzten Beine konnte sie ja nicht sehen. „Was sagt denn dein Mann zu den Pickeln in deinem Gesicht? Anscheinend kannst du es immer noch nicht lassen, daran herumzudrücken."

Ich fragte mich, was ich mir da als Zufluchtsort ausgesucht hatte. Sie wollten einfach nicht glauben, dass ich nur gekommen war, weil ich Heimweh gehabt hatte, und liessen mir keine Ruhe mit ihren Fragen.

Als ich Madscheds Familie kennenlernte, wuchs mein Hass auf ihn. Es waren richtige Bauern in jeder Hinsicht. Jedesmal, wenn sein Name fiel, brach seine Mutter in Tränen aus. Unausgesprochen hing ständig die Frage in der Luft, ob er ihr Geld geschickt hätte. Mit ihrem Weinen gab sie sich selbst die Antwort. Hier kam der wirkliche Madsched zum

Vorschein, der in Afrika immer unerkannt blieb. Die Wirklichkeit war eine echte Überraschung. Dies war also das Milieu, aus dem er stammte, der Schoss dieser mageren Frau hatte ihn geboren. Dieser Mann, der kaum die Augen offenhalten konnte und dem ein Zipfel seiner fahrig um den Kopf gewickelten Kufija an der Seite heraushing, war sein Vater. Diese Frau, die nicht einmal richtig sprechen konnte, war seine Mutter. Ich entdeckte die Kluft zwischen seiner und meiner Familie. Er hatte mich geheiratet trotz aller meiner Nachteile, meiner Pickel, meines schlechten Geschmacks und meiner Nervenkrisen. Darum hatte er über meine Launen und die Entdeckung meiner Vergangenheit kein Wort verloren.

Eines Abends, wir sassen in der Küche beim Essen, erzählte ich meinen Eltern unaufgefordert, ich hätte einen Nervenzusammenbruch gehabt und sei eine Woche lang im Krankenhaus gewesen. Ich sagte ihnen, das sei der eigentliche Grund für meine Rückkehr gewesen. Sie hatten es resigniert aufgegeben, mir Fragen zu stellen, auf die ich in stundenlanges Schweigen verfiel. In Afrika hätte ich mir nie träumen lassen, dass ich in eine solche Sackgasse geraten würde. Ich hätte nie gedacht, dass es so schwierig sein würde, sie zu bitten, in die Scheidung von Madsched einzuwilligen. Auf der Couch mit dem Transistorradio und dem Laken hatte ich mir alles viel einfacher vorgestellt. Die Entfernung hatte mich zu der Illusion verleitet, meine Familie würde alles tun, worum ich sie bäte, ich müsste es nur irgendwie schaffen, Afrika zu verlassen. In dem Moment aber, in dem ich die Gesichter meiner Eltern hinter der Scheibe am Flughafen sah, änderte sich das Bild, und die Sache schien etwas komplizierter zu werden. Als ich ihnen gegenüberstand, wurde sie zum Problem. Und als wir miteinander sprachen, wusste ich, dass ich unmöglich offen darüber reden konnte. Ich begrub den Gedanken in meinem Kopf und Herzen, aus Angst, bald unter der Erde zu liegen, falls ich ihn ausspräche.

Die Tage vergingen. Ich verbrachte sie in Gefangenschaft im Haus in Beirut. Ich hatte nicht das geringste Verlangen danach, auszugehen oder Besuche zu machen. Wenn meine Mutter sagte, irgendeine Bekannte sei gekommen, mich zu begrüssen, täuschte ich Müdigkeit vor. Das schien ihr gelegen zu kommen, denn jedesmal, wenn es an der Tür klopfte, hielt sie ihre stereotype Erklärung bereit, eine fiktive Geschichte von einer Fehlgeburt und der primitiven medizinischen Versorgung in Afrika. Mein Gefängnis wurde von Stunde zu Stunde enger.

Mein Vater trug immer noch dieselbe Uniform, obwohl in Beirut keine Strassenbahnen mehr fuhren. Er zog immer noch die Taschenuhr auf und hielt sie ans Ohr und war mir gegenüber genauso wortkarg wie früher. Morgens ging er aus dem Haus, und abends kam er mit einer Tüte voll Brot, Käse und Wassermelonen zurück. Meine Mutter verliess das Haus nur noch selten. Wenn sie ausging, zog sie ein Kopftuch und einen schwarzen Mantel über. Wenn ich sie so sah, konnte ich kaum glauben, dass das die Frau mit den sprühenden blauen Augen und den weissen Armen in dem blauen Seidenkleid war, die zu Doktor Schauki ging und anschliessend zu dem Mann in ein gemietetes Zimmer, die Frau, mit der ich über die Felsen zum Nussbaum geklettert war und an deren Brust ich mich am liebsten für immer geschmiegt hätte. Von Tante Nadschiba erfuhr ich, dass der

Geliebte meiner Mutter seit einigen Jahren verheiratet war. Er hatte die Hoffnung aufgegeben, dass sie sich jemals von meinem Vater scheiden lassen würde, und Tante Nadschiba hatte ihn mit Morddrohungen verfolgt. Nun verfolgte sie mich Tag und Nacht mit der Bitte, nach Afrika zurückzukehren.

Mit der Zeit gewöhnte ich mich an den Gedanken einer Rückkehr. Madsched hatte mir drei Briefe geschrieben, in denen er mich bat zurückzukommen. Woher nahm er diese Sehnsucht zu mir? Wir hatten keine normale Beziehung, weder zwischenmenschlich noch sexuell. Ich konnte mich an keinen Moment erinnern, in dem ich nicht gestöhnt oder geschwiegen hätte oder deprimiert gewesen wäre, weil er mit mir schlief, oder auch nur, weil er von der Arbeit heimkam. Was die Ehe betraf, hatte ich ihn in jeder Hinsicht enttäuscht. Nun kamen diese Briefe. Sie waren die einzigen Signale aus einer Welt ausserhalb meiner vier Wände und der ständigen Angriffe meiner Mutter, die mich an meine frühere Mutter erinnerte, zu der ich aber keinerlei Verbindung mehr sah. Sie war jetzt eine Mutter, die sich um die Zukunft ihrer Tochter sorgte, nachdem sie es aufgegeben hatte, Zukunftspläne für einen Sohn zu schmieden, der erst Verkäufer im Suk Sarsuk, dann Kartenabreisser im Kino und schliesslich Taxichauffeur geworden war. Ausserdem war sie jetzt eine Hadsche.

Ich beschloss, nach Afrika zurückzufliegen. Ich sah keinen anderen Ausweg. Meine Mutter sprach jeden Morgen ein Extragebet dafür, dass Gott mich wieder zu meinem Ehemann zurückführen möge. Mein Vater wurde mir gegenüber ungewöhnlich gesprächig, wenn es darum ging, ob er mir einen Platz im Flugzeug reservieren sollte. Diese Frage stellte er mir täglich. Mein Leben mit ihnen wurde zu einer ständigen Rechtfertigung. Ich schämte mich, bei Tisch die Hand nach einem zweiten Stück Brot auszustrecken, meinen Teller zu voll zu häufen. Wenn ich meine Kleider waschen musste, war es mir peinlich, das Seifenpulver zu verbrauchen. Meine Rückkehr nach Beirut hatte eine Kluft zwischen meinen Eltern und mir geschaffen. Ich fühlte mich nicht mehr wohl zuhause. Es war, als seien ihre Pflichten mir gegenüber erfüllt, nachdem ich auf diese Weise geheiratet hatte. Vater hatte nicht vergessen, dass ich nach Afrika gereist war, um einer Heirat zu entgehen.

Während ich meinen Koffer packte, überlegte ich, warum ich nicht mit Madsched noch einmal von vorn anfangen könnte. Warum konnte ich ihn nicht als Freund betrachten, mit ihm zusammenarbeiten, mich von seinen Ideen überzeugen lassen, ihm helfen, ein Vermögen zusammenzusparen? Warum konnte ich nicht meine wahren Gefühle für mich behalten, zumal die Ehe mit der Zeit eine Art Abkommen wurde. Das hatte Malek gesagt, das sagten alle. Ich stopfte mir den Kopf voll mit diesen Gedanken. Jedesmal, wenn ich die Rückkehr nach Afrika als Alptraum empfand, rief ich sie mir ins Gedächtnis zurück und hielt mir das Leben vor Augen, das ich im Libanon führen würde, als Gefangene des Hauses, Gefangene meiner Familie. Morgen würde ich in mein Haus zurückgehen, dahin, wo ich die Hausherrin war, auch wenn ich diese Rolle bisher noch nie gespielt hatte.

An dem Tag, an dem ich in Afrika ankam, regnete es. Von weitem sah ich Madsched und Onkel Haschem an eine Mauer gelehnt stehen. Als sie mich entdeckten, kamen sie auf mich zu. Ich wandte das Gesicht ab, wollte so tun, als kenne ich sie nicht. Ich sass schon wieder in der Falle. Ich brachte es nicht fertig, Madsched ins Gesicht zu sehen, mit ihm zu reden, ihn sprechen oder essen zu sehen. Er war mir so fremd. Das waren meine Gefühle auf dem Flughafengelände mit Onkel Haschem und unter all den Menschen. Wie würde es erst sein, wenn ich allein mit ihm zuhause wäre. War ich tatsächlich in einer Sackgasse? Nach Beirut konnte ich im Moment nicht zurück, aber in Afrika hielt ich es keinen Augenblick aus. Es regnete. Die Regentropfen fielen in mein Herz und Hirn und schwemmten fort, was ich mir vorher an vernünftigen Dingen einzureden versucht hatte. Ich hatte mir jeden Fluchtweg verbaut, hatte mich selbst in der Falle eingesperrt, in dem Schluchzen, das mir im Hals stecken blieb.

Wie hatte ich nach Afrika zurückkommen können, nachdem der Himmel einmal seine Tore für mich geöffnet und mich in den Libanon zurückgeflogen hatte? Wie hatte ich aus freiem Entschluss wiederkommen und mir bei vollem Bewusstsein diese Schlinge um den Hals legen lassen können?

„Alhamdillah, Sahra, du bist wieder da", begrüsste mich Onkel Haschem. Er hatte den Arm um Madscheds Schultern gelegt und schob ihn auf mich zu. Ich stand wie festgenagelt und streckte ihm steif die Hand entgegen. In dem Moment, in dem Madsched meine Hand berührte, waren die kalten Schnecken wieder da und hinterliessen eine dünne Schweissschicht. Sie krochen mir über die Finger auf den Handrücken, es wurden immer mehr, bis sie meinen ganzen

Körper bedeckten. Nein. Genug. Ich schaffte es nicht. Ich brauchte jemanden, der mich rettete. Ich war unfähig, mich selbst zu retten, unfähig, überhaupt irgend etwas zu tun.

Würde mein Onkel mich retten? Er musste es tun, so wie beim ersten Mal. Ich hatte niemanden ausser ihm. Jetzt nahmen die Dinge ihren Lauf, ich konnte sie nicht mehr aufhalten. Mein Koffer wurde im Wagen verstaut, die Tür ging auf, ich stieg in den Wagen, wir kamen zuhause an, wir waren sehr schnell da, zu schnell, als dass ich meinen Onkel hätte um Hilfe bitten können. Ich hörte ihn noch sagen, er würde am Abend bei uns vorbeischauen, dann war ich mit Madsched allein. Plötzlich war mein ganzer Hass wieder da, und alle Gedanken, die ich mir über ein neues Leben mit ihm gemacht hatte, waren wie weggeblasen.

Als er sich mir näherte und ich seinen Atem spürte, wandte ich mich voller Abscheu ab und sah nichts als den Regen hinter dem Fenster. Er fragte nach seiner Familie, ich gab einsilbige Antworten und vermied es, ihn anzusehen. Er versuchte, mich an sich zu ziehen, ich wich zurück. Er kam trotzdem immer näher, ich wich weiter zurück. Ich fing an zu schreien, er kümmerte sich nicht darum. Ich stiess ihn von mir, er liess nicht locker. Sein Keuchen, mit dem er mich verfolgte, schürte meinen Hass nur noch mehr. Ich schrie, so laut ich konnte, und warf einen flehenden Blick aus dem Fenster, aber da war nur der Regen. Ich wehrte mich mit Händen und Füssen. Er sollte mich nicht berühren, vorher müsste er mich erschlagen. Ich würde mich verteidigen bis auf den Tod, so wie unsere Nachbarin, eine Ausländerin mit einem Hund, als der Friseur versucht hatte, sie zu vergewaltigen. Innerhalb von wenigen Minuten war alles vorbei gewesen. Nur der Hund hatte noch tagelang gebellt.

Madsched liess nicht locker. Ich wehrte mich mit allen Mitteln. Als meine Kräfte nachliessen und mein Weinen nichts nützte, biss ich, so fest ich konnte, in seine Hand. „Verdammtes Weib! Bestie! Vieh!" hörte ich ihn schreien. Er war ausser sich. Er schüttelte die Hand und versuchte, sie aus meinem Biss zu befreien. Ich war fest entschlossen, was auch immer er an Gefühlen für mich empfand, ein für allemal zunichte zu machen. Mit der anderen Hand stiess er mich zu Boden und versetzte mir Fusstritte. Unter Tritten zerrte er mich zur Couch, während ich ununterbrochen jammerte und brüllte: „Lass dich scheiden! Lass dich doch scheiden!"

„Los, steh auf!" fuhr er mich an. „Zieh dich an, du Wahnsinnige, du Geisteskranke. Warum bist du gekommen, du verdammtes Weib, warum, wenn du mich nicht willst? Tausend Mädchen würden mir die Füsse küssen. Und du, du idiotisches Weibsstück, tust so, als wärst du was Besseres. Geh doch und sieh dich im Spiegel an, und dann erzähl mir mal, was du da siehst. Zum Teufel mit dir! Ich spucke auf dich. Die Nichte von Haschem. Oh, welche Ehre! Mag Haschem Parteivorsitzender und ich weiss nicht was sein. Die Nichte von einem Strassenfeger wäre mir lieber. Schämen solltest du dich. Los, steh auf und zieh dich an. Am besten verkleidest du dich gleich als Todesengel. Los, zieh dich an, bevor ich dir den Hals umdrehe."

Er schüttelte mich. Da erst merkte er, dass ich vollständig angezogen war. Er stiess mich aus der Tür und befahl mir, in den Lieferwagen einzusteigen. Ich versuchte, mir meinen Schreck nicht anmerken zu lassen. Die Stunde meiner Erlösung rückte näher. Ich war mit allem einverstanden, wenn ich nur keinen Augenblick länger mit ihm unter einem Dach leben musste.

Wir erreichten Onkel Haschems Haus, aber sein Wagen stand nicht vor der Tür. Madsched fuhr weiter. Da packte mich die Angst. Jedesmal, wenn ich mir zuredete, er sei ein besonnener, vorsichtiger Mann, neigte sich der Wagen vibrierend auf die Seite und drohte jeden Moment umzukippen. Aus den Augenwinkeln warf ich einen Blick auf sein blasses Gesicht. Ich musste mich mit beiden Händen am Sitz festhalten. Er raste wie besessen durch die Strassen. Ich wusste nicht, wo wir waren, wagte auch nicht, ihn danach zu fragen. Womöglich suchte er eine Grube, in die er mich werfen konnte, oder er wollte mich ausserhalb der Stadt irgendwo im Urwald aussetzen, wo ich vor Angst sterben würde. Plötzlich hielt er vor einem kleinen Haus, vor dem Tallals Wagen stand. Wortlos stieg er aus, aber die Heftigkeit, mit der er die Wagentür zuknallte, sprach Bände. Trotz meiner Unruhe freute ich mich, dass das Ende nahe war. Wie auch immer es aussehen mochte, ich würde es akzeptieren. Meine Augen waren fest auf die Tür geheftet, in der Erwartung, Madsched und Tallal jeden Moment herauskommen zu sehen.

Lange sass ich so da. Es regnete immer noch. Seit meiner Ankunft in Afrika hatte es ununterbrochen geregnet. Das Warten machte mir nichts aus. Ich hätte endlos so dasitzen können mit mir allein. Die Hitze und Feuchtigkeit stiegen mir in den Kopf. Ich überlegte, warum ich ständig unter Erschöpfungszuständen litt, sogar in Beirut, wenn ich im Bett lag. Immer war etwas da, das mich bedrückte. Ob einem Menschen die Beklemmung angeboren sein konnte wie Augenform und Haarfarbe? Seit ich denken konnte, befand ich mich ununterbrochen in seelischer Not und hatte Angst. Wenn ich einmal keine Angst hatte, verfiel ich in einen Zustand innerer Leere und starrte stundenlang vor mich hin. Niemand in meiner Umgebung bedeutete mir etwas. Für mich war die Welt in zwei Teile gespalten. Auf der einen Seite stand ich allein, auf der anderen die übrige Menschheit.

Warum kamen Madsched und Tallal nicht heraus? Dieser Tallal. Von unserer ersten Begegnung an hatte ich seine Ablehnung gespürt. Er war der einzige, der mich richtig einschätzte: ein ziemlich hässliches, langweiliges Mädchen, dessen einziger Vorzug darin besteht, Haschems Nichte zu sein.

Plötzlich kam Madsched wieder, allein. Er stieg in den Wagen. Er sah mich nicht an, und ich konnte an seinem Gesicht nichts ablesen. Die ganze Fahrt über sass ich mit geballten Fäusten da, trotz des Schweisses, der mir zwischen die Finger trat, und hoffte nur, er würde mich woanders hinbringen, bis ich nach Beirut zurück konnte. Mochte er mich hinbringen, wohin er wollte, nur nicht wieder nach Hause. Bevor ich herausfand, wohin er fuhr, fragte er unvermittelt, ob ich mich scheiden lassen wolle. Ich nickte.

„Sag das deinem Onkel Haschem, denn ich werde keinen Piaster für die Scheidung zahlen."

„Aber das verlangt auch niemand von dir", antwortete ich erleichtert.

„Wenn du nicht daran denkst, deine Eltern werden es tun."

„Nein, nein, du täuschst dich. Meine Eltern sind nicht so. Sie denken nicht ans Geld. Die Hauptsache ist mein Glück."

„Dein Glück? Und womit, bitte, mache ich dich unglücklich?"

Aus seiner Sicht hatte er völlig recht. Ich konnte ihm darauf keine Antwort geben, sondern dachte nur: Ich bin nicht für die Ehe geschaffen. Wenn ich erst geschieden bin, werde ich keinen Mann mehr ansehen; ich hasse die Männer. Ich konnte mit niemandem reden. Ich wollte nur schlafen. Wir näherten uns Onkel Haschems Haus. Diesmal stand sein Wagen vor der Tür. Madsched bedeutete mir mit einer Kopfbewegung auszusteigen. Ich kletterte vom Trittbrett und blieb etwas abseits stehen, während er an der Haustür läutete. Beim dritten Schellen erschien Onkel Haschem schliesslich mit geröteten Augen und verzogenen Mundwinkeln im Türrahmen. Die eine Hand auf der Türklinke, sah er uns verwirrt an, mit der andern Hand hielt er seinen Bademantel zusammen.

„Na, kommt rein", sagte er dann. Madsched fragte beim Eintreten, ob wir ihn geweckt hätten.

„Und wenn schon", winkte er ab. „Sahra ist hier, das ist die Hauptsache."

Ich drückte mich in die hinterste Ecke der Couch, und Madsched fing an zu reden. „Apropos Sahra, ich glaube, da muss jetzt mal einiges geklärt werden." Und dann erzählte er die ganze Geschichte, angefangen bei unserer Eheschliessung bis zu unserem heutigen Streit. Onkel Haschem hörte schweigend zu. Seine Reaktion auf die Tatsache, dass ich bei meiner Heirat nicht mehr Jungfrau gewesen bin, überraschte mich und gleichzeitig auch wieder nicht. Er meinte, das sei überhaupt keiner Erwähnung wert. Ein gebildeter Mensch messe dem doch heutzutage keinerlei Bedeutung mehr bei.

„Das sagst du ja nur so", unterbrach ihn Madsched.

„Nein, nein, Madsched", rief Onkel Haschem und hob abwehrend die Hand. „Wallahi, ich sage nur, was ich wirklich denke. Du kennst mich vielleicht nicht gut genug. Du kannst meine Freunde fragen. Darum kümmert sich im zwanzigsten Jahrhundert kein Mensch mehr. Wir, die junge Generation, haben die Aufgabe, unsere Familien und alle Kleingeister darüber aufzuklären. Was mich an der ganzen Geschichte nur beschäftigt, ist Sahras Zukunft. Vielleicht will Sahra diesen Mann heiraten, von dem du erzählt hast, und braucht dazu unsere Hilfe." Bei diesen Worten wandte sich mein Onkel zu mir und sagte lächelnd: „Nun, Sahra, warum hast du denn nichts gesagt? Du hast geheiratet, obwohl du einen andern liebst?"

Wenn er wüsste, wie weit er von der Wahrheit entfernt ist, dachte ich seufzend. Er lebte ganz und gar in Afrika. Er fragte nach seinem Namen und Beruf und warum wir nicht daran gedacht hätten zu heiraten, bei so einer intensiven Beziehung. Zögernd blickte ich auf die Schale mit den Früchten. Er stellte weitere Fragen, und weil ich schwieg, fing er selbst an, plausible Antworten zu erraten.

„Er ist vielleicht Christ. Du hast Angst gehabt vor der Familie. Aber warum hast du mir denn nie von ihm geschrieben? All diese Briefe, und du hast ihn mit keinem Wort erwähnt. Wo steckt das Problem? Komm, Sahra, sag's deinem Onkel, damit ich dir helfen kann und damit du deines Lebens wieder froh wirst."

Ich seufzte und dachte nur, das beste sei es, das Thema ein für allemal abzuschliessen. Ich würde den Mund ohnehin nicht aufmachen. Meine Augen hingen an der Obstschale, als ich plötzlich Schritte hörte. Ich hob den Kopf und sah eine Afrikanerin in der Tür stehen. Sie trug ein europäisches Kleid mit weitem Ausschnitt und goldfarbene Sandalen. Ihre Lippen waren rot geschminkt. Sie kam aus dem Schlafzimmer. Still stand sie da und schien auf ein Zeichen von ihm zu warten. Er sah sie nur an, redete aber gleichzeitig mit mir. Sie grüsste mit einem Kopfnicken, ging zur Tür und verschwand. Onkel Haschem redete weiter, vielleicht absichtlich, und fixierte dabei Madscheds ungläubiges Gesicht, wie um ihm zu versichern, dass da tatsächlich gerade eine schwarze Frau gestanden habe, mit der er soeben noch im Bett gewesen war.

Allmählich verlor Onkel Haschem die Geduld mit meinem Schweigen und meinem starren Blick auf die Obstschale. Er brüllte, er wolle jetzt endlich den Namen wissen, dann könne meine Familie sich mit ihm in Verbindung setzen, er wolle noch heute persönlich telefonisch oder telegrafisch mit diesem Mann in Kontakt treten. Wie konnte ich ihn von diesem Gedanken abbringen? Wie sollte ich ihm die Beziehung zu Malek erklären? Wie konnte ich ihm mit wenigen Worten klar machen, dass alles ganz anders war, als er dachte? Wie konnte ich ihm begreiflich machen, dass ich vom Anfang bis zum Ende nur als Zuschauerin daneben gestanden hatte, neben dem schicksalhaften Bett, auf dem ich meine Jungfernschaft verlor, neben meinem schwangeren Körper, neben dem Behandlungstisch des alten Arztes.

Wenn du mich fragst, Onkel, ob ich ihn liebe, sage ich: nein! Ich habe ihn nie geliebt. Ich habe ihn nicht ertragen. Ich bin wie hypnotisiert gewesen. Er muss sich bei einer Wahrsagerin einen Zauber gegen mich besorgt haben. Warum hätte ich mich sonst immer wieder darauf einlassen sollen, zumal ich nichts für ihn empfand? Und jedesmal die Angst, wenn ich nach Hause kam und meinen Eltern auswich. Warum hätte ich mich freiwillig dieser ständigen Angst aussetzen sollen? Während der Arbeitszeit zitterte ich bei dem Gedanken, Malek könnte wieder an der Hauptpforte stehen und auf mich warten. Und anschliessend zitterte ich bei dem Gedanken, mein Vater könnte uns zusammen sehen. Auch wenn das unmöglich war, er kannte ja noch nicht einmal meinen Arbeitsplatz. Vor lauter Angst richtete ich diese Verwüstungen in meinem Gesicht an. Ich war gefangen im Strudel meines seelischen Chaos. Es wäre ein leichtes gewesen, ihn mit einem einfachen „nein" aus meinem Leben zu vertreiben. War es Schwäche, dass ich es nicht tat? Warum hatte sich diese Schwäche ausgerechnet mich ausgesucht? Warum hatte Malek mich gewählt? Stand die Schwäche auf meiner Stirn geschrieben, und Malek hatte es nur als erster gelesen?

Ich kann dir das einfach nicht sagen, Onkel. Nicht weil ich fürchte, dass du mich dann anspuckst oder anbrüllst. Ich fürchte nicht einmal dein Schweigen. Ich kann es dir nicht sagen, weil ich für dich die Frau bleiben will, die du kennst. Ich will nur fort aus Afrika, fort von Madsched, der mir fremd ist.

Mein Blick glitt von den Früchten in der Schale ab, und ich fragte: „Sollen wir es noch einmal versuchen?"

Madsched schien nicht überrascht. „Ja, vielleicht sollten wir es noch einmal versuchen", nickte er.

Nur Onkel Haschem stammelte fassungslos: „Das kann doch wohl nicht dein Ernst sein, Sahra!"

Ich blätterte die Seite mit Malek in meinem Lebensbuch um, ohne ihm einen Einblick gewährt zu haben. Diese Lösung war meine einzige Chance. Ich musste mir die Gedanken ins Gedächtnis zurückrufen, mit denen ich mir in Beirut den Kopf vollgestopft hatte. Ich war gezwungen, diese Ehe zu ertragen. Nur in der Beziehung zwischen Onkel Haschem und mir sass jetzt ein Wurm, jederzeit bereit weiterzunagen. Jetzt konnten mich nur noch die sieben Himmel davor bewahren, dass meine Familie durch ihn doch noch von meinem Geheimnis erfuhr. Die sieben Himmel mussten mich vor einer Heiratsforderung an Malek schützen. Er würde leugnen, mich je allein getroffen zu haben, und ich wollte ihn nicht. Ich ekelte mich vor seinem Atem und seinem Körper. Es blieb mir nichts weiter übrig, als so viel Kraft zusammenzunehmen, wie ich noch besass, und ein Leben mit Madsched zu akzeptieren. So war es mir von der Vorsehung bestimmt.

Auf der Heimfahrt sagte ich zu Madsched, wir müssten noch einmal heiraten. Er verstand nicht, was das für einen Sinn haben sollte, und sagte, wie um meinem Gedächtnis auf die Sprünge zu helfen, dass wir noch immer verheiratet seien.

„Aber ich will, dass wir noch einmal heiraten", beharrte ich und fing an zu überlegen, wen wir einladen sollten und welcher Scheich die Zeremonie durchführen könnte. Madsched sah mich betroffen an und meinte, ich sei erschöpft von der langen Reise und den ganzen Aufregungen und müsse mich jetzt erst einmal ausruhen. Ich konnte kaum glauben, dass ich am selben Morgen noch in Beirut gewesen war. Mir kam es vor, als sei ich seit meiner Ankunft in Afrika im Regen um Jahre gealtert.

Zuhause angekommen, ging ich ins Bad, zog das Nachthemd an, streifte den Morgenmantel über und schlich auf Zehenspitzen ins Bett. Madsched stand noch auf dem Balkon und trank ein Glas Arak. Wenn er hereinkäme, wollte ich so tun, als ob ich längst schliefe. Nur wenige Augenblikke nach mir stieg er ins Bett, drehte mir den Rücken zu, und ein paar Minuten später hörte ich seinen gleichmässigen, ruhigen Atem. Er war bereits eingeschlafen. Ich rückte an den äussersten Rand des Bettes, zog die Beine an, schlang die Arme um die Knie und schlief ebenfalls ein.

Als ich am nächsten Morgen aufwachte, lief ich sofort ins Bad, kleidete mich an und dachte, wie schön und einfach das Leben sein könnte, wenn es immer so wäre wie gestern abend und heute morgen, wenn mich niemand bedrängte. Zum ersten Mal, seit wir verheiratet waren, bereitete ich das Frühstück zu. Es machte mich etwas befangen, dass Madsched im Schlafanzug in die Küche kam. Ich sah nicht gern einen Freund im Schlafanzug. Schweigend fing er an zu essen. Diesmal fing ich ein Gespräch an. Ich erinnerte ihn an die Hochzeit, die wir an diesem Abend feiern würden. Auf seine Frage, ob es mir tatsächlich ernst damit sei, nickte ich entschlossen.

Am Abend kamen Madscheds Freunde mit ihren Ehefrauen. Mir fielen die befremdeten Blicke auf, mit denen sie mich begrüssten. Waren sie Ausdruck der Verständnislosigkeit oder der Geringschätzung? Nur mein Onkel flüsterte mir zu: „Unsere Familie war schon immer etwas anders als die andern." Die übrigen Gäste behandelten mich distanziert und herablassend. Mit gespielter Höflichkeit erkundigten sie sich, ob es mir, Inscha Allah, besser ginge und ich, Alhamdulillah, keine Probleme mehr hätte, und beobachteten jede meiner Bewegungen. Sobald ich den Rücken drehte, fingen sie an zu tuscheln und zu kichern. Dabei gab ich mir an diesem Abend die grösste Mühe, wie sie zu sein. Madsched legte eine Schallplatte auf und forderte die Gäste auf zu tanzen. Das Wohnzimmer füllte sich mit Tanzpaaren, und mit einem Mal sass ich als einzige noch auf meinem Stuhl. Ich redete mir zu, jede Scheu abzulegen, und forderte mich selbst zum Tanz auf, um ab nun eine von ihnen zu werden. Es war mein Hochzeitsfest. Die Musik und dieser Tanz gehörten mir.

Plötzlich stand ich in der Mitte des Raumes, schloss die Augen und drehte mich. Meine Arme und Beine bewegten sich, nur die Hüften wollten sich nicht schwenken lassen. Ich warf den Kopf nach hinten und drehte mich zur Musik, die immer schneller wurde. Statt der arabischen Musik hörte ich mit einem Mal afrikanische Trommeln. Vielleicht war die Sippe des Hausboys gekommen, um mich willkommenzuheissen. Ich neigte den Körper nach rechts und links, wie ich es einmal bei einer Gruppe weiss gekleideter Frauen anlässlich einer Trauerfeier in Beirut beobachtet hatte. Ich warf den Kopf herum und versuchte, mich zu bewegen wie eine Tempeltänzerin, die ich einmal im Film gesehen hatte. So musste ich den Fuss vorstrecken. So mussten meine Arme in Wellenbewegungen schwingen. So hatte sie die Hand auf die Brust gelegt. Wieder hörte ich die afrikanischen Trommeln. Es war ihr gutes Recht, ihre Musik zu spielen. Schliesslich lebten wir in ihrem Land, unter ihrer Sonne. Tablas, Kongas und Tamtams wechselten einander ständig ab, und ich drehte mich und tanzte, bis ich nicht mehr konnte, bis mir schwindlig wurde. Ich musste anhalten.

Wer packte mich da am Arm? Wer sagte: „So, Sahra, das

reicht"? Ich hielt mich an diesem Arm fest, der mich hielt, und wartete, bis ich die Augen öffnen konnte. Ich schlug die Augen auf und sah um mich herum lauter verschlossene Gesichter und arrogante Blicke. Onkel Haschem hielt mich am Arm und wollte mich ins Schlafzimmer führen. Die schweigenden Gesichter verfolgten jede meiner Bewegungen, und es war allzu offensichtlich, dass sie sich das Lachen kaum verkneifen konnten.

„Worüber lacht ihr, ihr Kleingeister?" schrie ich sie an. „Was habt ihr Kaffer zu lachen? Ihr alle habt getanzt. Los, haut ab! Haut alle ab ..."

Onkel Haschem setzte meinem Geschrei ein Ende, indem er mich kurzerhand durch die Tür schob und aufs Bett legte. Ich schlief sofort ein, überlegte nicht einmal mehr, wo Madsched schlafen würde. Am nächsten Morgen fühlte ich mich so schwach, dass ich mich kaum auf den Beinen halten konnte. Onkel Haschem musste mich auf dem Weg zum Bad stützen, wartete auf mich vor der Tür und begleitete mich wieder zurück ins Bett.

„Wie geht es dir, Sahra?" fragte er besorgt und setzte sich auf den Bettrand. Ich nickte nur. Bei einem flüchtigen Blick in den Badezimmerspiegel hatte ich mein rotes, aufgedunsenes Gesicht gesehen.

Onkel Haschem verliess das Zimmer, und Madsched kam herein. „Wie geht es dir heute, Sahra?" fragte er beinahe flüsternd. Ich nickte zum zweiten Mal. Dann verbarg ich mein Gesicht in den Händen. Nach einer Weile hörte ich, wie Madsched den Raum verliess. Ich nahm die Hände vom Gesicht und betrachtete sie. Auf den Handrücken traten die Adern hervor, die Finger waren geschwollen. Ich wollte gerade meine Beine untersuchen, als Onkel Haschem mit dem Arzt hereinkam, den ich bereits vom ersten Mal her kannte. Ohne ein Wort oder eine Frage nahm er meinen Arm und stach eine Spritze hinein. Dann ging er lächelnd wieder hinaus.

Onkel Haschem setzte sich wieder auf die Bettkante und fragte: „Würdest du gern übermorgen nach Beirut fahren?"

Es war mir gleichgültig, ob ich nach Beirut fuhr oder hier im Bett lag und das Fenster anstarrte mit dem Regen dahinter. Das war für mich kein grosser Unterschied. Ich wollte nur, dass alles in mir anhielt. Ich wollte reglos und still werden wie dieses Fenster, das alles über sich ergehen liess. Ich hörte Madsched im Wohnzimmer zu Onkel Haschem sagen, er fühle sich der Sache mit mir nicht mehr gewachsen, das Problem sei nicht mehr auf uns allein beschränkt, sondern beträfe mittlerweile das ganze Viertel, seinen Freundeskreis und fast die gesamte libanesische Gemeinschaft. Einmal sei ich Hals über Kopf in ein Nachbarhaus gerannt, dabei hätte ich die Leute nicht einmal gekannt, die darin wohnten, und das alles nur wegen einer harmlosen Kritik.

Mir fiel wieder ein, wie ich die staubige Strasse entlang gerannt war. Mit einem gehetzten Blick über die Schulter sah ich ihn hinter mir herkommen. Ich stiess Flüche aus, die ich bis dahin nicht einmal zu hören gewagt hatte. Wenn irgendwo ein Fenster aufging, fluchte ich umso lauter. Die Häuser in unserer Strasse waren alle von Libanesen bewohnt. Der vertraute Geruch nach gedünsteten Zwiebeln, Koriander und Knoblauch hing in der Luft. An dem Tag, an dem ich von zuhause weglief, habe ich zum letzten Mal in Afrika Kubbe gegessen.

Ich sass mit einer Nachbarin auf dem Küchenbalkon. Es war ihr erster Besuch bei mir. Plötzlich kam Madsched dazu und forderte mich auf, das Radio leiser zu stellen. Mir war es peinlich, wie er mich in Gegenwart der Nachbarin herumkommandierte. Darum tat ich, als hätte ich seine Aufforderung überhört. Daraufhin verstellte er selbst die Lautstärke. Das machte mich fuchsteufelswild. Ich lief hin und drehte den Apparat so laut auf, dass ringsum die Fenster aufgerissen wurden und empörte Gesichter auftauchten. Madsched ging zur Nachbarin und entschuldigte sich. Sie stand auf und verfolgte befangen, wie er versuchte, mich in die Küche zu ziehen, wogegen ich mich jedoch sträubte. Als er meine Hand losliess und auf mich einreden wollte, rannte ich schreiend aus dem Haus und blindlings in die nächstbeste Tür hinein. Dahinter stand eine ältere Frau, den Saum ihres langen Kleides in der Hand und vor sich einen Eimer mit Wäsche. Ich setzte mich auf eine Stufe neben ihrer Wäsche, schlug die Hände vors Gesicht und brach in Tränen aus.

Sie fragte, ob ich aus dem Südlibanon sei und ob ich grosses Heimweh nach meiner Familie hätte. Ich nickte und schluchzte, und da sagte sie liebevoll: „Komm, mein Kind. Komm, steh auf, ich will dir etwas Rosenwasser geben."

Ich stand auf und ging hinter ihr her. Im Wohnzimmer sassen drei Kinder auf dem Boden und assen Kubbe. „Das sind meine Enkel", erklärte sie und ging weiter in die Küche. „Meine Tochter hilft ihrem Mann im Geschäft, und da passe ich solange auf die Kinder auf." Sie kam zurück und reichte mir einen Teller mit Kubbe. Dankbar nahm ich ihn entgegen. Während ich ass, hörte ich, wie es an der Haustür klopfte. Die Frau ging hin, um nachzusehen, wer das sein könnte.

„Wer ist Sahra?" hörte ich sie sagen. „Hier gibt es keine Sahra. Hier wohnt meine Tochter Leila mit ihrem Mann."

Ich hörte Schritte, und dann stand Madsched in der Tür. Er nahm meine Hand und zerrte mich hinaus. Das Stück Kubbe noch in der Hand, verabschiedete ich mich von der netten Frau, und Madsched schimpfte: „Du kannst doch nicht einfach in ein fremdes Haus rennen und bei fremden Leuten gleich anfangen zu essen. Herrgott im Himmel, was ist das denn für ein Benehmen?!"

ZWEITER TEIL

1

Die vertraute Stimme des Rundfunksprechers Scharif al-Achawi versucht, die Beiruter Bevölkerung zu beruhigen. Während er spricht, fahren meine Hände unbewusst zu meinem Gesicht und drücken an den Pickeln herum. Ich weiss, wie dieser Tag für mich enden wird, wie der morgige abläuft. Ich werde herumsitzen, meiner Mutter in der Küche helfen und essen. Seit ich wieder in Beirut bin, habe ich so viel zugenommen, dass nur noch die Pickel in meinem Gesicht an die Sahra von früher erinnern. Zu meiner Gewichtszunahme bekomme ich allerhand Meinungen zu hören. Die einen sagen, es sei der Klimawechsel, andere sind überzeugt, mein Mann hätte mich schlecht behandelt, darum sei ich so abgemagert zurückgekommen, und nun sei meine Gesundheit wieder hergestellt.

Ich weiss es besser. Es ist nichts als das Essen, das mich dick macht, das Essen, aus dem ich die Kraft schöpfe, die Bombenexplosionen und Gewehrschüsse zu ertragen, die Holz, Stein, Luft und Fleisch durchdringen. Mutter bebt wie der Fettschwanz eines Schafes, wenn sie an die Fenster geht, um sich zu vergewissern, dass die Läden gut verschlossen sind. Dann läuft sie wie ein bebender Schafschwanz im Zimmer herum und murmelt ununterbrochen: „Gott steh uns bei. Gott steh uns bei."

Vater zündet sich eine Zigarette nach der anderen an und dreht am Radio, in der Hoffnung, einen Sender zu erwischen, der eine Waffenruhe meldet. Stundenlang sitzt er in seinem gestreiften Schlafanzug vor dem Radio. Es ist immer dieselbe Szene, nur unterbrochen von den Mahlzeiten am Küchentisch und dem schrillen Pfeifen der vorbeisausenden Granaten, bevor sie irgendwo mit dröhnendem Krachen explodieren. Mir kommt keinen Augenblick in den Sinn, unser Haus könnte getroffen werden. Daran denkt kein Mensch. Elend und Katastrophen betreffen immer die anderen.

Mit einem Buch in der Hand sitze ich auf der Bettkante in dem Zimmer, das ich früher mit meinem Bruder Achmad geteilt habe. Es ist ein Roman mit dem Titel „Der Weidenbaum". Durch die offene Tür sehe ich meinen Vater. Er hält sich das Transistorradio ans Ohr und geht langsam auf und ab. Er sieht aus, als hätte er gerade eine Blinddarmoperation hinter sich. Nervös stellt er einen anderen Sender ein. Ich sitze und lese und höre im Hintergrund Scharif al-Achawis Anweisungen: „Die Bevölkerung ist angehalten, die Häuser nicht zu verlassen. Die Schia-Strasse und die Burdsch-al-Bradschna-Strasse sind besonders gefährdet." Mutter kommt ins Wohnzimmer und sagt: „Wir haben noch einen ganzen Sack Mehl. Damit können wir uns einen Monat lang über Wasser halten."

Einen Monat, zwei Monate, was macht das für einen Unterschied? Ein Jahr, zwei Jahre, das spielt für mich keine Rolle. Ausserhalb des Hauses gibt es nur noch Gewalt, Hilflosigkeit und Tod. Ich bin vollkommen entspannt. Ich sehe niemanden, spreche nur das Nötigste mit meiner Mutter über das Essen und was wir kochen sollen, und wenn es Nacht wird, falle ich in tiefen Schlaf. Darum bin ich ganz erstaunt, wenn ich Mutter am Morgen sagen höre, sie hätte bei dem Lärm wieder kein Auge zugetan.

Wir hatten uns daran gewöhnt, dass nach mehrtägigen

Kämpfen immer wieder eine Waffenruhe eintrat. Dass „Waffenruhe" im Grunde Krieg bedeutete, daran wagten wir nicht zu denken. Nicht einmal bei Worten wie „Kampf" und „Front" dachte man an Krieg, zumindest sprach es niemand aus. Wir hatten keinen Krieg. Wir wollten die Wirklichkeit nicht wahrhaben, denn das hätte alle Hoffnungen und Träume zerschlagen. Wenn die Meldung von der Waffenruhe kam, lief Jung und Alt jubelnd hinaus auf die Strasse. Dann wurden Säcke, Kisten und Berge von Brotlaiben in die Häuser geschleppt. Sogar ich ging aus dem Haus, zusammen mit Mariam, einer Nachbarin. Aber ich ging nur in die Apotheke, um mir eine Creme gegen Akne zu kaufen. Ich empfand die Ruhe als trügerisch und behielt recht. Es dauerte nicht lange, bis Scharif al-Achawis warnende Stimme wieder aus dem Lautsprecher kam: „Bitte bleiben Sie in Ihren Häusern. An allen Fronten sind die Kämpfe wieder aufgeflammt. Wir können für kein Viertel Sicherheit garantieren." Dann kam ich wieder zur Ruhe und hörte auf, mich zu fragen, was aus mir werden sollte. Dann wusste ich genau, wo mein Platz war. Zuhause fühlte ich mich sicher. Alle Menschen der verschiedenen Schichten waren jetzt in derselben Lage wie ich. Selbst die schönen Frauen aus den Boulevardzeitungen mussten sich in eine Ecke ihrer eleganten Wohnungen verkriechen. Sie hörten dasselbe wie ich, dachten dasselbe wie ich. Wenn ich wusste, dass an allen Fronten gekämpft wurde, konnte ich mich entspannen. Das bedeutete, dass diese vier Wände mein Rahmen waren. Und alle Hoffnungen meiner Mutter, einen neuen Ehemann für mich zu finden, wurden unter dem Pfeifen und Krachen der Granaten begraben.

In dieser Atmosphäre fand ich meine innere Ruhe. Es ist krankhaft, so zu denken, sagte ich mir. Mein tiefer Schlaf ist krankhaft, diese Unmengen von Essen, die ich in mich hineinstopfe, sind krankhaft, dass ich zwei Monate lang im Morgenmantel herumlaufe, ist krankhaft, die Pickel, mit denen ich übersät bin, sind krankhaft, und dass ich mich nicht ernsthaft darum bemühe, sie loszuwerden, ist krankhaft. Mein Schweigen ist krankhaft. Mutter schreit mich jedesmal an, wenn sie mich im Morgenmantel sieht. Meine Gleichgültigkeit gegenüber ihrer Gereiztheit ist krankhaft.

Besonders gereizt war sie, wenn sie versuchte, den wahren Grund für meine Scheidung von Madsched herauszubekommen. Ich sagte nur, dieses Thema sei für mich gestorben. Dann fing sie an, über meine Pickel und mein verrücktes Benehmen zu lästern, und dachte, sie könnte mich damit provozieren. Im stillen nannte ich Madsched nur noch „Afrika". Ich versuchte, alles, was damit zusammenhing, zu verdrängen, aber der innerste Kern meiner Seele hielt in mir die Erinnerung wach, dass Afrika und meine Ehe mit Madsched mich davor bewahrt hatten, unter Vaters strengen Blicken zum Leichnam zu erstarren. Afrika war ein tiefer Schacht, in den ich mein schmachvolles Geheimnis versenkt hatte. Zerschunden, jedoch halbwegs als Mensch war ich daraus wieder aufgetaucht. Die schweren Nervenzusammenbrüche, die ich dort erlitten hatte, wurden nach meiner Rückkehr immer seltener. Meine Anfälle hatten mir klar gemacht, dass ich nicht gerade ein umgänglicher Mensch war. Ich lebte wie in einem engen Kasten, in dem ich mich kaum bewegen konnte. Von da aus betrachtete ich die Aussenwelt durch ein Loch, durch das ich niemandem jemals einen Blick gewährte. Allen Nachbarinnen und Verwandten, die versuchten, mit mir in normalen Kontakt zu treten, schlug ich die Tür zu. Ich war allein mit meinen Pickeln und dem Morgenmantel, der mir zur zweiten Haut wurde.

Wenn die Geschützfeuer nachlassen, werde ich nervös. Waffenruhe bedeutet, dass ich nicht stundenlang im Bett oder in der Küche sitzen und Radio hören kann. Waffenruhe bedeutet aus dem Haus gehen, meine vier Wände verlassen, Menschen sehen und, heruntergekommen wie ich bin, gesehen werden. Ich lege keinen Wert darauf, jemanden zu sehen.

„Mensch, Mädchen, zieh endlich diesen Mantel aus", schimpfte Mama. „Geh und sieh dir die Welt an. Geh und sieh Gott ins Gesicht!"

Wozu? antwortete ich im stillen. Ich bin besser als diese ganze Welt. Was soll ich schon sehen, ausser Gemeinheiten und Lügen?

Mit meinen Verwandten konnte ich kein Gespräch mehr führen, nicht einmal die gewöhnlichsten Floskeln austauschen. Ich starrte sie nur an und spürte, dass sie sich über meine Pickel und meinen aufgedunsenen Körper lustig machten. Niemand gab sich die Mühe zu erfahren, wie es in mir aussah, die wirkliche Sahra zu sehen. Ihnen waren nur Äusserlichkeiten wichtig, und mein Äusseres war völlig auf den Hund gekommen.

„Du vergeudest deine ganze Jugend", klagte Mama unter Tränen. „Komm, steh auf, deine Tante und Kusine sind da." Ich blieb schweigend auf meinem Stuhl oder im Bett sitzen und weigerte mich, das Zimmer zu verlassen. Mama riss die Tür auf und rief: „Los, geh und rede mit deiner Tante! Steh auf und sag deiner Kusine wenigstens guten Tag!" Dann fing ich an zu fluchen über sie und ihre Gäste. „Die sind doch nur gekommen, um zu sehen, wie blöd ich bin! Die kommen doch nicht, weil sie mich mögen, die kommen alle nur, weil sie was sehen wollen, über das sie sich hinterher die Mäuler zerreissen können."

Das Ergebnis war, dass sich die Besucherinnen fluchtartig verabschiedeten. Nach und nach versuchte niemand mehr, mich zu besuchen. Wenn ich zufällig gerade im Wohnzimmer war, wenn Gäste kamen, sahen sie sich erstaunt an, als könnten sie nicht glauben, dass ich normal war und normal sprechen konnte. Tagsüber spielte sich im Haus das alltägliche Leben ab. Die Betten in den Schlafzimmern, die Sessel im Wohnzimmer, die Bilder an den Wänden, das Geschirr in der Küche, die Blumentöpfe mit Basilikum und rotem Pfeffer auf dem Fenstersims, der Essensgeruch, der aus der Küche durch die Wohnung zog, der Plastikeimer mit dem Putzlappen im Bad, alles war an seinem Platz. Nachts aber war unser Heim eine Festung, um die mit durchdringendem Pfeifen und Krachen die Granaten sausten. Die sicheren vier Wände wurden zu einem Ort der Angst und Gewalt. Nacht für Nacht wurde das Dröhnen der Geschosse lauter. Das Bett war kein Ruhelager zur Entspannung mehr. Meine Angst vor dem Getöse draussen wurde so gross, dass ich anfing, mein Bett zu hassen. Bei dem Inferno der Geschützfeuer, die ich vorher herbeigesehnt hatte, konnte selbst ich nicht mehr ruhig schlafen, auch wenn mir vor Müdigkeit die Augen zufielen. Morgens stand ich mit schmerzenden Gliedern auf, als sei ich die ganze Nacht lang ausgepeitscht worden. Ich hatte das Gefühl, mein Körper könnte bei der geringsten

Bewegung auseinanderbrechen, und unter meinen Augen lagen grosse violette Schatten.

Nach dem schrecklichen Alptraum der vergangenen Nacht ging ich durchs Haus und konnte kaum fassen, alles an seinem gewohnten Platz vorzufinden. Die Angst, alles könnte mit einem Schlag vorbei sein, brachte mich meinen Eltern näher. Ich hörte auf, als Schreckgespenst durch die Wohnung zu geistern, und fing an, ebenso nervös wie sie, die Zeitung durchzublättern. Ich sah den Krieg mit neuen Augen, verfolgte seinen Verlauf in der Tagespresse und suchte die Wahrheit zwischen den Zeilen. Ich wurde nachdenklich, verzweifelt, nahm jede Meldung entsetzt und ungläubig auf. Stimmten all diese Zahlen? Gab es wirklich soviele Tote? Wurden tatsächlich Menschen entführt? Wurden Passanten auf offener Strasse kontrolliert und je nach Religionszugehörigkeit willkürlich erschossen oder laufengelassen? Dass die jungen Männer Uniformen trugen und Befehle ihrer Kommandanten ausführten, dass das Rivoli-Kino, der Suk Sarsuk und der Suk al-Tawila ausgebrannt waren, dass auf den Hausdächern Heckenschützen sassen, dass George, der Friseur von nebenan, auf einmal unser Feind sein sollte. Ich konnte das alles nicht fassen.

„Gott verfluche diese Christen", hörte ich meine Mutter sagen. „Red keinen Quatsch", fuhr mein Vater ihr über den Mund. „Wie kann man nur so einen Schwachsinn reden. Mit dem Verstand ist es bei dir ja noch nie weit her gewesen. Hier geht es um einen politischen Konflikt. Das ist kein Krieg von Christen gegen Muslime, du dummes Weib."

Passierte das alles wirklich unmittelbar vor unserer Haustür, hinter der das Leben immer noch genauso weiterging wie vor dem Krieg? Geschah das tatsächlich im Libanon? Wenn die Kämpfe für ein paar Tage eingestellt wurden, strömten die Menschen in die Cafés auf der Hamra-Strasse, die Uferpromenade füllte sich mit Kaakverkäufern und die Sidon-Strasse mit Gemüsehändlern. Wenn die Waffen ruhten, sahen die Tageszeitungen nach normalem Leben aus, und die Schlagzeilen befassten sich mit der Konjunktur.

Wie konnte die Welt von einer Nacht auf die andere den Alptraum vergessen? Auf den Strassen sah man lachende Gesichter, als hätte der gestrige Tod in einem anderen Leben stattgefunden. An diesem Punkt kam mir zu Bewusstsein, dass ich mein Alltagsleben so nicht weiterführen konnte. Ich konnte nicht mehr die Fliesen schrubben, Essen kochen, Betten machen, die Küchenkräuter giessen, während draussen alles in die Luft flog. Meine Eltern und ich konnten nicht so weiterleben, als hätte der Krieg im Libanon mit dem Alltag in diesem Haus nicht das geringste zu tun.

„Es ist also wahr!" schrie ich und schüttelte Achmad, der zum ersten Mal seit Jahren wieder nach Hause kam. Er trug Uniform, Gewehr und einen Kriegsbart und sagte, er sei in der Schia-Strasse stationiert. Ich bestürmte ihn mit Fragen, schrie ihn an und konnte nicht glauben, dass das Achmad war, derselbe Achmad, der mir früher Schokolade geklaut, mich geschlagen, gebissen und dann wieder geküsst hatte. Der Achmad, der mir eingeredet hatte, hinter den Bildern im Flur sässen Teufel, die mir auflauerten, und mir damit solche Angst eingejagt hatte, dass ich die ganze Nacht nicht hatte schlafen können. Achmad, der mir als erstes Buch meines Lebens den Grafen Dracula zu lesen gegeben hatte. Achmad, der mich verteidigt und beschützt hatte, der sich von mir bedienen liess, der sich mit mir unterm Bett versteckte, als wir Tinte auf den Teppich gekleckst hatten, der eine Apfelsine so schälen konnte, dass die Schale ganz blieb, und sie hinterher mit Papiertaschentüchern ausstopfte, der mich mit Hühnerfedern und einem Fuchsfell erschreckte, der Witze von Elefanten und Ameisen kannte und der mir zehn Lira gab, damit ich zum Hautarzt gehen konnte.

Nun stand Achmad in Uniform vor uns und trug eine Kalaschnikoff-Maschinenpistole und einen Bart. Aus welchem Grund? Ich begriff das nicht. Ich schrie ihn an und schüttelte ihn, während er überlegte, ob seine Schwester tatsächlich so verrückt war, wie man sich erzählte. Dann muss ich die Besinnung verloren haben. Als ich die Augen nach ich weiss nicht wie langer Zeit wieder aufschlug, fand ich mich im Bett wieder. Mama hielt meine Hand, und ich hörte ihr unterdrücktes Schluchzen. Ein wenig abseits sass mein Vater und sah mich an. Ich musste ins Badezimmer. Mama half mir beim Aufstehen. Im Vorbeigehen sah ich auf dem Küchentisch zweihundert Lira liegen. Darüber wunderte ich mich, denn gewöhnlich lag bei uns nicht einmal eine Lira offen herum. Ich fragte mich, wem das Geld gehören mochte, war aber zu schwach, weiter darüber nachzudenken. Ich kroch wieder ins Bett. Mama setzte sich auf die Bettkante und fragte: „Geht es dir ein bisschen besser, mein Herz?" Ich nickte. Vater drehte den Kopf zur Seite. Ich fragte sie, ob sie vorher gewusst habe, was Achmad tat. Sie machte eine Kopfbewegung, die ebensogut ja wie nein bedeuten konnte.

„Warum, Mama, warum?" rief ich.

Sie antwortete mit ihren Tränen und seufzte nur: „Ach, mein Mädchen."

Ich dachte, dass ich meine Nerven in Ordnung bringen und ihn selbst fragen müsste, warum er sich an diesem Krieg beteiligte, den ich nicht begreifen konnte. „Wird Achmad uns nochmal besuchen, nachdem ich mich so benommen habe?" fragte ich unsicher.

„Aber Sahra", sagte sie lächelnd, „ihr seid doch Geschwister. Er kann dir doch deswegen nicht böse sein. Ausserdem weiss er, wie sensibel du bist."

„Hat er gesagt, wann er wiederkommt?"

„Er hat gesagt, in der nächsten Waffenruhe. Dann hat er ein paar Tage Urlaub, der arme Junge." Bei diesen Worten wandte sich Vater um und sagte sarkastisch: „Der arme Junge, dieser Nichtsnutz, läuft mit einer Kalaschnikoff herum. Und gegen wen kämpft er? Gegen seine Brüder, seine Freunde, seine Nachbarn. Es sind alles Libanesen, du dummes Weib. Wir sind alle eine Familie. Der Libanon ist so ein kleines Land. Wir sind alle Brüder. Eine Schande ist das. Er hat den Verstand verloren. Sie alle haben den Verstand verloren. Am liebsten hätte ich ihn rausgeschmissen. Für wen hält er sich überhaupt? Und du hast dich noch über die zweihundert Lira gefreut. Aber ich, ich schwöre dir, ich werde dieses dreckige Geld nicht anrühren. Geld von Märtyrern und Waisen. Du hättest es nicht annehmen dürfen."

2

Der Krieg ist immer noch Krieg. Lebende und Sterbende winden sich in Krämpfen. Wir empfangen Scharif al-Achawis Anweisungen nicht mehr. Aus dem Lautsprecher kommt nur noch ein einziges Chaos, und das nennt sich offiziell. In unsere Strasse, die noch immer vom Geist des Lebens beherrscht wird, ist der Tod eingezogen. In der unteren Hälfte sitzt auf einem der sechsstöckigen Wohnhäuser ein Heckenschütze. Ich muss meinen Kopf mit den Händen festhalten, damit er nicht explodiert. Manchmal muss ich die Augen mit den Handballen zudrücken, damit sie nicht herausgesprengt werden. Wenn es draussen donnert und kracht, explodiert auch etwas im Innern. Irgendwann dringt die Feindseligkeit mit einem Kugelhagel in den Kopf ein und lässt schwarzen Qualm aufsteigen.

Es erschien mir unfassbar, dass die untere Hälfte der Strasse in Blut und Wehgeschrei getaucht war, während im oberen Teil Kinder auf dem Pflaster spielten, die Gemüseverkäufer von Haus zu Haus zogen und der Zeitungsmann in seinem blauen Pullover auf seinem Motorrad täglich die neuesten Nachrichten verteilte. Wie konnten dort unten Männer, Frauen und Kinder getroffen zusammenbrechen, nur weil sie versehentlich für den Bruchteil einer Sekunde ins Visier des Heckenschützen geraten waren, während es aus Abu Dschamils Restaurant gegenüber nach wie vor nach Ful und Hummus roch. Dieser Krieg war ungerecht. Dort unten herrschte der Tod, und hier war alles beim alten, mit dem einzigen Unterschied vielleicht, dass Abu Dschamils Gäste jetzt bewaffnet waren. Vom Fenster aus konnte ich sie gut beobachten. Sie machten sich heisshungrig über ihre Hummusteller her oder bogen die Köpfe nach hinten und liessen sich den Wasserstrahl aus der Glasflasche in die Kehlen laufen. Hier vergassen sie für eine Weile ihre Barrikaden und den Feind auf der anderen Strassenseite. Hier sassen sie, schmatzten und rülpsten und klopften dem lächelnden Abu Dschamil auf die Schulter. Dann verliessen sie den Ort des Friedens und gingen zurück zu ihren Stellungen. Warum hielt Abu Dschamil sie nicht fest? Warum bat er sie nicht, dazubleiben und den Kampf aufzugeben?

Ich war selbst überrascht von den Gedanken, die mich plötzlich beschäftigten. Ich war nicht mehr Sahra, stumm und unnahbar wie eine Agave. Ich war eine Löwin mit verwundetem Herzen. Ich las die Meldungen in den Zeitungen, sah die Bilder von Toten auf Strassen, Brücken und Müllhalden. Bei jedem Toten dachte ich an das Kind, das er einmal gewesen war. Er war herangewachsen, zum Jungen, zum Mann, mit Hunderten von Erinnerungen und Gemütsregungen, und auf einmal war er nicht mehr als ein abgetragener Schuh, der achtlos fortgeworfen wurde. Vielleicht war er, bevor er starb, wieder zum weinenden Kind geworden, und seine Angehörigen hatten versucht, seine Schmerzen mit Rosenwasser zu lindern. Nun lag er bleich am Boden, allein mit dem Tod.

Was mich am meisten empörte, waren die Reklameanzeigen für Seifen und Zigaretten zwischen all den Schreckensmeldungen. Ihre Slogans hätten überschrieben sein müssen von flammenden Worten, die den Kämpfern in den Augen brannten, von glühenden Worten, die ihnen die Finger versengten, damit sie keinen Abzug mehr drücken konnten, von prasselnden Worten, die alle Waffen verstummen liessen.

Ich war keine Sahra mehr, keine stumme Wüstenpflanze. Ich fasste mir an den Kopf statt an die Pickel. Der Krieg war in unser Haus eingedrungen, und ich konnte nicht mehr ruhig sein. Wenn ich die Augen schloss, schossen mir Kugeln und Raketen durch den Kopf. Der Splitter, der ein Loch durch die Wand gebohrt hatte, sprengte einen tiefen Krater in mein Hirn. Darum musste ich diesen Schädel Tag und Nacht festhalten. Anders hätte ich den Schmerz nicht ertragen. Ich biss mir in die Finger, bis sie blau anliefen und es mir leid tat. Afrika mit seinen Menschen, den Erlebnissen und Erinnerungen war so weit fort, als wäre ich nie dort gewesen. Der Krieg hatte die Vergangenheit unter sich begraben und mich zum Leben erweckt. Onkel Haschems gerötete Augen und seine widerlichen kalten Hände waren tot. Das Fenster von Madscheds Haus, durch das ich tagelang ins Leere gestarrt hatte, existierte nicht mehr.

Ich fing an zu überlegen, was ich gegen dieses Kämpfen und Leiden unternehmen könnte. Sollte ich unter dem Decknamen „verwundete Löwin" an die Kämpfer an allen Fronten schreiben? Doch dann fiel mir ein, dass die Kämpfer nichts waren ohne ihre Befehlshaber. Wenn Waffenruhe angeordnet wurde, gab es keine Kämpfer mehr. Sollte ich also an Pierre Gemayel, Kamal Dschumblat und Yassir Arafat schreiben? Oder wäre das zu naiv? Aber mit meiner Naivität stand ich nicht allein. Alle dachten und sagten, der Krieg wäre vorbei, sobald Karame Ministerpräsident würde, Schamun den entführten Sohn von Dschumblat zurückbrächte,

Dschumblat selbst von seinen Forderungen an die Phalangisten absähe und der Präsident zurückträte. Meine Eltern, ich und alle unsere Bekannten glaubten, damit könnte der Krieg beendet werden. Sollte ich ihnen schreiben, ich hätte Sehnsucht nach den Sternen, die ich vor dem Krieg kaum beachtet hatte? Doch vielleicht war es besser, wenn ich mich mit drei Worten begnügte: Bitte hört auf!

Der Krieg beschränkte sich nicht mehr auf den Lärm draussen, sondern hatte Einzug in die Häuser gehalten. Er hatte eine Reihe von Achmads Freunden getötet. Er hatte ein Nachbarsmädchen zum Krüppel gemacht. Der Krieg zeigte mir beim Blick aus dem Fenster eine Gruppe junger Männer, die mit verbundenen Augen und mit Gewehrläufen im Rükken von Milizionären über die Strasse getrieben wurden, Milizionäre, die vor dem Krieg zur Schule oder zur Arbeit gegangen waren oder auf den Hockern der Cafés die Zeit totgeschlagen hatten. Was wir bis dahin nur in den Zeitungen gelesen hatten, geschah eines Morgens unmittelbar vor unserem Haus. Zitternd rief ich meine Mutter. Hastig suchte ich meine Schuhe, von denen ich kaum noch wusste, wie sie aussahen, weil sie seit Monaten in irgendeiner Ecke verstaubten. Aber Mama hielt mich fest und sagte eindringlich, ich dürfe jetzt nicht die Nerven verlieren. Ich zog sie zum Fenster, von dem aus man das Garagentor sehen konnte, in dem die Männer verschwunden waren. Jetzt standen nur noch zwei Milizionäre davor und tranken Kaffee.

Bei näherem Hinsehen erkannte ich, dass es zwei ehemalige Mitschüler aus der Sekundarschule waren. Ich war überglücklich. Mit ihnen würde ich reden können. Sie würden auf mich hören, wenn ich sie darum bäte, die Männer laufen zu lassen. Ich wollte zur Tür hinaus, aber Mama vertrat mir den Weg und drohte, sie würde Vater aus dem Bad rufen. Ich liess sie stehen, lief ans Fenster, riss es auf und rief die Namen der beiden. Sie drehten sich nach mir um, schienen mich aber nicht zu erkennen. Auch meinen Namen hatten sie anscheinend vergessen. Einer der beiden kam über die Strasse.

„Ach, hallo, du bist es", rief er, und sein Gesicht hellte sich auf.

„Wen habt ihr da reingebracht?" wollte ich wissen.

„Um die brauchst du dich nicht zu kümmern."

„Was haben sie denn getan?"

„Nichts, wir haben sie an der Sperre geschnappt. Wir wollen sie austauschen."

„Ach, bitte, lasst sie nach Hause gehn."

„Wie bitte?"

„Habt ein Herz und lasst sie laufen, ich bitte euch, das ist doch eine Schande, sie einfach einzusperren, wo sie doch nichts getan haben. Ich flehe euch an, lasst sie heimgehen."

Mamas Hand legte sich über meinen Mund, und Vaters Hand zog mich ins Zimmer. Sie brüllten gemeinsam auf mich ein. Das war vielleicht das erste Mal, dass sie einer Meinung waren.

„Bist du wahnsinnig? Willst du, dass sie dich erschiessen? Dann wären wir dich wenigstens los, dich und deine idiotischen Ideen. Meinst du, sie lassen sich von einer Verrückten wie dir Befehle erteilen?"

Ich liess mich in einen Sessel fallen und weinte aus Wut über meine Hilflosigkeit. Ich hielt meinen Kopf mit beiden Händen fest, weinte und flehte zu Gott, dass gegenüber keine Schüsse fielen. Lange blieb alles still. Ich dachte an die Gefangenen und an ihre Angst im Dunkeln der Werkstatt. Wenn meine Mutter mich doch nur zu ihnen liesse. Ich sass wie festgenagelt hinter dem Fenster und wartete darauf, dass sie herauskämen, aber ich sah nur eine Wachablösung.

Ich schalt mich selbst, wegen der Lappalien, die ich vor Ausbruch des Krieges für Probleme gehalten hatte. Was ich als Schmerzen und Unglück empfunden hatte, waren lauter Einbildungen gewesen, harmlose Kratzer, vielleicht deshalb, weil sie nicht die Allgemeinheit betrafen. Aber wenn ich mir meine Panikanfälle, meine tagelange Erstarrung und mein unnatürliches Schlafbedürfnis in Erinnerung rief, wusste ich, dass sie doch sehr wirklich gewesen waren. Das hatte ich mir nicht eingebildet. Vielleicht hatte jede Zeit ihre Wirklichkeit. Meine Schmerzen in Afrika liessen sich nicht mit den Leiden des Krieges vergleichen. Schmerzen liessen nach und waren irgendwann vorbei. Der Krieg würde nie vorbei sein. Überall hinterliess er seine Spuren: Tote, Brandmale und Ruinen.

Ich war eine Löwin im Käfig. Ich war machtlos. Das einzige, was ich tun konnte, war, mich zum Volontärdienst im Krankenhaus zu melden. Gemeinsam mit einem Mädchen aus der Nachbarschaft ging ich hin. Wir drückten uns an den Hauswänden entlang, aus Angst vor den Heckenschützen, die auf jedem Hausdach lauern und uns „versehentlich" erschiessen konnten. Drei Tage lang hielt ich durch. Dann gab ich meinen Dienst im Krankenhaus wieder auf. Ich war für niemanden eine Hilfe. Die Schmerzensschreie der Verwundeten und die Klagen der Angehörigen wirkten wie Gift in meinen Adern. Alles stank nach Blut und Verwesung, und Heerscharen von fetten Fliegen, gross wie Hornissen, fielen über die Abfallkübel her. Das war die Wirklichkeit des Krieges. Die wahren Katastrophen der Kriege finden in den Lazaretten statt.

Ob die Befehlshaber dieses Krieges jemals so eine Krankenstation besucht hatten? Wenn sie einmal gesehen hatten, welche Tragödien sich dort abspielten, konnten sie dann weiterleben, ohne ununterbrochen an amputierte Beine, ausgelaufene Augen und fingerlose Hände zu denken? Wenn ein Befehlshaber solche Schreie und Klagen hörte, musste er da nicht mitleiden und diesem Krieg Einhalt gebieten? Musste er nicht einsehen, dass mit einem Krieg keine Konflikte gelöst, sondern Leiden der Menschen an Körper und Seele verursacht wurden, die grösser waren als jeder Konflikt? Musste er nicht auf die Knie fallen und inständig bitten, dass diese Schreie, Schmerzen und Klagen ihm verziehen?

Tagelang dachte ich über eine Möglichkeit nach, an den Präsidenten zu gelangen, von dem es hiess, dass Krieg und Frieden von seinen Befehlen abhingen. Ich wünschte, ich wäre die Tochter eines einflussreichen Mannes oder einer Dschinnin, um meinen Schreien Gehör zu verschaffen. Mir fiel der weise Dahisch ein. Er müsste die Anführer dieses Krieges hypnotisieren und an den runden Tisch zusammenführen, um ein Waffenstillstandsabkommen zu unterzeichnen.

Es war still im Haus. Wenn eines Tages der Friede wiederkäme, müsste er die Listen der Toten vernichten, die Krüppel auf ihren Holzkrücken vertreiben, die Ruinen der verbrannten Häuser niederreissen, die Eulen, die in den Nischen nisten, und die Ratten aus ihren Löchern verjagen und die dunklen Seiten aus den Geschichtsbüchern ausradieren. Der Friede würde kommen, irgendwann, wenn alles Leben ausgelöscht, jeder Lebensraum zerstört wäre. Er würde nur noch die Spuren der Brandschatzung und Verwüstung vorfinden.

Wie konnten die Kriegsherren beim Krachen der Geschosse ruhig schlafen, während ich nachts kein Auge zutat? Ich wartete, dass das Garagentor aufginge und die Männer aus ihrem dunklen Gefängnis herauskämen. Mein Vater brüllte, ich solle endlich vom Fenster weggehen und die Läden schliessen, bevor ich erschossen würde. Bisher war noch kein Schuss gefallen. Jetzt fielen zwei Schüsse, doch sie waren zu weit entfernt. Da fiel ein dritter Schuss, diesmal ganz in der Nähe. Vor dem Tor standen die beiden bewaffneten Wachtposten. Nichts hatte sich verändert. Keiner von beiden war zusammengezuckt. Aber Achmad war auch nicht zusammengezuckt, als ich mich bereits damit abgefunden hatte, sterben zu müssen.

In der Nacht rutschte mir das Herz in den Unterleib. Ich spürte eine schreckliche Leere in der Brust. Diese Leere drückte mir auf die Lunge und nahm mir die Luft zum Atmen. Wehmütig akzeptierte ich den Tod. Die Geschosse prasselten wie Hagelkörner. Die Granaten pfiffen uns kreischend um die Köpfe. Jeden Augenblick konnte eine auf unserem Dach explodieren. Wir sahen schon die brennenden Wände über uns zusammenstürzen, hatten die Bilder vor Augen, die wir aus den Zeitungen kannten, versprengte Körperteile einer Familie auf dem Strassenpflaster und hinter der herausgerissenen Hauswand den noch fast unversehrten Wohnraum, an einer Wäscheleine die Schulkleidung eines Kindes.

Mama und ich schreien wie aus einem Mund. Sie ist wieder die Artischocke und ich das Herz. Wir zittern so wie damals hinter der Tür, laufen schutzsuchend von einer Ecke in die andere, aber die Wände sind durchsichtig im Schein der Explosionen. Schwer atmend kriechen wir in den Flur. Hier ist das Dröhnen so nah, als käme es aus den eigenen Ohren. Bevor ich schreien kann, erschallt ein ohrenbetäubendes Krachen, und mein Herz rutscht in die Beine. Ich bin vollkommen leer, besitze nur noch meine verknoteten Stimmbänder, die ich nicht mehr unter Kontrolle habe. Ich drehe mich nach meiner Mutter um. Sie hält den Kopf zwischen den Händen wie ein kleines Kind und zittert am ganzen Leib. Ich werfe einen Blick zum Fenster. Es wird wieder hell. Der einfallende Kegel bringt unsere Angst ans Licht und zeigt, dass wir noch leben. Ich überlege, ob es in unserer näheren Umgebung irgendeinen strategischen Punkt gibt, ob unser Haus deshalb zerstört werden soll. Aber die Geschosse kommen von der falschen Seite. Wir können nicht ihr Ziel sein. Ihr Angriff gilt allen Häusern, dem ganzen Viertel, ganz Beirut und allem, was sich darin bewegt. Wieder kommt das Dröhnen näher. Plötzlich setzt mein Hirn aus. Ich stehe auf, dem Tod ergeben, und schreie gegen das Getöse an. Mama wirft sich auf mich und umklammert meine Beine. Ich trete nach ihr, weil ihr Griff mir weh tut. Sie kümmert sich nicht darum, sondern zerrt solange an mir, bis ich wieder auf dem Boden liege und zwischen trügerischen Wänden, trügerischem Licht und trügerischem Nichts Schutz suche.

Bis dahin hatte ich geglaubt, der Krieg fände nur in anderen Strassen statt, weit weg von uns. Nun fragte ich, warum die Naturgewalten sich diesem Krieg nicht widersetzten, warum der Himmel nicht Donnergrollen und Regengüsse schickte, um die Verwüstung fortzuspülen und die Geschosse zu ertränken. Als das Dröhnen wieder anfing, konnte ich nicht länger liegen noch stehen, sondern stürzte zur Tür und rannte hinaus. Im Treppenhaus blieb ich stehen und schöpfte Atem. Hier war das Licht schwächer und das Dröhnen leiser. Ich setzte mich auf die unterste Treppenstufe. Mit vor Schreck geweiteten Augen kam Mama hinter mir her. Sie sah aus, als hätte sie nicht geglaubt, mich lebend wiederzufinden. Vielleicht hatte sie angenommen, ich sei kopflos auf die Strasse hinausgerannt. Sie setzte sich neben mich, ich schlang ihr die Arme um den Hals und weinte aus Liebe und Angst.

„Nicht weinen, mein Herz", sagte sie und drückte mich an sich. „Morgen fahren wir aufs Land."

Dann hörten wir Vaters schwere Schritte die Treppe hochkommen. „Da habt ihr euch wahrscheinlich den besten Platz im Haus ausgesucht", meinte er, als er uns sah. Er war die ganze Zeit über beim Hausmeister im Erdgeschoss gewesen. Nun kam er herauf, um nach uns zu sehen. Auf die Bitte meiner Mutter, aufs Land zu fahren, nickte er nur. In dem dämmrigen Licht fiel mir plötzlich auf, wie sehr er sich verändert hatte. Er war nicht mehr das Ungeheuer mit schwarzen Spinnenbeinen auf Brust und Schultern, sondern wakkelte mit dem Kopf wie der alte Turmusverkäufer bei unserer Schule. Ob Mama seine Veränderung auch bemerkte?

„Und was ist mit Achmad?" fragte er kopfwackelnd. „Wir können diesen verdammten Lausejungen doch nicht einfach alleine lassen."

Wie sollten wir Achmad dazu überreden, die Waffen niederzulegen und mit aufs Land zu kommen? Völlig abgemagert kam Achmad nach Hause. Als er uns sah, brach er in Tränen aus und fiel Mama und mir um den Hals. Vater wich vor ihm zurück, als sei er ein tödlicher Bazillus. Achmad liess sich auf den erstbesten Stuhl fallen, starrte auf seine schlammverkrusteten Stiefel und sagte: „Wenn du allein bist, dann ist auf einmal alles anders. Dann ist das kein Krieg mehr, sondern nur noch sinnloses, verbrecherisches Gemetzel. Wenn du in der Gruppe bist, dann ist es Krieg. Dann bist du nicht einer, der tötet, und dein Gewehr ist kein Mordinstrument. Das ist die Logik der Guppe, und die Gruppe reisst dich mit, ohne dass du merkst, dass die Gruppe sich aus dir und mir und ihm und so weiter zusammensetzt. Am Tor zum Paradies im Feuerstrom sind die Kalaschnikoffs Spritzpistolen, das Blut, das aus den Leichen fliesst, ist Wasser, und die Schreie von Frauen und Kindern sind Wasserrauschen, weil die Gruppe dahintersteht."

„Hör auf, Achmad, bitte erzähl nichts!" rief ich schluchzend, fing hysterisch an zu weinen und brach zusammen.

Achmad war immer noch Achmad, trotz Uniform, Bart und seiner trüben Augen, auch wenn er von zu Hause fortging und Krieg führte. In dem Moment, in dem er das Haus betrat, war er wieder Teil dieses Hauses, der Achmad, der mich auf die Fliesen gestossen hatte, so dass mir eine Ecke vom Schneidezahn abbrach, Achmad, der sich ein Geldstück in die Hosentasche gesteckt hatte und es sich von einer Freundin von mir herausholen liess, nur damit ihre Hand seinen Schenkel berührte, Achmad mit seinem Pfadfinderhemd, seinem Hulahup-Reifen, seinem Wissen um meine Probleme und seinen Versuchen, mir zu helfen. Der innere

Achmad war jetzt Vergangenheit. Aber hätte man ihm die Uniform ausgezogen, den Bart abrasiert und die Müdigkeit aus den Augen gewischt, wäre er wieder zum Vorschein gekommen. In diesem Augenblick, im Haus seiner Kindheit, war der frühere Achmad wieder da. Mama verschwand in der Küche und kam mit einem Tablett zurück. Die grössten Fleischstücke bekam auch jetzt wieder Achmad, selbst im Krieg. Auch als Milizionär war er immer noch Achmad, ihr Junge.

Meinen Vater hatte ich noch nie so schwach gesehen. Mit wackelndem Kopf und kraftloser Stimme wollte er Achmad überreden, mit uns aufs Land zu gehen. Das war aber gar nicht nötig, denn zu unserer Überraschung erklärte er sich sofort einverstanden. Die Scheu vor dem fremden Achmad der Gegenwart fiel für einen Moment von mir ab, und ich lief freudig zu ihm.

Achmad verliess den Krieg nicht, um aufs Land zu gehen. Das war für ihn ein kurzer Traum gewesen. Der Krieg sass in ihm wie der Wurm in einem Sack Mehl. Auch in mir steckte er bereits. Ich hielt es nicht lange aus auf dem Land und fuhr bei nächster Gelegenheit zurück nach Beirut, zurück in den Schoss des Krieges, damit dieser Wurm sich weiterfressen konnte.

Auf dem Land waren die Leute ganz erstaunt über die Ereignisse in Beirut und Tripolis. Wenn sie über den Krieg sprachen, war es, als redeten sie von Städten, die sie nichts angingen. Das geordnete Leben auf dem Land war leer. Es war angefüllt mit Alltagsdingen, die jeden Gedanken an den Krieg verscheuchten, der nur wenige Kilometer von ihnen entfernt wütete. Für die Bewohner von Beirut und Tripolis gab es kein geordnetes Leben mehr. Die Alltagsdinge waren auf ein Minimum reduziert, niemand hielt sich lange mit Essenkochen, Morgentoilette oder Hausputz auf. Keine Hausfrau verschwendete mehr einen Gedanken daran, ob ihre Wäsche mit diesem oder jenem Waschmittel weisser wurde. All diese Kleinigkeiten schmolzen unter der Hitze der Geschützfeuer dahin. Auf dem Land ging unterdessen jedermann vom Morgengrauen bis zum Sonnenuntergang seiner gewohnten Arbeit nach.

Der Anblick der Häuser von Nabatije löste bei mir keinerlei Emotionen aus. Die Jugendfreundinnen, die Frauen geworden waren und über meine Berichte verwundert die Köpfe schüttelten, bedeuteten mir nichts mehr. Gleichgültig betrachtete ich die Tabakhütten in der heissen Ebene und die Mädchen, die lachend und schwatzend zwischen Bergen von grünen Tabakblättern sassen. Die Luft flimmerte vor Hitze, genau wie früher. Unverändert lagen die Plantagen da. Nur als ich Grossvaters Hütte betrat und er nicht mehr darin sass, schlich sich eine leise Trauer ein. An den Wänden hatten sich ein paar Schilfrohre aus dem Geflecht gelöst. Durch ein Loch konnte ich den Froschteich sehen, in dem mir damals meine Karina begegnet war. Ich ging zu einem kahlen, von dürrem Gras bedeckten Erdflecken und blickte hinüber zu den vereinzelten, weissen Gräbern auf der anderen Seite der Landstrasse. Eines davon war Grossvaters Grab. Ich hatte ihn zuletzt in Ali Madis Garten auf einem Holztisch gesehen. Sein nackter Körper lag, nur mit einem Lendentuch bedeckt, im Schatten der Bäume und wartete auf den Leichenwäscher. Abseits sassen ein paar Männer, unterhielten sich, tranken Kaffee und erzählten sich sogar

Witze. Es waren die Sargträger. Ich habe nie so geweint wie damals.

Ich musste dieses Dorf verlassen und nach Beirut zurückgehen. Ich fühlte mich nicht sicher im Dorf, während Achmad im Krieg war. Ich konnte mich nicht damit abfinden, dass Grossvaters Freunde mit ihren Tabaksäcken und den weissen Kufijas über Kopf und Schultern wie ein Schwarm Pelikane morgens an die Grenze zogen. Diese Männer beschäftigte nur ihre Ernte, die sie in Israel verkaufen wollten. Nach den jungen Männern in Beirut fragte niemand.

Was wohl Tante Chadidscha dazu gesagt hätte, dass die Grenzen nach Zion offen waren, so nannte sie die besetzten Gebiete. Ihre Tochter Fadila hatte vor dem Krieg 1948 einen Palästinenser geheiratet, und seit Palästina verloren war, galt Fadila als vermisst. Tante Chadidscha hatte Tag für Tag auf sie gewartet. Im Dorf waren Gerüchte über Fadila umgegangen, sie sei irgendwo gesehen worden in Kfar Tibnit oder in Aita al-Fuchar, und meine Tante war barfuss über Steine und Dornen jeder Fata Morgana von Fadila hinterhergerannt. Wenn sie merkte, dass es wieder nur eine Luftspiegelung gewesen war, schlug sie den Kopf gegen einen Felsen, um sich selbst zu strafen. Mit jedem Tag ihres Wartens und mit jedem Gerücht hatte Tante Chadidscha einen Teil ihres Verstandes verloren. Bei der jüngeren Generation im Dorf war die Geschichte so verzerrt, dass Fadila nur noch als Fiktion und Tante Chadidscha als versponnene Alte galt. Als sie ihre ganze Habe in einen Sack stopfte, den sie sich um den Bauch band, und damit bettelnd durch die Dörfer lief, erhielt sie den Beinamen „das gestopfte Huhn". Hätte sie erlebt, dass die Männer täglich auf die andere Seite gingen, die Frauen dort ihre Kinder bekamen und die Hunde nicht mehr bellten, wenn ein Schaf über die Grenze lief, das hätte die arme Tante Chadidscha ins Grab gebracht. Aber sie lag längst unter einem der weissen Steine dort drüben.

In dem Stacheldraht zwischen uns und Israel war ein grosses Loch. Mein begrenzter Verstand konnte sich nicht vorstellen, dass die Menschen auf der anderen Seite plötzlich sanfte Lämmer sein sollten, hatte man mir doch von klein auf beigebracht, dass hinter diesem Stacheldraht lauter böse Wölfe ihr Unwesen trieben. Ich konnte diese Pelikanschwärme, die den Stacheldraht einfach hinter sich liessen, ebensowenig begreifen, wie das, was Achmad und seine Kameraden vom Krieg erzählten.

Bei der ersten Gelegenheit, die sich mir bot, fuhr ich zurück nach Beirut. Es gab in diesem Krieg keine Partei, mit deren Zielen ich mich identifizieren konnte. Mich überzeugten weder die Phalangisten noch die Liberalen noch irgendeine andere Gruppierung. Achmad und seine Kameraden sagten, sie kämpften für die Unabhängigkeit. Sie forderten mehr Rechte für die benachteiligten Schichten, sie wollten den Imperialismus zerschlagen, die separatistischen Kräfte auflösen und das korrupte System abschaffen. Das waren grosse Worte. Aber die Kugeln, die von ihren Barrikaden und Hausdächern aus abgefeuert wurden, rissen Löcher in die Gebäude und liessen blutende Körper zurück. Ihre Taten berührten den Imperialismus und das korrupte System wenig.

Für mich war es unfassbar, dass diese Strassen, in denen ich zu Hause war, sich in ein Schlachtfeld verwandelt hatten.

Diese ruhigen, neutralen Häuserreihen sollten widerhallen vom Geist der Revolution? Ich verstand nicht, wie die Kämpfer, ganz gleich welcher Partei, in diesen Strassen feuern konnten, in die Atmosphäre dieser Stadt. Standen sie unter Drogen wie Achmad und seine Kameraden mit ihren glasigen Augen? Brauchten sie den Rausch, um die Erinnerungen an die friedlichen Zeiten in diesen Strassen auszulöschen, in denen sie heute Tag und Nacht töteten? Ihre schmalen Körper sahen aus wie zarte Pflanzen, die sich nach feuchter Erde sehnten. Sie lebten in einer anderen Welt. Zu meiner Überraschung lachten und alberten sie herum wie die Schuljungen. Ich konnte ihren Gedanken nicht folgen. Ich verstand nicht, wie sie den Krieg und das Leben miteinander in Einklang brachten. Für mich herrschte da ein unüberbrückbarer Widerspruch. Ich brauchte nicht zu fragen, ob der Krieg für sie zur Gewohnheit geworden war, ob sie nachts durch die verödeten Strassen liefen und die Brände, Verwüstungen und Plündereien sahen, ob sie wussten, dass in der Werkstatt gegenüber Lastwagen mit gestohlenen Waren abgeladen wurden. „Bei einer Revolution kann man nie alles unter Kontrolle halten", lautete ihre Erklärung. Auf solche Antworten konnte ich ebensogut verzichten. Wenn ich sie sah, wie sie sich in den Sesseln räkelten, Witze machten und lachten, dann plötzlich aufsprangen und verschwanden, wusste ich, dass ich meine Hand nicht nach ihren Gedanken und Beweggründen ausstrecken konnte.

Als keine Briefe mehr von meinen Eltern aus dem Dorf ankamen, war ich überzeugt, auch von Achmad und mir würde sie keine Nachricht mehr erreichen, die Verbindungen seien unterbrochen. Der Krieg war meine Entschuldigung dafür, dass ich nicht mehr schrieb und nicht zu ihnen zurückfuhr. Ich merkte, dass ich mich veränderte durch die Art, wie Achmads Freunde mit mir umgingen. Sie behandelten mich als Schwester, sie diskutierten mit mir, lächelten mir zu, obwohl ich ihnen gegenüber gereizt war.

Eines Tages wurde ich von einem ungewohnten Stimmengewirr vor dem Haus geweckt. Ich hörte Frauen laut durcheinanderrufen und Kinder schreien, doch als ich aufstehen wollte, um ans Fenster zu laufen, konnte ich mich nicht rühren. Meine Karina quälte mich wieder im Schlaf. Ich konnte nicht einmal die Augen öffnen. Trotzdem wusste ich, dass meine Karina in der Zimmerecke stand und mich beobachtete. Sie hatte einen Mann mitgebracht. Sein Gesicht konnte ich nicht sehen, spürte aber das Gewicht seines Körpers auf mir. Seine Berührungen liessen mich erschauern. Es war, als striche er mir mit einer Pfauenfeder über den Unterleib. Mein Körper fing vor Erregung an zu vibrieren. Wenn ich zum Höhepunkt kommen wollte, fühlte ich mich durch die Gegenwart meiner Karina gehemmt. Als ich das Stimmengewirr von draussen hörte, dachte ich im ersten Moment, meine Karina hätte diese Stimmen erzeugt, um mich abzulenken. Doch meine Lider waren wie zugeklebt, und das Gewicht des Mannes auf mir hinderte mich am Aufstehen. Das Kitzeln der Pfauenfeder erregte mich so stark, dass ich anfing, mit den Hüften ihren Bewegungen zu folgen, ohne mich um meine Karina zu kümmern.

Als ich die Augen aufschlug, war die Zimmerecke leer, der Mann war spurlos verschwunden, die Sonne schien mitten ins Zimmer und die Pfauenfedern hingen vollzählig an der Wand. Ich lief ans Fenster und sah eine Schar Frauen mit

Säcken, Bettzeug und Kindern beladen. Sie trugen knöchellange Kleider, unter manchen wölbten sich hochschwangere Bäuche. Sie standen mit ein paar jungen Männern aus unserem Viertel zusammen vor dem Garagentor. Ich warf mir ein Kleid über, zog die Tür hinter mir zu und lief die Treppe hinunter, das Gewicht des Mannes immer noch auf der Brust. Das Sonnenlicht blendete so stark, dass ich die Augen zusammenkneifen musste. Seit Jahren trat ich zum ersten Mal ohne Scheu in eine Menschenmenge. Aus dem Jammern und Geschrei konnte ich heraushören, dass die Menschen aus dem Palästinenserviertel Karantina kamen. Dort hatte es heftige Auseinandersetzungen mit den Phalangisten gegeben, und die Frauen und Kinder waren mit Bussen in die westlichen Stadtteile evakuiert worden.

Hier stand nun die Flüchtlingsgruppe, die unserem Viertel zugeteilt worden war. Der Sprecher der jungen Männer versuchte erfolglos, sich mit ihnen zu verständigen. Die Kinder brüllten durcheinander und begriffen nicht, warum sie hier waren. Um die Flüchtlinge herum standen die Bewohner des Viertels, was das Chaos nur noch verschlimmerte. Der Sprecher gab sich alle Mühe, Ruhe in den aufgeschreckten Haufen zu bringen. Schliesslich riss ihm die Geduld, er sprang auf ein Wagendach, zog einen Revolver aus der Hosentasche und feuerte einen Schuss in die Luft. Alles verstummte. Der Sprecher nutzte die Gelegenheit und rief schnell: „Wir haben Anweisung bekommen, alle Busse zum Meer weiterzuleiten. Ihr werdet alle dort untergebracht. Also nehmt jetzt eure Kinder und packt eure Sachen und macht, dass ihr wegkommt. Aber ich will kein Wort dabei hören, kapiert? Wer den Mund aufmacht, kommt mit uns!"

Zu meiner eigenen Verwunderung machte ich mir überhaupt nicht klar, dass diese Menschen ihr Zuhause und ihre Vergangenheit verloren, dass sie Schlimmes durchgemacht hatten, das sie vielleicht nie wieder vergessen würden. Ich kam nicht auf den Gedanken, eine Familie aufzunehmen, für die ich genug Platz gehabt hätte, solange meine Eltern auf dem Land waren. Ich bot keinerlei Hilfe an, ihr Elend berührte mich nicht.

Dieses Ereignis beschäftigte mich in den folgenden Tagen stark. Wieviel musste geschehen, damit ein Mensch den Schmerz anderer mitlitt? Warum hatte ich als Zuschauerin dabeigestanden, als wäre von alledem ein fremdes Volk in einem fernen Land betroffen? Verursachten Achmad und seine Kameraden nicht auch solche Schicksale? Sie konnten ihre Stellungen verlassen und sich ausruhen, wenn sie ihre Magazine leergeschossen hatten. Aber die Zivilbevölkerung, die keine Ahnung hatte, wann gerade Kampfpause war, zitterte weiter in ihren Verstecken, die sie mit Kakerlaken und Ratten teilte.

Die Widersprüche, die mich hin- und herzerrten, waren zermürbend. Den grössten Zwiespalt, in den ich mich gestürzt hatte, verursachte meine Beziehung zu dem Heckenschützen in unserer Strasse.

Ich nahm meine gelbe Nylontasche, sagte der neugierigen Nachbarin, ich wolle etwas Gemüse einkaufen, und lief schlafwandlerisch auf das rote Haus zu, das Herz im Unterleib. Mein ganzes Denken war nur darauf konzentriert, jeden Moment einen Schuss zu hören und tot umzufallen. An der Strassensperre auf der Kreuzung wurde ich aufgehalten und gewarnt, auf der anderen Seite begäbe ich mich in Lebensgefahr. Ich nickte nur und lief weiter. Ich war wie hypnotisiert, und diese Hypnose war das einzige, was ich als wirklich empfand. Der Schweiss, der mir in Strömen über den Körper lief, sammelte sich in der Gegend, wo mein Herz hingesackt war. *Wenn du deine Schwiegermutter loswerden willst, schicke sie nur hier entlang!* las ich auf einem Schild am Strassenrand.

Vor mir lag friedlich das Haus mit den geschlossenen Fensterläden und der kleinen Dattelpalme im Vorgarten. Hier fiel mir mein Herz ganz aus dem Leib. Ich war wie tot. Atem und Puls stockten, alle Sinnesempfindungen waren blokkiert. „Jetzt bin ich mich gleich los", zuckte es mir durch den Kopf. Würde ich zuerst den Schuss hören und dann zusammenbrechen oder umfallen, ohne etwas zu hören? Aber noch stand ich. Ich warf einen Blick nach oben. Es war nichts Auffälliges zu sehen. Der Himmel war so leer wie die Strasse. Vor der Palme steckte eine Blechtafel in der Erde, mit der Aufschrift *Achtung Heckenschütze!* Ich ging daran vorbei durch die Haustür und stieg von Stockwerk zu Stockwerk wieder dem Leben entgegen. In dem dämmrigen Licht sahen die Wohnungseingänge aus, als sei das Haus schon seit Jahren unbewohnt. Meine Füsse hinterliessen Spuren auf den staubigen Treppenstufen.

Ich sah nach oben. Wenn er mich durch sein Fernglas beobachtet hatte, warum hielt er sich dann immer noch versteckt? Vielleicht wollte er die Strasse nicht aus den Augen lassen. Ob er mich an dem violetten Kleid und der gelben Tasche erkannt hatte? War es normal, dass ich meine sichere Wohnung freiwillig mit einem Ort vertauschte, an dem ich jeden Moment erschossen werden konnte? Wo war die panische Angst geblieben, die mir als Kind den Atem genommen und meine Glieder gelähmt hatte? Die Angst meiner Mutter, die mich ansteckte. Die Erinnerung an ihre Schreie liess mich immer noch zittern. Ich konnte ihre Angst riechen, wenn wir bei dem Mann gewesen waren und nach Hause gingen.

Diese Treppen wollten kein Ende nehmen. Plötzlich hörte ich Schritte, und mein Herz gefror vor Angst. Die einzigen Schritte in der Stille des Todes, der diesen Strassenzug beherrschte. Ich war allein mit meiner Angst, von der ich nicht wusste, ob sie mich wahnsinnig machte oder ob ich diese panischen Ängste hatte, weil ich wahnsinnig war. Zitterten Wahnsinnige so, wenn sie Schritte hörten? Ich war auf Blitze und Donnergrollen eingestellt, aber nicht auf diese leisen Schritte, die mich festfroren. Ich blickte auf und erkannte im Halbdunkel sein Gesicht. Er war es.

„Hat dich jemand kommen sehen?" hörte ich seine Stimme. Ich stand festgefroren und brachte kein Wort heraus, obwohl die Angst beim Klang seiner Stimme wie weggeblasen war. Er war ein Mensch, der dachte und fühlte, ein Libanese, der wusste, wann die Trauben reif waren, und der die Taubengrotte vor Augen hatte, wenn er den Namen „Rauscha" hörte. Ich hielt die gelbe Tasche fest umklammert. Die Stimme des Heckenschützen kam auf mich zu. Der Körper des Heckenschützen kam auf mich zu. Seine Hand legte sich auf meine Brust. Ich hielt seine Hand fest und starrte an die dunkle Decke. Jetzt umfassten seine Hände meine Schultern und drückten mich nieder auf die Treppenstufen. Er musste sich die Hose aufgeknöpft haben, ich hatte es nicht bemerkt. Er schob mir das Kleid bis zur Taille hoch und drang in mich ein, ohne mir den Schlüpfer auszuziehen. Der Druck der

Stufenkante in meinem Rücken wurde unerträglich. Ich versuchte mich umzudrehen, er kümmerte sich nicht darum. Ich spürte ein kurzes Beben, dann stand er auf, wischte sich mit dem Ärmel über den Hosenlatz und knöpfte ihn wieder zu. Mit wundem Rücken und schmerzender Brust richtete ich mich mühsam auf und wandte mich zum Gehen.

„Morgen um die gleiche Zeit komme ich zu dir nach Hause", hörte ich ihn sagen. Ich schüttelte den Kopf und stieg die Treppe hinunter. Er kam hinter mir her. „Bei dir zuhause ist es bestimmt besser."

„Mein Bruder Achmad kommt öfters zu meiner Tante."

„Aber nein", widersprach er immer noch keuchend. „Ich meine eure Wohnung gegenüber von Abu Dschamil."

Ohne ein weiteres Wort ging ich die Treppe hinunter und hörte seine aufwärts steigenden Schritte leiser werden. Ich drückte die gelbe Tasche an mich und spürte, wie meine Schenkel feucht wurden. Hoffentlich hörte dieser verräterische Schleim auf zu fliessen, bis ich unten war. Ich blieb kurz stehen, um Atem und Kraft zu schöpfen. Dann trat ich hinaus ans Tageslicht, in die Stille des Todes. Auf der Strasse hätte man eine Nadel fallen hören können.

Ich lief vorbei an den Warnschildern und überquerte die Strassenkreuzung in Richtung Leben, nach Hause. Mein Unterrock klebte vom Sperma des Heckenschützen an der Innenseite meiner Schenkel. Erst als ich den Eingang unseres Hauses erreicht hatte, konnte ich wieder frei atmen. Ich rannte die Treppe hoch und schloss die Wohnungstür auf. Ich fühlte mich so erleichtert, als hätte ich soeben erfahren, dass der Krieg zu Ende sei. Noch erleichterter, ja beinahe selig war ich darüber, dass mich in der Wohnung niemand erwartete. Ich ging ins Badezimmer, stellte mich vor das Waschbecken und wusch mir mit einem nassen Handtuch den Unterleib. Wieviel einfacher das Leben doch ohne Eltern war. Mir fiel die Nachbarin ein mit ihren ständigen Fragen nach ihnen. Ich machte mir nie Gedanken um sie. Seit eineinhalb Monaten hatte ich weder von ihnen eine Nachricht bekommen noch an sie geschrieben und es vor mir selbst mit dem Krieg gerechtfertigt.

Die ständigen Begleiter meines Lebens wurden das Verlangen nach Wasser und das Aussetzen meines Herzschlages, wenn ich das Haus verliess und in Richtung Tod und Stille ging. Sobald ich das rote Haus erreichte, setzte mein Herzschlag mit solcher Macht wieder ein, dass es mir den Atem verschlug. Jedesmal, wenn ich die Stufen des totenstillen Treppenhauses hochstieg, fühlte ich mich von den Türen der verlassenen Wohnungen beobachtet. Meine Füsse setzten kaum auf den verstaubten Fliesen auf. Obwohl ich bei meinem Aufstieg nie einem Menschen begegnete, kam es mir manchmal vor, als sähen mich Augenpaare aus den dunklen Nischen tadelnd an. Doch ich hatte keine Zeit, sie zu beachten. Die Zeit war wie ein Geschoss. Ich musste mit ihr fliegen, um nicht zu fallen.

Sami erwartete mich täglich zur selben Stunde. Wenn der Zeitpunkt meines Kommens näherrückte, wurde ihm alles andere unwichtig. Ich sah nach oben in sein lächelndes Gesicht, und bevor ich den letzten Treppenabsatz erreichte, war er schon bei mir und warf sich auf mich. Ich spürte nichts als sein Eindringen und das Klopfen gegen eine innere Wand. Obwohl ich nicht erregt war, fühlte ich mich wohl dabei. Ich sah zur Decke und wagte nichts zu sagen, damit er nicht aufstand. Von Tag zu Tag wurde ich ruhiger und entspannter, wenn er mich zu Boden drückte und sich auf mich legte. Ich fing sogar an, eine Art Genuss zu empfinden. Unsere Unterhaltungen waren beschränkt auf seine Fragen, ob ich Geld bräuchte und ob ich auf meinem Weg zu ihm gut achtgegeben hätte.

Einmal holte er einen Hundertliraschein aus der Tasche und wollte ihn mir in den Büstenhalter stecken. Mein Kinn fing an zu zittern, dann konnte ich die Tränen nicht mehr zurückhalten und reichte ihm schluchzend den Schein. „Bitte, hör auf zu weinen", flehte er und nahm das Geld wieder an sich. „Ich falle auf die Knie und bitte um Verzeihung, wenn du willst, aber hör auf zu weinen. Wenn dich jemand hört! Ich weiss, du bist ein anständiges Mädchen aus guter Familie und nimmst kein Geld, aber es ist Krieg!"

Ich stand auf und ging nach Hause wie jeden Tag. Es war, als würde ich tagtäglich vom Faden einer unsichtbaren Spinne zu ihm gezogen. Während ich die Stufen hinunterschlich und mir das Sperma über die Schenkel lief, dachte ich nur an mein Herz, das wieder aussetzen würde. Ich hob den Kopf, spannte die Muskeln und trat hinaus ans Tageslicht, in Tod und Krieg. Im Schutz der Häuser drückte ich mich an den Wänden entlang, obwohl Sami der einzige Kriegsgott war, der mir in dieser Gegend gefährlich werden konnte. Trotzdem war immer die Angst gegenwärtig, ein anderer Kriegsgott könnte plötzlich auftauchen. Wenn ich die Strassensperre sah, fühlte ich mich gerettet. Jenseits dieser Sperre lag mein Zuhause, mein Leben. Wenn ich sie hinter mir hatte, durfte ich weiterleben. Manchmal schrien die Milizionäre an der Sperre mich an: „Was machst du denn da, Mädchen, weisst du nicht, dass da drüben ein Heckenschütze sitzt?" Ich senkte nur den Kopf und lief schneller. Zuhause angekommen schloss ich die Tür auf und warf mich aufs Bett.

Im Krieg erschienen die Tage endlos lang. Meine Kriegstage aber vergingen wie im Flug. Den ganzen Vormittag über dachte ich an den Nachmittag, an Sami und die Wärme seines Körpers, die mich durchströmte, an die Ruhe und Gelöstheit, die ich fand, wenn er auf mir lag, an die Erregungsschauer, die ich bis dahin nie erlebt hatte.

Einmal, als ich mich aufrichtete und den Rock herunterzog, reichte er mir ein Papiertuch. Aber ich hatte Hemmungen, mir in seinem Beisein den Unterleib abzuwischen, auch wenn er mir diskret den Rücken zudrehte. Ich zerknüllte das Tuch in der Hand und wusste nicht wohin damit. Er wandte sich mir wieder zu, griff mit drei Fingern in seine Brusttasche, brachte einen schimmernden Ring zum Vorschein und fragte mich, ob er mir gefiele. Ich nickte. Da nahm er, als er in meiner Rechten das zerknüllte Papier fand, meine linke Hand, legte den Ring hinein und schloss die Finger darüber. Das Papiertuch in der Rechten, den Ring in der Linken, hielt ich beide Fäuste fest geballt und sah erstaunt auf, da er meinen Namen nannte. Ich hatte ihm meinen Körper gegeben, ich hatte ihm mein Leben und meinen Tod gegeben, aber nicht meinen Namen. Ich fragte nicht, woher er ihn wusste. Vor mir tauchte mein Vater auf, aber diesmal ausgemergelt, ohne Haare auf den Schultern, ohne Hitlerschnurrbart und Taschenuhr. Ich sah ihn nicht mehr meine Mutter auspeitschen, seine Stimme klang nicht mehr donnernd und bedrohlich.

Sami zog mich an sich, ich liess es zu. Er legte mich noch einmal auf das Leintuch, das er heute auf den Fliesen vor der Tür zum Dach ausgebreitet hatte, schob meinen Rock hoch und fing an, mich zu streicheln. Ich schämte mich wegen des klebrigen Schleims, genoss aber gleichzeitig die Berührung seiner Hand. Zum ersten Mal umarmte ich ihn. Ich schloss die Augen und drückte ihn an mich. Ich wollte alles Gewicht der Welt auf mir spüren. Seine Hand streichelte mich zart, ich schloss sie ein im Gefängnis meiner zusammengepressten Schenkel, um ihm zu zeigen, was ich wollte, und er verstand. Er gab mir Zärtlichkeit, wie ich sie wollte, soviel ich wollte, bis ein Schrei aus mir herausbrach.

Mein Körper brach aus wie ein Vulkan. Wie glühende Lava ergoss sich mein Schrei über meine Vergangenheit. Er quoll über Doktor Schaukis Praxisschild, schlug die Tür zu, hinter der wir zitternd gestanden hatten, riss den Nussbaum mit sich, überspülte die in der Sonne glänzenden Felsen, schwemmte den Mann fort mitsamt dem Bett und dem dunklen Zimmer.

Das Zimmer war so dunkel, dass ich meine Mutter nicht mehr sehen konnte, und ich traute mich nicht, nach ihr zu rufen. Der Mann hatte die Tür abgeschlossen und die grünen Fensterläden zugezogen, die zum Garten hinausgingen. Mama flüsterte mir ins Ohr, Doktor Schauki müsse sie untersuchen, aber dieser Mann war nicht Doktor Schauki. Meine Augen gewöhnten sich an die Dunkelheit, und ich sah, wie Mama ihre Strümpfe auszog. Der Mann machte leise das Fenster auf. Mama nahm meine Hand und sagte: „Bleib schön unter dem Fenster, hörst du? Geh ja nicht in den Garten spielen und pass auf, dass dich niemand sieht. Es dauert nicht lange."

Bevor ich ihr sagen kann, dass ich Angst habe, hebt der Mann mich hoch und stellt mich auf die Steinbank unter dem Fenster. Bevor ich mich nach Mama umdrehen kann, ist das Fenster schon wieder zu. Ich stehe allein und fange an zu zittern. Ich habe Angst allein. Ich habe Angst, dass jemand kommt und mich fragt, was ich da mache. Es dauert ziemlich lange. Plötzlich werde ich ganz steif vor Angst. Am anderen Ende des Gartens sehe ich eine Frau in einem kurzen Kleid. Sie hängt Wäsche auf. Sie nimmt dauernd Wäscheklammern aus dem Mund und klemmt sie an die Leine. Dann bückt sie sich und steckt wieder ein paar Klammern in den Mund. Sie hat mich noch nicht gesehen. Ich drücke mich, so nah ich kann, an die Wand unter dem Fenster. Aber als sie sich umdreht, um das Laken glatt zu streichen, sieht sie mich doch. Unter ihren Augen mache ich mich noch steifer. Sie kommt nicht zu mir, sondern verschwindet im Haus. Das Fenster geht auf, der Mann hebt mich ins Zimmer, und die Angst lässt mich wieder los. Ich sehe die Frau wieder. Sie steht mit einer anderen Frau im Toreingang und zeigt mit dem Finger auf mich.

Was mag aus dem Mann geworden sein? Ob er weiss, dass ich ihn einmal halbnackt gesehen habe? Eine Mücke hatte mich geweckt. Er trug nur seine Schlafanzugjacke. Das rötliche Licht der untergehenden Sonne wurde von den Fenstern der Häuser am Berg reflektiert und in unser Zimmer im Tal geworfen. Als ich ihn so sah, spürte ich den Mückenstich nicht mehr, sondern nur noch meine Angst. Ich drehte mich um, so dass mein Gesicht fast die Wand berührte, und tat so, als ob ich schliefe. Ich hörte sie flüstern. Dann wurde es bei ihnen unruhig. Ich begriff nicht, was hinter meinem Rücken geschah. Ich fühlte mich wie auf einer Bergspitze, nach allen Seiten von abschüssigem Gelände umgeben. Ein Schritt, und ich wäre den Abhang hinuntergerutscht. Darum blieb mir nichts anderes übrig, als mich stocksteif zu machen. Nach einer Weile hörte ich Mamas Schritte. Ich merkte erst, dass sie zu mir kam, als sie meinen Namen sagte und ich ihre Hand auf meiner Schulter spürte. „Na, Herzchen, gut geschlafen?" fragte sie lächelnd. Ich konnte sie nicht ansehen.

Ich lief über die weissen Kiesel. Ein unangenehmer Geruch wehte vom Meer her. Mama nahm meine Hand. Am liebsten hätte ich mich für immer an dieser Hand festgeklammert.

Das Badezimmer war der einzige Ort in Afrika, an dem ich mich zwischen dem Urwald und den schwarzen Gesichtern sicher fühlte. Onkel Haschems Erregung hatte die Strömungen in meinem Gehirn so durcheinandergebracht, dass ich mir eingebildet hatte, ich müsste den Rest meines Lebens in diesem Raum verbringen.

Madscheds Körper war mir wie eine Horde kalter Schnecken über die Haut gekrochen, die mir mit ihrem Schleim ein lähmendes Gift in die Adern gespritzt hatten. Wenn er auf mir lag, hatte ich mich trocken und brüchig gefühlt wie ein aus der Erde gerissener Grashalm.

Die Motorengeräusche in der Garage, die fleckige Decke auf dem Bambusbett, mein nackter Körper auf der fleckigen Decke und Malek über mir. Hatte ich mir das alles nur eingebildet?

Mit meinem Schrei brach aller Schmerz aus mir heraus, alles Leiden der Tage, die ich in irgendwelchen Ecken zugebracht hatte. Immer hatte ich in einer Ecke oder einem Badezimmer gekauert, Körper und Seele eingesperrt und mich nach dem Mutterleib zurückgesehnt. Mein Körper war stocksteif gewesen, meine Arme trocken wie zwei Äste, mein Nacken starr wie Eisen, meine Schenkel zwei Sägen, die sich gegenseitig aufrieben. Nach Stunden oder Tagen sah ich den weissen Kittel eines Arztes aus der Tür schweben. Dann konnte ich immer noch nicht sprechen, aber das war die Folge der Erschöpfung nach den Elektroschocks gewesen.

Mein Schrei brachte den Wahnsinn der Vergangenheit zum Bersten, meine Gefrässigkeit, mein unersättliches Verlangen nach Schlaf, mein hysterisches Gelächter. Meine Eltern, die Nachbarn, ja sogar die Wände hatten mein Verlangen nach mehr gebremst. Mama hatte mich mit dem Ellbogen angestossen oder mir zugezwinkert, um mir zu bedeuten, dass ich mit dem „Hurenlachen" aufhören sollte, wie sie es nannte. Achmad hatte mich besorgt angesehen, als er mich im Kino lachen hörte, und gesagt: „Du lachst irgendwie anders als früher."

Was war mit mir geschehen auf der verstaubten Treppe in dem verlassenen Gebäude, das Schrecken und Trauer atmete, seit der Tod das Zepter ergriffen hatte? Zum ersten Mal in dreissig Jahren bebte mein Körper aus Lust. Sami sah mich an. War er wirklich Heckenschütze? Zum ersten Mal, seit ich regelmässig aus der totenstillen Strasse zu ihm hinaufstieg, hatte er sich die Hose ganz ausgezogen. Warum war Sami Heckenschütze? Wer befahl ihm, unschuldige Passanten abzuschiessen? Machte ich mich als Gefährtin eines Heckenschützen zu seiner Komplizin?

Als ich ihn zum ersten Mal gesehen hatte, bin ich entsetzt

nach Hause gelaufen, bin zitternd in grossen Sprüngen die Treppe zur Nachbarin hinaufgerannt und habe gesagt, wir müssten unbedingt sofort Scharif al-Achawi oder die Zeitung alarmieren, auf dem Dach gleich neben Tante Safias Wohnung sei ein Heckenschütze.

„Um Himmelswillen!" rief sie zu meiner Verblüffung. „Zu niemandem ein Wort darüber, hörst du? Sonst kommen sie und schiessen uns ab. Dieser Heckenschütze ist bestimmt auf unserer Seite."

„Ist er bestimmt nicht!" brüllte ich zurück. „Der schiesst jeden ab, der ihm über den Weg läuft."

An dem Tag, an dem Tante Safia aufs Land gebracht wurde, trat der Heckenschütze in mein Leben. Wie ein Wiedehopf sprang er auf dem Dach herum. Neben dem Wassertank stand ein Tonkrug mit einer leeren Konservendose als Deckel. Obwohl ich nur sein Profil sah, prägte sich mir sein Gesicht sofort ein. Von da an fingen meine Gedanken an, um ihn zu kreisen und um den Schreck, der mir in den Gliedern sass. Bis dahin war der Heckenschütze ein Phantom gewesen. Die Begegnung mit ihm hatte mich völlig überrumpelt. War ich von dem Spuk so besessen, dass mich der Gedanke an ihn nicht mehr losliess? Ich war aufs Dach hinausgegangen, um Tante Safias Wäsche zwischen den Weinstökken aufzuhängen. Da sah ich auf dem Nachbardach einen Mann mit einem Gewehr in der Hand und einer Mütze auf dem Kopf, die an die Wintermützen der Bäcker erinnerte. Er hüpfte in der Hocke von einer Ecke zur anderen. Im ersten Moment erkannte ich ihn als Kämpfer, im zweiten wurde mir klar, dass er ein Heckenschütze sein musste, *der* Heckenschütze. Ich wagte nicht, mich zu rühren, wagte nicht, die Weintraube zu schlucken, die ich mir gerade in den Mund geschoben hatte, aus Angst, von ihm bemerkt und erschossen zu werden. Ich liess mich ganz langsam in die Hokke sinken und hüpfte dann genau wie er zurück zur Küchentür.

Hastig packte ich meine Handtasche. Tante Safia, die bettlägrig war, rief herüber: „Hab vielen Dank, Sahra. Inscha Allah werde ich noch die Kleider deiner Kinder waschen."

„Schon gut, Tante", antwortete ich gereizt. „Am besten fährst du gleich aufs Land. Das ist auf die Dauer nichts für dich, allein hier oben auf dem Dach. Deine Hüfte ist schon viel besser. Ausserdem musst du sowieso im Bett bleiben, das kannst du auch auf dem Land. Da ist es wenigstens sicher."

Sie murmelte irgend etwas, und ich sagte noch: „Draussen wird geschossen. Ich konnte die Wäsche nicht aufhängen. Ich habe sie in der Küche über die Stühle gelegt." Dann verabschiedete ich mich eilig, zog die Tür hinter mir zu und dachte an den Heckenschützen. Ein kleines Glück war es zumindest, dass Tante Safia nicht laufen und darum nicht aufs Dach hinausgehen konnte. Sie hatte sich bei einem Sturz den rechten Hüftknochen gebrochen, und meine Mutter hatte sich geweigert, sie bis zu ihrer Genesung bei uns aufzunehmen. Darum war sie gekränkt und wollte allein in ihrem Dachzimmer bleiben, damit alle Welt Mitleid hätte und sähe, wie herzlos ihre Schwägerin und ihr Bruder waren.

Meine Gedanken kreisten ununterbrochen um den Heckenschützen. Atemlos sass ich über der Zeitung und las die Lokalnachrichten. Wenn ich zu den Mitteilungen über unsere Gegend kam und las, wieviele Menschen einem Heckenschützen zum Opfer gefallen waren, tauchte das Bild von dem Wiedehopf vor mir auf. Ich schob das Bild beiseite und überlegte atemlos, was ich tun könnte. Sollte ich eine Bombe werfen? Sollte ich mir zeigen lassen, wie man einen Revolver bedient, und ihm eine Kugel ins Herz jagen? Doch statt dessen fing ich an, für ihn zu schwärmen. Ich sammelte die Zahlen seiner Opfer und redete mir ein, ich täte das nur, um die Medien zu informieren. Dabei besassen wir nicht einmal ein Telefon. Manchmal sass ich am Fenster und beobachtete zum Zeitvertreib Abu Dschamils Gäste im Restaurant gegenüber. Eines Tages sah ich ihn. Das war das Gesicht des Heckenschützen. Diesmal war es von weichen Locken umrahmt. Ich schluckte. Jetzt wusste ich auch, dass ich dieses Gesicht kannte, dass ich ihm, lange bevor ich ihn als Wiedehopf auf dem Dach gesehen hatte, mehrmals begegnet war. Wie ein aufgeschreckter Hund sprang ich auf und fing an, im Zimmer herumzurennen. Ich war plötzlich schweissgebadet und sprach laut mit mir selbst. Was soll ich tun? Jetzt müsste Achmad kommen. Wenn ich einen Revolver hätte ... Aber wer würde mir meine Geschichte glauben?

Wer würde glauben, dass dieser Mann, der sich eine Lokke aus der Stirn strich und wie alle anderen einen Teller Ful mit Hummus ass, ein Heckenschütze war? Von da an sass ich fast nur noch am Fenster. Und jedesmal, wenn ich ihn sah, kehrte ein seltsamer Gedanke immer wieder. Ich fragte mich, was ihn, wenn er mit seinem Gewehr im Anschlag auf dem Dach sass, so sehr amüsieren oder überraschen könnte, dass er vergässe abzudrücken. Eine afrikanische Tanzgruppe vielleicht oder ein Zigeuner mit einem dressierten Affen oder eine nackte Frau? Wenn irgendsoetwas plötzlich daherkäme, würde er dann einen Moment innehalten und sich fragen, ob da jemand völlig verrückt geworden sei mitten im Krieg oder ob er selbst verrückt geworden sei darüber, dass er so viele Unschuldige ums Leben gebracht hatte?

Als ich ihn das nächste Mal bei Abu Dschamil sitzen sah, nahm ich schnell Tante Safias Wohnungsschlüssel und überquerte die Kreuzung zwischen Leben und Tod. Dabei redete ich mir ein, die Strassenseite, auf der Tante Safia wohnte und der Heckenschütze seine Stellung hatte, sei sicherer als die andere. Ich trat ins Haus und stieg die Treppen zur Dachwohnung hinauf. Als ich die Tür aufschloss, schlug mir der typische Geruch entgegen, der in allen verlassenen Wohnungen hängt. Leise machte ich die Tür zum Dach auf. Er war noch nicht da. Schnell schloss ich die Tür wieder und legte mich aufs Bett. Nach etwa einer Stunde konnte ich annehmen, dass er von Abu Dschamil zurück war. Ich ging zum zweiten Mal zur Küchentür, machte sie vorsichtig auf, verhielt mich ein paar Minuten lang ruhig, um mich zu vergewissern, dass er kein Geräusch gehört hatte, und erst als alles still blieb, steckte ich den Kopf durch den Türspalt. Er sass mit ausgestreckten Beinen an die Wand des Wassertanks gelehnt, neben sich den Tonkrug mit der Blechdose, in seinem Schoss das Gewehr. Das Fernglas hing ihm um den Hals, seine Hände lagen entspannt auf dem Gewehrlauf. Er schien zu schlafen. Ich zog den Kopf zurück. Warum hatte er sich ausgerechnet dieses Haus ausgesucht, wo doch das angrenzende Dach bewohnt war? Hatte er Tante Safias Wohnung für einen Wassertank gehalten?

Ich zog meine Kleider aus, wickelte mir ein Handtuch um die Hüften, ein zweites um den Kopf und nahm ein drittes in die Hand. Bevor ich dem Tod entgegentrat, atmete ich noch einmal tief durch. Ob meine List gelingen würde? Ich musste jetzt all meinen Mut zusammennehmen. Vielleicht hätte ich mir mehr Zeit lassen sollen für einen ausgereiften Plan. Ich trat hinaus ins Licht des Todes, wandte ihm meinen Rücken zu, fing an ein Lied zu trällern und hängte das Handtuch über die Leine. Das war im Handumdrehen geschehen. Was sollte ich weiter tun? Es war nichts da ausser den Weintrauben, die grösstenteils in der Hitze der Geschosse verdorrt waren. So sehr ich auch daran zog, ich konnte sie nicht abpflücken. Der ganze Weinstock raschelte, und ich hörte ein Geräusch, an dem ich erkannte, dass er sein Gewehr entsicherte. Gleich würde sich seine Kugel in meinen nackten Rücken bohren. Plötzlich rief ich im Tonfall meiner Mutter: „Warum willst du nicht abgehen, du verdammte Traube?" Ich drehte mich um, als wollte ich hineingehen, um mir ein Messer zu holen, da sah ich ihn. Er war aufgestanden. Fernglas, Gewehr und Tonkrug hatte er versteckt. Er stand allein und ohne Mütze an den Wassertank gelehnt. Mein Herz raste. Ich griff nach dem Handtuch, riss es von der Leine und hielt es vor meinen Oberkörper. Als ich gerade ins Zimmer laufen wollte, hörte ich seine Stimme.

„Na, junge Dame, was machen Sie denn da?" fragte er freundlich.

„Das hier, hier wohnt meine Tante", stotterte ich zitternd. „Ich hab nur gebadet. Bei uns ist die Leitung unterbrochen."

Meine Antwort hatte sich angehört wie eine Entschuldigung, als hätte ich Angst vor ihm. Abrupt drehte ich mich um, lief ins Bad und zog mir zitternd die Kleider wieder an. Ich schalt mich selbst wegen meiner blöden Zittrigkeit und meines idiotischen Gestammels, dabei hatte er doch alles versteckt und dagestanden wie ein schüchterner Junge aus der Nachbarschaft. Ich hörte etwas auf die Dachterrasse fallen. Das machte mich so nervös, dass ich kaum wusste, wie ich den Reissverschluss zubekommen sollte. Als ich in die Schuhe schlüpfte, hörte ich wieder etwas fallen und hatte zum dritten Mal Angst, einen Schuss zu hören. Ich lief hinaus und sah zwei Steinchen auf dem Boden liegen. Der Heckenschütze beziehungsweise der schüchterne Nachbarsjunge stand noch immer an seinem Wassertank und fragte leise: „Wo wohnst du?"

„Gegenüber von Abu Dschamils Restaurant." Meine Stimme war immer noch zittrig wie diejenige eines gehetzten Tiers.

„Es ist sehr gefährlich hierher zu kommen."

Ich nickte. Eine Weile standen wir uns schweigend gegenüber, dann sagte ich: „Also, ich muss jetzt gehen." Und drehte mich um.

„Auf Wiedersehen!" rief er mir nach.

Ich hastete die Treppe hinunter und verfluchte meine Angst und meine mangelnde Selbstbeherrschung. Während ich an den Häusern entlanglief, dachte ich, jeden Moment könnte eine Kugel in meinem Kopf sein Geheimnis begraben. Dann versuchte ich mich zu beruhigen, indem ich mir sagte, dass er mir keineswegs argwöhnisch begegnet war. Trotzdem liess mich der Gedanke an die Kugel nicht los. Vielleicht hatte er meine Geschichte nicht geglaubt. Vielleicht hatte er nach meiner Wohnung gefragt, um herauszubekommen, welchem Lager ich angehörte. Nie wieder würde ich das verlassene Haus betreten. Von heute an würden sich keine Gedanken an den Heckenschützen mehr einschleichen. Er hatte mich halbnackt gesehen, hatte mich mit den Zähnen klappern gehört und gewusst, dass ich in dem Dachzimmer allein gewesen war. Und in gewisser Weise hatte er mich in die Flucht geschlagen. Wenn eine afrikanische Tanzgruppe oder ein Zigeuner mit einem dressierten Affen vor ihm auftauchten, wäre das ihm, seinem Fernglas und seinem Gewehr völlig gleichgültig.

Andererseits hatte ich ein Wunder erlebt, von dem nur Propheten träumen konnten. Ich hatte einem Heckenschützen gegenübergestanden, den noch niemand zu Gesicht bekommen hatte, der sonst nur die Waffen sprechen liess. Er hatte mich gesehen, wie ein Mann eine Frau sieht in Friedenszeiten. Wir hatten miteinander gesprochen, und er hatte mich laufen lassen. Ich musste wieder zu ihm. Ich musste ihn darum bitten, die Waffen niederzulegen. Doch vorläufig konnte ich mich nur ans Fenster setzen und Abu Dschamils Restaurant beobachten.

Mein Schrei schwoll in meinem Körper an und brach heraus, so dass alle Welt mich hören konnte. Alle sollten kommen und mich unter den Beinen des Heckenschützen liegen sehen, der sich jetzt die Hose zuknöpfte und triumphierend sagte: „Na, hat's dir Spass gemacht."

Ich sah ihn nur an und fragte mich zum ersten Mal, warum ich eigentlich hier im Staub herumlag. Bevor ich zu ihm kam, hatte er den Kopf eines Opfers im Visier, und sobald ich fort war, würde er dem nächsten Opfer auflauern. Warum schlich ich mich täglich durch die Strasse des Todes hierher, obwohl ich wusste, dass ich damit niemandem das Leben rettete? Die kurze Zeit, die ich ihn ablenkte, konnte ich nicht als Rettungsdienst betrachten. Meine Besuche waren für ihn nur Erholungspausen. Ich versuchte nicht einmal, mit ihm über das Thema zu reden. Ich schlug nicht einmal mehr die Zeitung auf, um zu sehen, wieviele Menschen er getötet hatte.

War ich eine Eule in Menschengestalt oder steckte gar der Teufel in meinem Körper? Warum hatte meine Karina mich gerufen? Warum war ich froh gewesen, in diesen Krieg zurückzukehren? Jetzt hatten meine Tage Anfang und Ende. Hier konnte ich mich entspannen. Die Geschützfeuer wiegten mich in den Schlaf. Der Krieg baute eine Schutzmauer auf, hinter der ich lebte, während Tausende von Schicksalen und Herzen an ihr zerbrachen.

War es nicht eigenartig, dass ich früher in normalen Betten keine Lust empfunden, keinen Mann so umarmt hatte wie den Heckenschützen? Seinetwegen konnte ich nun insgeheim über die Angst vor meinem Vater lachen, derentwegen ich sogar bis nach Afrika gereist war, um das Problem meiner Jungfräulichkeit aus der Welt zu schaffen. Ich lachte im stillen über die zitternde Hand des Arztes, der meine Babies abgetrieben hatte, und über die hässliche Alte, die ihm dabei behilflich gewesen war und sich über mir geschminkt hatte, während ich auf dem Behandlungstisch lag. Ich brauchte mich nicht mehr zu schminken. Der Schmutz des Krieges hatte die Unreinheiten meiner Haut ausradiert. Ich war immer noch keine Schönheit. Der Krieg, der den Heckenschützen vom Leben und von Frauen abschnitt, hatte mich vielleicht nur zum Ventil seiner Bedürfnisse gemacht.

Wenn er auf mir lag wie ein schwereloser Berg und tiefe Furchen in meinen Körper grub, schrie ich, schrie, ohne dass er es hörte: Grab tiefer, Heckenschütze, grab die jahrelange Angst aus, die mir noch immer in den Gliedern sitzt, die mich immer noch erschüttert, weil sie immer noch gegenwärtig ist. Jedesmal, wenn du dich stöhnend in meinen Körper eingräbst, warte ich ungeduldig, dass du die Lust in mich hineinstösst, bis ich zittern und schreien muss, auch wenn ich mich dagegen wehre. Ich will, dass du mich umgräbst, dass du mich mit Sieb und Hacke läuterst von dem, was immer noch Gegenwart ist. Ich will, dass du mich von dem toten Baum mit den welken Blättern befreist, in dessen verdorrtem Geäst das Ungeziefer haust und dessen Holz von Würmern zerfressen ist. Du sollst seine Wurzeln ausgraben, weil sie den Wurzeln lebendiger Pflanzen keinen Raum lassen. Grab mich um, bis ich meine Angst herausschreie, die mich in solche Panik versetzt hat, dass ich den Verstand verloren habe. Diese ganze Angst, die ich meinem Vater aufgebürdet habe, diesem Ungeheuer mit Schultern, überwuchert von einem Dickicht aus Haaren, mit schwarzen, von Stacheln begrenzten Höhlen unter der Nase, mit einer riesigen Narbe auf dem mächtigen Unterarm von seinem Strassenbahnunfall. Wenn er durchs Haus ging, hatte ich ständig Angst, er könnte an Mama oder mir irgend etwas Verräterisches entdecken, das auf unsere Ausflüge mit dem Mann hinwies. Sein Gürtel biss meine Mutter wie eine Schlange, ohne sich um ihre Schreie zu kümmern. Und wenn sie dann wieder bei dem anderen Mann war, zwitscherten die beiden miteinander wie zwei Vögel. Es war, als könnten Vaters Schläge den Glanz ihrer blauen Augen nicht trüben. Aber mein inneres Gleichgewicht störten sie erheblich. Sie liessen mich zittern und immer nur daran denken, er könnte bereits hinter der Tür stehen und uns erwarten. Wenn sie mit dem Mann lachte und zwitscherte, wollte ich nicht mehr wie Artischocke und Herz mit ihr sein. Ich wollte nicht mitansehen müssen, wie Vater diese Artischocke in Stücke riss.

Später liess die Angst vor ihm etwas nach. Ich sah ihn nicht mehr mit dem Koran in der erhobenen Hand, und sie machte keine Ausflüge mehr mit mir. Überhaupt ging meine Mutter nur noch selten ausser Haus und wurde immer dikker. Als sie von der Pilgerfahrt zurückkam, war sie noch dikker geworden. Die Kleider, die sie trug, waren dunkler und länger als früher, und seit unsere Haustür ihr zu Ehren mit Palmzweigen und frommen Spruchbändern geschmückt worden war, nannten die Leute sie nur noch „Hadsche", die Pilgerin. Vater aber änderte sich kaum. Als Mama aufhörte, seinen Zorn zu erregen, wandten sich seine misstrauischen Blicke von ihr ab, schweiften suchend umher und fanden mich als neues Opfer. Da war die Angst wieder da. Sie beherrschte mich so stark, dass ich, wo ich ging und stand, glaubte, seine Augen zu sehen. Aber er zerrte mich nicht in die Küche, peitschte mich nicht mit seinem Ledergürtel aus, wechselte kaum ein Wort mit mir. Trotzdem wurde meine Angst bei jedem Mal, wenn ich ins Haus kam oder wenn er meinen Namen rief, grösser und schliesslich so gross, dass ich wünschte, er wüsste von dem Verlust meiner Jungfräulichkeit und risse mich in Stücke, damit ich endlich Ruhe hätte.

Ich konnte diese Angst nicht abschütteln, obwohl er mein Verhalten gegenüber der Verwandtschaft immer lobte. Ich hatte sogar Angst vor seinen Lobessprüchen, bildete mir ein, das sei eine heimtückische Falle, weil er von meiner Beziehung wüsste. Lass mich laut schreien, Heckenschütze, mein Vater soll meine Lustschreie hören und mich hier im Staub des Todeshauses liegen sehen. Er soll meine Hingabe sehen, meine gespreizten Beine, meinen bebenden Unterleib, meine Brustwarzen, meine erschlafften Hände, meine wachen Augen.

Dieser Kriegsgott hat meine verlorene Jungfräulichkeit hinweggefegt, einmal, zweimal, hundertmal, bis ich das Gefühl hatte, er sei unablässig in mir. Der Krieg hat die Jungfräulichkeit nichtig gemacht. Ich fühlte mich von niemandem mehr beobachtet, hier, wo mich niemand sehen konnte ausser den Wänden des Todeshauses und dem Heckenschützen, der mich annahm mit all meinen Mängeln, weil er realistisch war. Schönheit war nicht mehr alles. Ich hörte nahe Schüsse, aber die Angst war weit entfernt. Mut und Angst, hässlich und schön, Ehre und Schande, arm und reich, diese Gegensätze hatte der Krieg mit den Toten begraben. Musste der Krieg kommen mit all dem Elend und der Verwüstung, um mich wieder zum normalen Menschen zu machen, um mich aus meinem eigenen Kasten zu befreien? Konnte nur er mich vor weiteren Elektroschockbehandlungen und hysterischen Lachanfällen bewahren? Dieser Krieg, der alle Alltagsgewohnheiten über den Haufen warf, schlug für mich ein neues Kapitel auf. Warum sollte ich so sein wie alle anderen? Warum waren sie nicht wie ich? Es ist Krieg, Vater, hörst du? Dieser Krieg hat mich die Lust gelehrt.

Dieser Krieg barg Überraschungen und Katastrophen. Ich sah ihnen gefasst entgegen. Dieser Krieg hatte mich aufmerksam und stark gemacht, Eigenschaften, die ich vorher nur von Romanheldinnen gekannt hatte. Wenn ich aufstehen wollte, weil mein Rücken schmerzte, sprang der Hekkenschütze mich an wie die Fledermaus den Maulbeerbaum bei Doktor Schauki. Ich liebte die Schwere seines Sturzes und klammerte mich an seinen Rücken, bis er schwerelos wurde. Er grub sich in mich, bis ich meine Angst herausschrie, die Angst, die jetzt Vergangenheit war. Jetzt hatte ich nur noch Angst, ich könnte eines Tages kommen und er wäre nicht mehr da. Unser Friedenslager im Todeshaus konnte nicht von ewiger Dauer sein. Ich wusste nicht, ob ich ihn danach fragen sollte, ob er eine Antwort hätte.

Er sprach so wenig mit mir. Seine Stimme war zärtlich, ruhig und ein wenig scheu. Manchmal kam es mir vor, als hätte ich meine Angst auf ihn abgewälzt, denn sobald er meine Schritte hörte, erschien er auf der Treppe, um sich zu vergewissern, ob ich es sei. Dabei war ich die einzige, die sich durch die Strasse des Todes schlich. Wenn ich bei ihm war, zeigten nur noch seine bebenden Lippen und seine feuchten Hände die Spuren seiner Angst. Er sprach nie über seine Tätigkeit. Vielleicht hielt er mich für dumm, weil ich so bereitwillig gekommen war und ihm meinen Körper gegeben hatte. Ich war zu ihm gegangen in der Absicht, ihn vom Schiessen abzubringen, aber ich hatte ihn nicht ein einziges Mal darauf angesprochen. Er musste annehmen, ich hätte einfach einen Mann gebraucht, er sei mir zufällig über den Weg gelaufen und zufällig sei er Heckenschütze, aber weil wir Krieg hatten, sei mir eben jeder recht gewesen. Wenn ich zu ihm sagte, ich hätte das Gefühl, der Krieg sei bald vorbei, nickte er nur.

Für mich schien der Krieg tatsächlich vorbei zu sein. Zuhause goss ich wieder die Küchenkräuter, die ich hatte vertrocknen lassen. Ich putzte den Spiegel mit der Zeitung blank, die ich nicht mehr las, ich wusch und bügelte die Kissenbezüge und hängte die Winterkleider zum Lüften über die Stühle. Ich kaufte sogar Gurken und legte sie nach einem Rezept meiner Mutter in Essig ein. Achmad kam in unregelmässigen Abständen mit schlammverkrusteten Schuhen und glasigen Augen. Er schlief irgendwo, auf der Couch, auf dem Fussboden, auf einer Matte, und sein Gewehr lag friedlich auf dem Glastisch. Er schlief tief, und wenn er aufwachte, suchte er etwas zu essen.

Wir tranken zusammen Kaffee, und ich fragte ihn, ob der Krieg wirklich bald vorbei sei oder ob das nur Gerüchte wären. Daraufhin stiess er einen langen Seufzer aus, den ich nicht deuten konnte. Wenn er dasass und sich einen Joint nach dem anderen drehte, wusste ich nicht, ob er mich überhaupt hörte, ob ihn meine Worte zwischen zwei Zügen erreichten. Wenn ich ihn bat, mit den Drogen aufzuhören, sagte er nur: „Ganz Beirut gehört jetzt der Miliz. Wir sind die Herrscher über Häuser und Strassen und alles, was sich bewegt. Wir haben die absolute Macht. Wir können tun und lassen, was wir wollen. Da will ich doch wenigstens etwas Illegales tun. Nicht im Sinne von Regierung und Gesetz, denn was Gesetz ist, bestimmen wir, sondern im Sinne von menschlichem Anstand. Da bleibt mir nichts anderes mehr als Drogen. Du kannst dem Himmel danken, dass ich nicht Heroin spritze, das machen nämlich auch viele."

Sein bleiches, abgezehrtes Gesicht und seine blauen Lippen schreckten mich ab. Ich hatte Angst vor ihm, hatte

Angst um ihn und fragte besorgt: „Und wo soll das hinführen?"

Dann stiess er wieder seinen langen Seufzer aus, den ich nicht deuten konnte, zog an seinem Joint und verfiel in Grübeleien, die ihn mir und der Wohnung entrückten. Für ihn war es vielleicht umgekehrt, und ich wurde ihm entrückt, denn als ich mit dem Kaffeetablett kam, vollständig auf die Tassen konzentriert, damit nichts überschwappte, sass er im Sessel und onanierte. Entsetzt lief ich in mein Zimmer und brach in Tränen aus. Warum veränderte sich alles in diesem Krieg? Achmad kümmerte sich nicht einmal mehr um meine Anwesenheit beim Onanieren. Für ihn gab es nur noch ihn selbst. Dieser Krieg. Mich hatte er gerettet und Achmad verkommen lassen. Aus seiner Sicht war es vielleicht umgekehrt. Ach, Achmad, wo ist unsere Kindheit geblieben? Was ist aus uns geworden? Erinnerst du dich noch an den Wasserfall von Hamana? Weisst du noch, wie du den kleinen Perserteppich geklaut und für ein paar Lira verkauft hast? Vater hat damals jedem Hausierer und Bettler aufgelauert und ihn verhört und schliesslich den blinden Armenier beschuldigt, den Teppich gestohlen zu haben.

Achmad, du sitzt nebenan, onanierst und kiffst dich voll, nachdem du getötet und gestohlen hast. Hast du wirklich zur Waffe gegriffen, um für die Rechte der unterdrückten Schiiten einzutreten oder um die Palästinenser gegen die Phalangisten zu verteidigen oder damit die Palästinenser dich und dein verfluchtes Schicksal verteidigen? Ich kann dein Keuchen von hier aus hören, aber das stört dich nicht. Malek und Madsched hat es auch nicht gestört, wenn mein Körper unter ihnen steif wurde wie Holz und mir der kalte Schweiss aus den Poren trat.

Wird der Krieg aufhören? Und wenn er vorbei ist, was tun wir dann?

„Ich bitte dich, nicht wieder dieses Thema", sagt Achmad, und es ist klar, warum seine Stimme zittert, warum er Angst vor dem Kriegsende hat. Das wäre auch sein Ende. Plötzlich würde er als Gespenst durch die Strassen geistern, die heute noch ihm gehören, in denen alles auf seine Atemzüge, seine Schritte, sein Gewehr pariert. Sein Gewehr, das er nur anzutippen braucht, um zu bekommen, was er will, ein paar Brotfladen oder zwei Liter Benzin, würde in einer Ecke verrosten und mit ihm die Erinnerungen an die Zeit, in der es jeden Schuss mit einem Rückstoss beantwortete.

Mit Achmad konnte man nicht reden. Die Sprüche, die er wie ein Papagei daherplapperte, gaben keinerlei Aufschluss über die Rolle, die er in diesem Krieg spielte. Einmal sagte er, er kämpfe für die Rechte der unterdrückten Schiiten. Nur wenige Tage später behauptete er, vielleicht, um der Mission, zu der er sich berufen sah, mehr Gewicht zu verleihen, er und seine Kameraden kämpften gegen den Imperialismus, gegen Amerika und die Israelis, die nur darauf aus wären, die Araber zu spalten, doch das, so sagte er, sollte ihnen nicht gelingen.

Er widersprach sich, wenn er einmal sagte: „Die Palästinenser sind auf unserer Seite" und ein anderes Mal: „Die Palästinenser sollen sich da raushalten, dieser Krieg geht nur die Libanesen etwas an", und kurz darauf verkündete er: „Ich persönlich kämpfe für die palästinensische Sache. Mit den Palästinensern habe ich mich immer grossartig verstanden, wenn ich bei Grossvater im Süden war. Ich stehe auf der Seite der Minderheiten, und sie sind eine Minderheit. Sie sind wie wir, die Menschen aus dem Süden, ausgestossen und verachtet. Es wird ein Komplott gegen sie geschmiedet, aber wir werden dafür sorgen, dass daraus nichts wird." Achmad zog ein paar Zeitungsausschnitte aus dem „Muharrir" und dem „Safir" aus der Tasche seiner Uniformjacke und hielt sie mir hin, während er sich mit der anderen Hand ein Stück Kubbe in den Mund schob.

„Sieh mal, Schwester", redete er weiter, und der Burghul flog ihm dabei aus dem Mund. „Sieh dir diese Kinder an. Zeitungsjungen haben sie erschossen. Ist das nicht eine Sauerei? Da sieh es dir an. Die Gefallenen und Verwundeten sind alle aus unserem Lager."

Ich nickte. Für einen Moment war ich durch seine aufrichtige Empörung wie betäubt. Dann fragte ich ihn, ob er auch „al-Amal" und „al-Achrar" läse. Darin würde er vielleicht nur Verwundete und Gefallene aus dem Lager der Gegenseite finden. Ein anderes Mal, als er wieder so empört war, nickte ich auch erst und sagte dann: „Sie haben den Hafen geplündert? Na schön, ihr habt dafür ein paar Banken ausgeraubt. Sie haben verwüstet und niedergebrannt, was ihnen im Weg lag? Ihr habt nichts anderes getan. Du solltest mal die anderen Zeitungen lesen. Nein, ich bin nicht auf ihrer Seite. Aber darum bin ich noch lange nicht auf eurer. Ich nehme kein Gewehr, nicht einmal in Gedanken. Ich bin neutral, darum sehe ich Brandstiftung und Tränen auf beiden Seiten, und zwar durch dieses Fenster, meine einzige Verbindung zur Stadt und zum Krieg, mein einziger Draht zum Leben. Ich habe Lastwagen vor dem Tor des Gebäudes da drüben, das mal eine Autowerkstatt war, vorfahren sehen. Einmal habe ich gesehen, wie Männer mit verbundenen Augen hineingetrieben wurden. Ein Milizionär hat sie gezählt wie Schafe, die zur Schlachtbank geführt werden. Vielleicht sind sie tatsächlich geschlachtet worden. Ich habe sie nämlich nicht wieder aus dem Tor herauskommen sehen. Die anderen Wagenladungen enthielten alles mögliche, Gasherde, Schuhe, Medikamente, Haartrockner, Musikautomaten, ausländische Krawatten, Kartoffelsäcke, Brutmaschinen, Autoersatzteile, gackernde Hühner. Diese Sachen sind wieder zum Tor herausgekommen, weil jemand dafür bezahlt hat."

Achmad hörte mir zu und sagte wie zu sich selbst: „Auf beiden Seiten wird geplündert. Ich weiss manchmal selbst nicht, was ich denke. Es gibt viele Gründe, aus denen ich ein Gewehr trage, und ich bin überzeugt, dass es richtig ist. Alles, was du da sagst, könnte ein Grund sein. Wenn ich Gründe aufzähle, hat das den Anschein, als sei ich unsicher. Ich bin tatsächlich unsicher. Ich weiss manchmal selbst nicht, warum ich kämpfe, auch wenn ich überzeugt bin, dass es richtig ist. Sahra meint, ich würde nur vor mir selbst davonlaufen, weil ich die Schule abgebrochen habe. Sahra macht mir sowieso nur Vorwürfe, wenn es um dieses Thema geht. Naja, wenigstens bekommt sie nicht mehr gleich einen Nervenzusammenbruch, wenn ich nach Hause komme.

Am Anfang hat sie mich immer wieder dasselbe gefragt. Sie wollte wissen, was ich dabei empfinde, wenn ich einen Schuss abfeuere. Ich habe ihr gesagt, dass ich nur den Rückschlag spüre und dass das eine Routinesache ist. Und weil diese ganze Routine auf die Dauer unbefriedigend ist, habe ich mit dem Haschischrauchen angefangen. Die Drogen geben dem Krieg eine zusätzliche Dimension, aber darüber spricht niemand. Was wir sehen, zieht an uns vorbei wie eine Wolke. Wir vergessen es sofort wieder. Wir vergessen den Kameraden, der schreit und sich dann nicht mehr rührt. Wir vergessen die Eingeweide, die ihm über seine neue Uhr hängen. Wir vergessen Granaten und Bomben und das ganze Geschützfeuer, noch während wir es erwidern. Wenn ihr mich fragt, was ich eigentlich erreicht habe, würde ich sagen, ich habe die Befehle meines Chefs ausgeführt und mich nicht im Haus bei den Frauen versteckt. Ich habe viel erreicht. Aber wenn ihr mir sagt, der Krieg sei zu Ende, müsste ich im Erdboden versinken. Wenn der Krieg vorbei ist, laufe ich nur noch als Gespenst durch die Strassen, die heute mir und meinem Gewehr gehören, jeder Stein, jedes Haus, jeder Baum, Tag und Nacht. Wenn der Krieg vorbei ist, muss ich vielleicht mein Gewehr hergeben. Lieber würde ich es verstecken, damit ich es behalten kann. Ich hoffe, das sind alles nur Gerüchte.

Ich will nicht, dass der Krieg vorbeigeht. Was soll dann aus mir werden? Der Krieg nimmt mir meine Entscheidungen ab, er bestimmt meinen Tagesablauf, meine Nächte, meinen Broterwerb. Der Krieg ist ein Job, der mich stark gemacht hat. In den ersten Monaten war ich noch ein zaghaftes, verängstigtes Küken, aber inzwischen bin ich ein stolzer Kampfhahn geworden. Wenn der Krieg unentschieden ausgeht, ist alles verloren. Ein Verlust würde bedeuten, dass alles nur Komödie gewesen ist, der Kamerad, dem die Eingeweide herausgehangen haben, hätte nur Komödie gespielt. Alles wäre nur Theater gewesen, bei dem ein paar Statisten versehentlich auf der Strecke geblieben sind."

Achmad fing an, sich ins Haus zu schleichen. Ausser seinem Gewehr und den Joints hatte er noch etwas bei sich, das er zu verstecken suchte. Irgend etwas hielt er hinter dem Rücken, als er durchs Wohnzimmer ins Elternschlafzimmer ging. Unsere Eltern waren noch immer auf dem Land und baten mich in jedem Brief zu kommen. Jetzt versteckte Achmad in ihrem Schlafzimmer seine Diebesbeute. Ich hörte ein Geräusch, aus dem ich schloss, dass er mit seinem zuerst gewählten Versteck nicht zufrieden war. Als er wieder ins Wohnzimmer kam, konnte ich seinem Gesicht deutlich ansehen, dass er grösste Mühe hatte, sein Geheimnis für sich zu behalten. Ich stellte keinerlei Fragen. Er strich um mich herum und sagte schliesslich: „Ich habe da eine Wanduhr von meinem Freund. Er hat mich gebeten, sie für ihn zu verstecken." Als ich nicht reagierte, fügte er hinzu: „Es ist reines Gold, achtzehn Karat, italienische Arbeit. Willst du sie sehen?" Ich zuckte nur die Achseln. Die zweite Beute, die er heimbrachte, konnte er nicht hinter dem Rücken verstecken. Es war ein Radiorekorder. Beim dritten Mal brachte er einen silbernen Wiedehopf mit.

Danach hörte er auf, um den heissen Brei zu reden, und gab stolz damit an, wie geschickt er beim Plündern sei. Einmal hatte er eine Damenhandtasche bei sich, holte sich aus der Küche ein Messer und verschwand damit im Schlafzimmer. Ein andermal sagte er: „Das habe ich für dich gekauft", riss ein Päckchen aus Zeitungspapier auf und brachte ein sonnengelbes Kleid zum Vorschein. Eines Tages zeigte er mir einen runden Spiegel mit einer Kristallente auf dem Rahmen und erklärte triumphierend: „Sieh mal, Sahra, alle haben ihn gesehen, aber keiner hat sich getraut, ihn mitzunehmen. Ist gar nicht so einfach, was mitgehen zu lassen, wenn um dich herum alles kracht und blitzt."

„Hör auf!" rief ich, hielt mir die Ohren zu und fing an zu weinen. Ich hörte, wie die Kühlschranktür aufging und wieder zuschlug. Er schien vergessen zu haben, dass der Strom ausgefallen war. Er kam zurück und murmelte vor sich hin, der Chef von Kantari hätte ihnen befohlen, das Feuer für eine Viertelstunde einzustellen und die hochschwangere Frau eines Arztes herauszuholen.

„Das Haus war eine richtige Festung, gegen alle Geschosse gewappnet. Zwei von uns wurden hineingeschickt, um die Frau herauszuholen und ans andere Ende der Strasse zu begleiten, wo sie von ihrem Mann und ein paar anderen Leuten erwartet wurde. Als die beiden Kameraden nicht wieder auftauchten, kam mir eine infame Idee. Zu fünft sprangen wir von unserer Barrikade und liefen zu dieser Festung, die sich wie eine Schatzhöhle aus Tausendundeiner Nacht vor uns auftat. Wir hatten uns nicht getäuscht. Du kannst dir gar nicht vorstellen, was da für Kostbarkeiten herumlagen. Reihenweise Luxusmäntel, das teuerste Spielzeug, silberne Aschenbecher, Kristallgläser, Bronzefiguren und wertvolle Gemälde. Wir rissen ein paar kleine Perserteppiche von den Wänden, was wir nicht abreissen konnten, durchlöcherten wir mit Kugeln. Dann sagte einer, wir müssten das Haus anstecken, damit es nicht aufflog, dass wir geplündert hatten. Schliesslich waren wir als ihre Beschützer abkommandiert worden. Am Ende sah es aus, als hätte eine Bombe eingeschlagen. Die Wände waren schwarz, die Möbel verkohlt. Von einer Plünderung blieb nicht die kleinste Spur. Aber diesen Spiegel mit der Kristallente habe ich gerettet. War gar nicht so einfach."

Bevor ich in dieser Nacht zu Bett ging, schlich ich mich

auf Zehenspitzen mit einer Kerze ins Schlafzimmer meiner Eltern und holte Achmads Schätze hervor. Die goldene Uhr hatte schwarze Ziffern, und in das Gehäuse war in schwarzen Lettern ein Name eingraviert. Zitternd hielt ich die Kerze näher und las: „Samir R." Genauso hatte ich gezittert, als der Heckenschütze mir den Ring in die Hand gedrückt hatte. Ob dieser Samir R. noch lebte? Ob er seine goldene Uhr vermisste? Ich strich über den schimmernden Rahmen. Warum hatte er sich nicht eine Armbanduhr gekauft? Die Kristallente funkelte im Kerzenlicht. Sie sah aus, als wollte sie sagen: „Lass mich dahin zurückschwimmen, wo ich herkomme." Am liebsten hätte ich gleich ein Telefonbuch zur Hand genommen und Samir R.s Adresse herausgesucht. Ich wollte ihm die goldene Wanduhr zurückschicken, allerdings unter der Bedingung, dass er keine Fragen stellte. Ich wollte die Arztfrau suchen und ihr die Kristallente zurückbringen, an der sie bestimmt sehr gehangen hatte. Doch wie konnte ich das mit meinem täglichen Gang zum Todeshaus vereinbaren, zu diesem Piraten, der jeden Tag auf mich wartete und dessen Schiff ständig zwischen Krieg und Flucht, Verachtung und Respekt schwankte? Wenn ich von diesem Piraten und seinem Schiff entfernt war, wies ich den Gedanken an ein Verhältnis mit ihm entsetzt von mir: „Gott behüte mich davor, mich mit einem Heckenschützen einzulassen." Aber wenn nachmittags jeder Pulsschlag in mir anfing, unserer Begegnung entgegenzufiebern, redete ich mir ein, er sei vielleicht nur ein Nachbar meiner Tante, der sich den Krieg gern von oben ansah, das Fernglas hätte er nur, um die Strasse besser beobachten zu können. Und das Gewehr? Nun, wer hatte heutzutage kein Gewehr? Und die Warnschilder unten am Strassenrand? Damit musste jemand anders gemeint sein, irgendein Unbekannter auf einem anderen Haus irgendwo.

Einmal kam ich während einer zweiwöchigen Kampfpause ins Todeshaus, und er war nicht da. Damit entlarvte ich ihn, wie bei meiner ersten zufälligen Begegnung mit ihm, als Heckenschützen, als Piraten dieses Schiffes, das mich zwischen widersprüchlichen Gefühlen hin- und herschleuderte. Warum manövrierte ich mich selbst in noch mehr Konflikte und Ängste, als der Krieg ohnehin bot? Von dem Tag an, so beschloss ich, wollte ich nicht mehr zu ihm gehen. Ich wollte Achmad nicht mehr in die Wohnung lassen, seine Schätze vom Dach werfen und nicht mehr aus dem Haus gehen. Wenn unser Badezimmer ein Schloss hätte, würde ich mich dort einschliessen. Doch gleichzeitig wusste ich, ich würde weiterhin zu ihm gehen, ich würde mich immer wieder dieser Angst und Erregung aussetzen. Meine Füsse würden mich täglich über das Pflaster dieser Strasse und die Fliesen der Treppe tragen, zurück zu seinem Schweissgeruch, seinen Augen, die mich durchbohrten, seinem Körper, der sich in mich grub. Mein Arm würde immer wieder seinen Rücken umschlingen und ihn an mich drücken. Mein Körper würde beben unter seinem Gewicht und zerfliessen in dem Rausch, in dem für eine Weile alles vor den Augen verschwamm.

Wenn ich neben ihm auf dem Laken lag, vergass ich, dass ich mir jemals geschworen hatte, nie mehr wiederzukommen. Alles, was ich mir jetzt wünschte, war das Ende dieses Krieges, damit wir unser hartes Lager gegen ein weiches Bett tauschen konnten, damit ich Malek und Afrika endlich für immer begraben konnte. Mein sehnlichster Wunsch war, diesen Heckenschützen zu heiraten. Ich wollte immer bei ihm sein. Unverheiratet mit ihm zusammenleben, war undenkbar. Sollte er sich gegen eine Heirat sträuben, würde ich die Beziehung weiterführen wie bisher, ohne mich vor Vaters Ledergürtel zu fürchten. Der Krieg hatte ihm die Seele und die Kraft genommen. Solange meine Eltern im Süden blieben und ich mich in unserer Wohnung frei bewegen konnte, stand einer Fortsetzung unserer Beziehung nichts im Weg. Ich konnte mir ein Zusammenleben mit meinen Eltern nicht mehr vorstellen. Ich wollte mit einem Mann zusammenleben, allein. Ich wollte Tag und Nacht für ihn da sein und durch seine Schwerkraft leben. Was würde aus uns werden, wenn der Krieg vorbei wäre? Sollte ich ihn fragen, ob er mich heiraten würde? Bisher hatte ich kaum den Mund aufgemacht und das auch nur, um einsilbige Antworten auf seine Fragen zu geben über das, was man sich offenbar in Abu Dschamils Restaurant über mich erzählte:

„Stimmt es, dass du in Afrika mit einem reichen Mann verheiratet warst?"

„Ist es wahr, dass er dich verlassen hat, weil du keine Kinder bekommen kannst?"

„Ich habe gehört, du hättest einen Mann geliebt, und als er eine andere geheiratet hat, bist du durchgedreht und musstest mit Elektroschocks behandelt werden."

Ich hatte ihn gesehen, wie er eine Zigarette rauchte, wie er sich die Hose zuknöpfte, sich das Gesicht wusch, ein Stück Kubbe ass und rief: „Wallahi, die beste Kubbe machen doch immer noch die Schiiten!", wie er die Ohren spitzte, wie er sich mit dem Kamm durchs Haar fuhr. All das fegte den

Heckenschützen beiseite. Diese kleinen unbewussten Handlungen machten ihn zum normalen Menschen und schüttelten den Staub um ihn herum ab.

Ich ging nach Hause, und das Stöhnen der Nacht mit ihrem schweren Druck auf Beirut und den ganzen Libanon wurde zu einem Hauch, mit dem ich über die Landschaft segelte, über Bäume, deren Kronen unverändert in den sternenklaren Himmel ragten, über Tempel, die friedlich im Mondschein dalagen. Doch die Wirklichkeit holte mich sofort wieder ein, und ich sah die Menschen vor mir, die angsterfüllt in ihren vier Wänden ausharrten und den Atem anhielten, um nicht die Aufmerksamkeit eines Geschosses auf sich zu lenken. Ich dachte an meinen Heckenschützen. Ob er ein Fanatiker war? Schnell schob ich derartige Gedanken beiseite. Ich kannte ihn nur als ausgeglichenen, ruhigen, normalen Mann. Nie hatte ich ihn aufbrausend erlebt. Vielleicht, weil es dafür bisher keinen Anlass gegeben hatte. Wir unterhielten uns ja kaum. Unsere einzige Gemeinsamkeit bestand darin, dass wir uns zusammen auf den Boden legten. Er war ein gutaussehender Mann mit weichen Locken und zärtlichen Augen. So jedenfalls sah ich ihn.

Morgen werde ich vielleicht zum letzten Mal zu ihm gehen. Ich werde ihn auf seine Tätigkeit ansprechen und ihn fragen, ob er mich heiraten will. Morgen wird der Stichtag sein, von dem meine Zukunft abhängt. Ich will endlich alles wissen. Morgen muss ich mich entscheiden.

Ich warf einen Blick unter das Bett meiner Mutter und sah, dass sich immer mehr Dinge dort anhäuften. Wütend liess ich den Bettüberwurf wieder fallen. Ich konnte es nicht fassen, dass Achmad ein Dieb war. Achmad, der kleine Junge in den kurzen Hosen, mit dem losen Mantelsaum, mit dem roten Geburtsmal auf der Wange, das jedes Jahr aufblühte, wenn die Erdbeeren reif wurden, und am Ende der Erdbeerzeit wieder verblasste. Achmad, der am Ende des Schuljahres ebenso wie ich vor Vater zitterte und darum abends, bevor er in die Wohnung kam, leise an das Fenster klopfte, das zum Treppenhaus hinausging, um durch Handzeichen von mir zu erfahren, ob Vater zuhause sei. Seine Angst war jedoch nicht mit meiner vergleichbar. Ich hatte um das Leben meiner Mutter und später um mein eigenes gezittert. War Achmad heute einer von denen, die in der Zeitung standen, wenn sie bei einer Straftat gefasst worden waren? Man las täglich von Festnahmen aufgrund von Plünderungen, Raubüberfällen oder auch Drogendelikten.

Der nächste Tag kam, und wie gewohnt brach ich das Versprechen, das ich mir selbst gegeben hatte. Die Wirklichkeit liess mich alles vergessen, was ich mir in Gedanken ausgemalt hatte. Ich fühlte mich plötzlich völlig verändert, wollte nur noch schlafen, in einem kühlen Raum, einem Bett mit einer Schale Obst daneben. Zum ersten Mal war es mir unangenehm, als der Heckenschütze sich über mich beugte. Den ganzen Tag über war ich wie benommen, wie in einer Dunstwolke, die nach Zitronen und grünem Tee roch. Als ich aufstand, wurde mir schwindelig. Er wollte wissen, was mit mir los sei. Schon am Morgen wäre ich am liebsten im Bett geblieben, obwohl ich keine Schmerzen und auch kein Fieber hatte.

„Vielleicht bist du übermüdet", meinte er. Beim Aufstehen musste ich mich an der Wand festhalten.

Wenn wir miteinander geschlafen hatten, sassen wir hinterher noch eine Weile zusammen, rauchten eine Zigarette und unterhielten uns. Wir sprachen nie über uns selbst, immer nur über Dinge, die ausserhalb unserer Reichweite lagen, über irgendwelche Vorkommnisse in den Strassen von Beirut oder draussen in den Bergen, oder er erzählte Geschichten aus seinem Leben. So erfuhr ich, dass eine Artistin sich seinetwegen einmal beinahe das Leben genommen hätte, als er sechzehn war. Er habe damals ein Zimmer in einem Dorf in den Bergen gemietet, weil sie in Schwierigkeiten war mit der Polizei und ihrem Arbeitgeber. Damals sei er jeden Tag den weiten Weg nach Beirut zur Arbeit gefahren. Später hatte er sich in die Tochter eines ausländischen Botschafters verliebt und seine Schulbücher verkauft, damit er sie ins Kino einladen konnte, doch dann hatte sie ihn beim Wagenwaschen in einer Werkstatt gesehen. Einmal erzählte er auch, wie er bei einem Kamelritt „defloriert" worden sei. Ich hörte mir gern seine Geschichten aus der Vergangenheit an. Über die Gegenwart sprach er nie. Ich erstickte fast an meinem Verlangen, darüber die Wahrheit zu erfahren.

Ich hätte ihn so gern gefragt, ob er wirklich Sami hiess, warum er Heckenschütze war und was er mir gegenüber empfand. Sein Verhalten zeigte keine Spur von Geringschätzung oder Verachtung, er schien mich recht gern zu haben. Er sah richtig glücklich aus, wenn ich ihm auf den letzten Treppenstufen entgegenkam. Doch im Moment war ich unfähig, einen klaren Gedanken zu fassen. Ich konnte nur noch „heimgehen und schlafen" denken.

„Gib acht auf dich", sagte er.

Langsam stieg ich die Treppe hinunter. Als ich nach Hause kam und die Wohnungstür offenstehen sah, rief ich Achmads Namen, aber zu meiner Überraschung kam mir meine Mutter entgegen. Sie war so dick geworden, dass ich sie nicht gleich erkannte. In dem von der Sonne des Südens gebräunten Gesicht wirkten ihre Augen noch blauer als sonst.

„Na hör mal, Sahra", empfing sie mich tadelnd, „keine Nachricht, keinen Gruss, keine Zeile haben wir von dir bekommen. Man kann doch wohl noch Briefe schreiben, selbst wenn man die Zunge verloren hat. Wenn du meinst, du könntest uns für dumm verkaufen, deinen Vater und mich, also, was ist passiert?"

Wo ist mein Bett? Ich will schlafen. Warum musste sie ausgerechnet heute kommen? Ich bin so müde.

„Und wie die Wohnung aussieht, Sahra. Was hast du überhaupt gegessen?"

Ich muss ins Bett. Ich bin total kaputt. Warum ist sie bloss gekommen?

„Ich fühle mich nicht wohl, Mama. Wahrscheinlich eine Erkältung. Ich will mich ein bisschen hinlegen", sagte ich und ging in mein Zimmer.

„Wo warst du überhaupt?" rief sie hinter mir her. „Die ganze Strasse habe ich nach dir abgesucht. Wenn du wüsstest, wie ich hergekommen bin. Doktor Niamatallah hat mich bis zum Hippodrom mitgenommen, von da bin ich zu Fuss weiter. Bis hierher bin ich gelaufen. Mein Herz hat geklopft, als ob es Holzschuhe anhätte, so habe ich mich beeilt."

Ich liess mich auf mein Bett fallen und hatte das Gefühl, geschaukelt zu werden, so dass mir ganz schwindelig wurde.

„Wem gehört das Zeug unter meinem Bett?" fragte Mama. „Ich will das Schlafzimmer ausfegen, da finde ich lauter fremde Sachen."

„Sie gehören Achmad", murmelte ich schon im Halbschlaf.

Warum bin ich so müde und schlapp? Vielleicht habe ich Krebs, so wie Sumaja, meine ehemalige Schulfreundin. Bis zum Schluss hat sie nicht gewusst, dass sie Krebs hatte. Kurz bevor sie starb, stand sie noch in der Küche, hackte Pfefferminze und Petersilie und schnitt mit tränenden Augen Zwiebeln wie irgendeine gesunde Frau. Ich weiss noch, wie sie an dem Morgen sagte, ich hätte ein schönes Kleid an. Ihr Leib war aufgedunsen. Auf meinen fragenden Blick erwiderte sie lachend: „Nein, keine Sorge, ich bin nicht schon wieder schwanger. Ein Junge und zwei Mädchen sind genug. Den dicken Bauch habe ich nur, weil ich so lange im Bett gelegen habe. Wenn ich mich wieder bewege, geht das inscha Allah bald weg."

„Meine Mutter hat behauptet, du hättest Krebs", sagte ich besorgt. „Wir haben uns sogar deswegen gestritten."

„Unsinn", lachte Sumaja und hackte die Petersilie auf dem Holzbrett. „Ich bin gestern mit Papa im Krankenhaus gewesen, um die Untersuchungsergebnisse abzuholen. Als er rauskam, hat er mich geküsst und umarmt. Er hat geweint und immer wieder gesagt 'Alhamdulillah, alhamdulillah, Sumaja, was sollten dein Mann und deine Kleinen ohne dich anfangen!' Ich habe überhaupt nicht begriffen, was los war. Erst als er mir erklärte, der Arzt hätte mich auf Krebsverdacht untersucht, wurde mir alles klar. Aber alhamdillah, es ist alles in Ordnung."

Sumajas Zustand besserte sich zusehends, aber nur für kurze Zeit. Dann verfiel sie immer mehr. Ihr Gesicht war bläulich, die Lippen fast violett und die Arme wurden immer dünner. Dabei ass sie normal und traf Vorkehrungen für einen Umzug in einen Vorort von Beirut. Sie begleitete sogar ihren Mann bei Wohnungsbesichtigungen, sprach von einem Kaftan, den sie kaufen wollte, und empfahl mir ein neues Mittel gegen Akne. In den letzten Tagen wirkte sie nervös, wenn ich da war. Sie hatte ständig einen Taschenspiegel bei sich, in den sie immer wieder einen Blick warf. Sie redete kaum. Aber wenn ich gehen wollte, drängte sie mich, zu bleiben und sie häufiger zu besuchen. Sie fing an, Erinnerungen an unsere Schulzeit wachzurufen, und bat mich, die lustigen Begebenheiten zu erzählen, die wir gemeinsam erlebt hatten. Einmal war ich drauf und dran, ihr zu sagen, dass sie in ein paar Tagen sterben würde, dass sie aufhören sollte, solche Fragen zu stellen, über schöne Kleider zu reden. „Hör auf, in den Spiegel zu sehen, Sumaja!" wollte ich ihr zurufen. „Hör auf, übers Essen nachzudenken. Überlege lieber, wie du dem Tod entrinnen kannst!" Aber dann dachte ich wieder, es sei vielleicht besser so, dass sie dem Tod entgegenging, ohne es zu wissen.

Ich gab meine Besuche auf, obwohl sie täglich nach mir fragte. Wenig später kam Sumajas Mutter weinend zu uns heraus und schrie meine Mutter an: „Wo ist Sahra? Sumaja liegt im Sterben und ruft nach ihr. Sie will niemanden sonst sehen, und Sahra läuft weg, als würde sie sich vor ihr ekeln."

Meine Mutter kam in mein Zimmer, fing ebenfalls an zu weinen, raufte sich die Haare und schrie mich an: „Hast du denn überhaupt kein Herz? Aber dann hast du doch wenigstens noch Verstand. Du bist doch nicht völlig verblödet. Geh und besuch das arme Mädchen!"

Ich blieb stumm und reglos wie eine Sphinx. Es war Sonntag. Ich lag auf dem Bett und starrte auf die Stelle an der Wand, wo der Putz abblätterte, und dachte daran, meinem Leben ein Ende zu machen. Ich war schwanger von Malek. Am nächsten Tag sollte ich zu diesem Arzt gehen, aber ich hatte nicht die Kraft, mich auf den Tisch zu legen und hinterher die blutgetränkten Lappen zu sehen. Plötzlich wurde die Tür wie von Naturgewalten aufgerissen, meine Mutter stand mitten im Zimmer, schlug sich ins Gesicht und brüllte: „Steh auf, steh auf, Mädchen. Mach, dass du rauskommst und verabschiede dich von Sumaja!" Als ich mich nicht vom Bett rührte, packte sie mich am Hals, schüttelte mich und schrie: „Du verdammtes Biest. Mach mich nicht wahnsinnig mit deinem ewigen Im-Bett-Liegen! Sumaja liegt im Sterben, und du schläfst. Mach, dass du rauskommst!"

So wütend hatte ich meine Mutter noch nie gesehen. Unwillkürlich sprang ich auf, schlüpfte in Rock und Pullover und lief hinter ihr her aus dem Zimmer. Ich versuchte zu weinen, aber die Tränen wollten nicht kommen. Sie zog ihren schwarzen Mantel über, und wir stiegen schweigend die Treppe hinunter. Jeder Stein im Haus hallte von Schreien und Klagen wider. Alle Kinder sassen auf den Treppenstufen herum. Als wir die Wohnung von Sumajas Eltern betraten, musste ich mir die Nägel in die Handflächen bohren, um mir Mut zu machen. So viele Menschen, und dazu noch zu einem solchen Anlass. Jedes Wort war fehl am Platz. Jede Bewegung konnte stören. Ich setzte mich schnell auf den nächsten freien Stuhl. Sumajas Mutter und drei Tanten brachten Stühle herein, boten sie ein paar Frauen an, die noch standen, und verschwanden wieder in der gegenüberliegenden Wohnung. Die Klagen der Frauen machten aus dem Wohnraum ein Gruselkabinett. Ich brachte keine einzige Träne heraus. Plötzlich wurde ich von Sumajas Mutter entdeckt. Lächelnd kam sie auf mich zu und sagte: „Wie schön, dass du da bist, Sahra. Du willst sicher Sumaja zur Schule abholen. Sie ist gleich fertig, sie muss sich nur noch das Kopftuch umbinden. Sumaja, beeil dich, Sahra ist da." Sie wiederholte diese Worte immer wieder, weil sie es selbst gern geglaubt hätte. Es war mir so unangenehm, dass ich mich noch mehr verkrampfte. Zwei Frauen sprangen auf und nahmen Sumajas Mutter in ihre Mitte, die immer wieder rief: „Sumaja, steh auf. Sahra wartet auf dich. Es ist Zeit für die Schule." Sie riss sich los, packte mich an der Hand und zog mich an Sumajas Bett. Entsetzt sah ich sie an. Sie war noch nicht tot. Ich hörte einen leisen Ton, der von ihr kommen musste. Ihr bläuliches Gesicht war schmal und klein geworden. Ihr Haar war unter einem weissen Tuch versteckt. Sie hielt die Augen geschlossen. Nur dieser Ton deutete darauf hin, dass sie noch lebte. Hin und wieder hob eine Frau ihr den Kopf und hielt ihr ein Glas Wasser an die Lippen. Ich stand zitternd dabei und war ganz überrascht, dass sie den Mund öffnete und trank. Mein Blick fiel auf ihr grünes Kleid am Fussende des Bettes, das aussah, als würde sie jeden Moment danach greifen und es anziehen. Unter dem Bett sah ich die ausgetretenen Pantoffeln, die auf Sumajas Füsse warteten. Da brach ich in hysterisches Weinen aus.

Hatte ich jetzt auch Krebs? Mama war aus dem Süden gekommen. Hatten telepathische Kräfte sie angezogen, damit sie an meiner Seite sässe, mir den Kopf hielte und mir Wasser reichte? Achmads Kriegsbeute grinste unter dem Bett hervor, als wollte sie sagen, dass die Tochter dieses Hauses dafür mit dem Leben bezahlen müsse. Ich konnte mich nicht bewegen. Ich sah zum Fenster. Der Heckenschütze kam durchs offene Fenster zu mir herein. Er sollte es schliessen und sich zu mir ins Bett legen. Es war nur ein Traum. Mamas Stimme weckte mich. Ich richtete mich im Bett auf. Das Schwächegefühl war fort. Mir stieg der Geruch des Kreuzkümmels in die Nase, den Mama über die Kubbe streute. Heisshungrig ass ich den Teller leer, den sie mir reichte.

„Du hattest nichts im Magen", meinte sie. „Darum hast du dich so schlecht gefühlt."

Ich fühlte mich aber richtig krank. Ich wollte liegen bleiben und mich ausruhen, um so schnell wie möglich wieder gesund zu werden.

„Lass mich schlafen, Mama", bat ich. „Heute nachmittag will ich ein Mädchen besuchen. Ich habe sie vor einem Monat kennengelernt. Ich gehe jeden Tag raus, hab keine Angst, nachmittags wird nicht viel geschossen. Nein, es gibt keinen Heckenschützen. Mach dir keine Sorgen. Hör auf zu schreien, du kannst mich sowieso nicht davon abhalten."

Die Strasse war fast leer. Ich drückte mich an den Hauswänden entlang und verschob das Versprechen, das ich mir selbst gegeben hatte, von einem Tag auf den anderen. Unsere Beziehung wurde zwar immer vertrauter, aber sobald ich bei ihm war, brachte ich kein Wort heraus und liess mich nur von ihm auf den Boden legen.

Die Strasse war leer bis auf einen alten Mann mit einem Sack in der Hand und die Milizionäre an der Kreuzung. Staub hing in der Luft. Die Geschäfte waren geschlossen, und aus den Hauseingängen drangen verhalten ein paar Kinderstimmen. Die Stille, die selbst die Bäume erfasste und die zerschossenen Laternenpfähle und die Katze, die wie der alte Mann in den Abfällen wühlte, wirkte unnatürlich und doch normal. Ich konnte mich kaum erinnern, die Strasse jemals anders gesehen zu haben. Jeden Tag um die gleiche Zeit lief ich durch diese Strasse. Niemand hielt mich auf, niemand schrie hinter mir her. Auf dieser Seite war die Strasse sicher, aber hinter der Kreuzung war die Stille geradezu beängstigend. Das spürte sogar die Katze. Vielleicht liessen sie mich weitergehen, weil die Sonne noch mitten am Himmel stand. Wenn sie unterging, stieg die Angst auf. Vielleicht wussten sie auch, dass ich zum Herrscher dieser Strasse ging, und liessen mich darum wie die Königin von Saba zwischen Steinen und Angst passieren. Wenn ich das rote Haus betrat, wunderte ich mich jedesmal aufs neue, dass mir der Sprung durch den Feuerreifen wieder geglückt war. Die Treppe wollte diesmal überhaupt kein Ende nehmen. Ich zitterte vor Anstrengung. Die Augen wollten mir zufallen vor Erschöpfung. Hunger und Durst klingelten Sturm in meinem Magen, obwohl ich genug gegessen hatte. Noch zwei Schritte und ich würde sein lächelndes Gesicht über mir sehen.

Als er sich auf mich legte, spürte ich, wie mir die Übelkeit in die Kehle stieg. Ich streckte die Hand nach der Kleenex-Schachtel neben dem Laken aus, sprang auf, lief zur Treppe und erbrach. So elend war mir in meinem ganzen Leben selten gewesen. Ich fühlte mich dem Ende nahe. Er wollte mir ein weiteres Papiertuch reichen, aber ich winkte ab. Er sollte mich allein lassen, doch wo hätte er hingehen sollen? Da waren nur die Treppenstufen und die Wände. Ich nahm meine ganze Kraft zusammen und wusch mir am Wasserkrug Gesicht und Hände. Anschliessend versuchte ich, mein Erbrochenes mit einem Papiertuch aufzuwischen. „Ach, lass das doch", hörte ich ihn sagen. „Du bist krank. Wenn es nicht besser wird, musst du zum Arzt gehen und dir was für den Magen geben lassen."

Ich nickte. „Du wohnst doch hier?" fragte ich mit schwacher Stimme. Seinem Gesichtsausdruck war nicht anzumerken, ob ihn meine Frage in Verlegenheit brachte. Seine Stimme klang normal, als er rückfragte: „Ja, warum? Was gibt's?"

„Kannst du mir einen Lappen holen, damit ich das hier sauber mache?"

„Ach, das ist doch unwichtig", winkte er ab. „Mach dir deswegen keine Sorgen. Das mache ich nachher sauber."

Diesen Zwischenfall hätte ich zum Anlass nehmen können, um die Themen anzusprechen, die mir am Herzen lagen. Aber er tischte mir eine Lüge nach der anderen auf. Jetzt behauptete er, seine Familie wohne noch hier im Haus. Warum er mich nicht in seine Wohnung mitnahm, brauchte er mir nicht zu erklären. Dass eine Frau mit einem fremden Mann zu seiner Familie ging, war undenkbar. So etwas tat kein Mädchen in unserer Strasse. Darum mussten wir uns heimlich auf dieser Treppe treffen. Mit seinen Behauptungen erstickte er jede Frage im Keim. Er schlug mir alle Türen vor der Nase zu, als hätten die Stunden, die wir gemeinsam verbracht hatten, nicht das geringste bewirkt. Dass er sich in mich versenkt hatte, hatte ihn nicht eine Minute aufhalten und zum Nachdenken bewegen können. Er kam nicht auf die Idee, mir die verbarrikadierte Tür aufzuschliessen und offen mit mir zu reden. Zuhause träumte ich davon, dass er mich fragen würde, ob ich ihn heiraten wolle, sobald der Krieg vorbei sei. Doch vielleicht war es ihm lieber, unsere Beziehung so weiterzuführen. Oder er würde mir den Laufpass geben, sobald das Krachen der Granaten und das Pfeifen der Raketen aufhörte. Vielleicht musste ich mich dann wieder in meinem engen Kasten verkriechen. Oh nein, nur das nicht! Mein Vater war kein Ungeheuer mehr. Die Geheimnisse meines Körpers waren nicht mehr wichtig, weil ich eine Mauer nach der anderen darum baute. Ich musste mich nicht mehr in ein illusorisches Versteck flüchten.

Wenn Sami mich verlassen sollte – ich hatte ihn kein einziges Mal bei diesem Namen genannt –, würde es in meinem Leben und für meinen Körper keinen Mann mehr geben, auch wenn der Krieg viele Massstäbe verändert hatte. Ein Nachbarsmädchen, das früher wegen ihrer dunklen Haut, die sie von ihrem sudanesischen Vater hatte, nicht einmal den Kopf aus dem Fenster gestreckt hatte, sah ich nun fast täglich. Sie hatte die Haare gefärbt, die Augenbrauen nachgezogen, und ihre Stimme schallte durch das ganze Viertel. Die schöne Dalal dagegen, die sich früher zu jeder Gelegenheit künstliche Blumen ins Haar gesteckt und zu ihren leuchtenden bunten Kleidern immer den passenden Nagellack getragen hatte, liess sich jetzt kaum noch blicken. Auch mein Äusseres hatte sich verändert. Meine Pickel, von denen ich geglaubt hatte, dass sie mich bis ans Lebensende begleiten würden, dass sie einfach zu mir gehörten, waren verschwunden.

Ich lag auf dem Bett und betrachtete das Bild von der Perserin neben dem Schrank. Solange ich denken konnte, hatte dieses Bild dort gehangen. Wenn ich sie früher mit mir verglich, hatte ich sie als Menschen eines anderen Geschlechts empfunden. Sie sah aus wie eine Märchenprinzessin. Immer war sie mir traumhaft schön und unerreichbar vorgekommen. Jetzt lag ich auf dem Bett, sah sie an und fühlte, dass ich eine Frau war wie sie.

Selbst im Liegen war mir schwindelig. Ich konnte mir kaum die Zähne putzen, etwas essen oder trinken. Mama brachte mir einen Teller Suppe, damit ich überhaupt etwas zu mir nahm. Sie deckte mich zu, denn ich sollte schwitzen.

„So, jetzt geht es dir bestimmt bald besser", meinte sie. „Du siehst aus wie eine Beduinenfrau, die gerade eine Fehlgeburt hinter sich hat." Bei dieser Bemerkung entfuhr mir ein Lächeln, aber bei dem Gedanken an meine Abtreibungen und den alten Doktor würgte ich es hinunter. Vielleicht war er überhaupt kein Arzt gewesen. Warum hatte ich mir damals keine Verhütungsmittel besorgt? Meine Angst, beim Apotheker Antibabypillen zu verlangen, musste grösser gewesen sein als die Angst vor einer Abtreibung. Diese Angst des Menschen, die mich immer wieder in tragische Situationen gestürzt hatte, war durch den Krieg wie ausgelöscht. Jetzt konnte ich in die Apotheke gehen und, ohne mit der Wimper zu zucken, zehn Packungen von diesen Pillen verlangen. Es hatte mich allerdings einige Zeit gekostet, den Mut dafür aufzubringen. Um nicht erkannt zu werden, hatte ich eine Apotheke in einem anderen Viertel aufgesucht. Unter den Blicken des Apothekers war ich ein wenig ins Wanken geraten, doch dann hatte ich mit fester Stimme zehn Packungen Antibabypillen verlangt.

„Zehn Packungen?" hatte sich der Apotheker gewundert

und mich eine Weile zweifelnd angesehen. „Das ist eine ganze Menge. Sie wissen ja, es ist Krieg. Sie sollten auch an die anderen denken. Nun, wie wär's mit fünf?"

Ich hatte noch einmal meinen ganzen Mut gebraucht, um zu zahlen, und war mit einer Tüte voll Pillenschachteln im Arm heimgelaufen. Ich war erlöst. Ich würde selbst über mich bestimmen. Zuhause schluckte ich als erstes zwei Pillen, um mich vor einer möglichen Empfängnis während der vergangenen drei Tage zu schützen. Dann las ich die Gebrauchsanweisung auf dem Beipackzettel.

Eines Morgens erwachte ich in einer Blutlache. Ich nahm an, meine Monatsblutung sei wegen des Mittels stärker geworden. Die zweite Packung nahm ich genau nach Vorschrift, allabendlich eine Pille, und als sie leer war, schwamm ich wieder in einer Blutlache. Vier Wochen später blieb meine Monatsblutung aus. Auf der Packungsbeilage las ich, dass Zyklusstörungen auftreten könnten und dass das Mittel auch ohne Eintritt der Menstruation mit fünftägiger Pause weitergenommen werden müsse. Ich nahm die vierte Packung und wartete am Ende wieder vergeblich auf die Blutlache. Eine Woche wollte ich noch warten und mich anschliessend untersuchen lassen, wenn bis dahin immer noch kein Blut käme. Zu welchem Arzt könnte ich es wagen zu gehen?

Im Krankenhaus gab es viele Ärzte, und dort kannte mich niemand. Andrerseits herrschten in allen Krankenhäusern katastrophale Zustände. Tote und Verwundete lagen dort zu Hunderten in den Zimmern und Gängen, und ich musste unter Umständen lange auf einen Termin warten. Ob ein Blutstau in meinem Bauch die Übelkeit und Schwindelanfälle verursachte? Womöglich wurde mein Körper dadurch langsam vergiftet. Ich musste mich untersuchen lassen. Sollte ich es Sami sagen oder lieber das Untersuchungsergebnis abwarten? Mir blieb keine Wahl. Mein Zustand verschlimmerte sich. Ständig war mir übel. Mein Magen behielt nicht einmal einen Schluck Wasser. Je blasser ich wurde, desto mehr kam ich zu der Überzeugung, an einer schweren Krankheit zu leiden. Vielleicht war meine Leber nicht in Ordnung, denn meine Augen wurden gelb, und ich hatte häufig rasende Kopfschmerzen, die vom Schädel über die Stirn auf die Augen drückten. Dann sass ich reglos da und wagte nicht einmal, die Augäpfel zu bewegen, aus Angst vor dem Schmerz.

Als Achmad am Nachmittag kam und Mutter ihm die Tür öffnete, hörte ich, wie sie anfing zu jammern. Das Gejammer wurde lauter und kam auf mein Zimmer zu. Ich sah Achmad mit seiner Kalaschnikoff in der einen und einem Beutel in der anderen Hand.

„Da habe ich ein paar Kutteln, Mama", sagte er und reichte ihr den Beutel. „Am besten machst du sie gleich sauber." Dann wandte er sich zu mir und fragte besorgt: „Was ist los, Sahra? Bist du krank? Dein Magen hat bestimmt die Bakterien erwischt, die zur Zeit umgehen. Ich hol dir einen Arzt. Welchen du willst. Ich drück ihm die Braut in den Rücken und dann sollst du mal sehen, wie der angewackelt kommt." Dabei lachte er und legte Mama die Hand auf die Schulter. „Das hättest du sehen sollen. Vor zwei Tagen ist mein Freund Nadim verwundet worden. Wir haben ihn ins amerikanische Krankenhaus gebracht. Zuerst hat der Doktor gesagt, es würde eine ziemlich riskante Operation. Da haben wir ihm unsere Bräute gezeigt und geantwortet: 'Wenn dieser Junge draufgeht, fliegst du in tausend Stücken hinterher!' Das hat gewirkt. Ohne die Drohung wäre Nadim heute tot."

Ich wollte nichts von Achmads Geschwätz hören. Seine Stimme quälte mich. Sein höhnisches Lachen quälte mich. Seine Witze quälten mich. Alles an ihm fing an, mich zu quälen. Die Kopfschmerzen wurden stärker, und ich schloss die Augen. Ich rief meine Mutter, aber es kam keine Antwort. Ich warf einen Blick auf die Uhr. Der Zeiger stand schon auf vier, Sami wartete auf mich. Verbissen kämpfte ich mich in die Kleider.

Das Anziehen hatte mich so viel Kraft gekostet, dass ich kaum wusste, wie ich die vielen Treppen hinaufkommen sollte. Zum ersten Mal hielt ich meinen Rock fest, als er ihn hochschieben wollte. Er merkte, dass etwas mit mir nicht in Ordnung war, sprang auf und sagte enttäuscht: „Was ist los? Bist du immer noch krank? Warum bist du dann gekommen? Du hättest zu Hause bleiben und dich ausruhen sollen." Dann fügte er etwas besorgt hinzu: „Mir ist aufgefallen, dass dein Bauch dicker wird. Du bist doch hoffentlich nicht schwanger?" Das sagte er in ganz normalem Ton ohne eine Spur von Verärgerung. Insgeheim freute ich mich, dass er diesen Gedanken ohne Angst oder Gereiztheit aussprechen konnte.

„Ich habe Angst, es ist Krebs", entfuhr es mir unwillkürlich. „Eine Freundin von mir ist an Krebs gestorben. Ihr Bauch ist auch immer dicker geworden."

Ich wollte aufstehen und wieder gesund sein. Sollte es mit unserer schönen Zeit so schnell vorbei sein? Warum musste ich mitten in diesem tödlichen Chaos auch noch krank werden? Warum liess diese Krankheit mich nicht aus ihren

Klauen entwischen? Warum packte sie ausgerechnet mich? Es war nicht die passende Zeit zum Kranksein. Jetzt war es Zeit zum Schiessen. Wollte die Krankheit den Kämpfern durch mich signalisieren, dass es auch noch Menschen gab, die eines natürlichen Todes starben, dass es Gräber gab mit Leichnamen, die Gott zu sich gerufen hatte, dass es Leichen gab, die frei waren von Einschusslöchern und Messerstichen?

Meine Mutter ist in Tränen ausgebrochen, als ich ihr von Schuschus Tod erzählt habe. Aber als sie erfuhr, dass er einem Herzinfarkt erlegen war, hat sie erleichtert geseufzt: „Alhamdulillah!" Sie war über diese Nachricht so glücklich, als wäre Schuschu wieder zum Leben erweckt worden.

Krankheit war heutzutage geradezu ein Vergehen. Eine Krankenschwester, die einem Patienten beim Aufstehen helfen musste, schien ihm am liebsten die Schulter unter der Achsel wegziehen und ihm ins Gesicht schreien zu wollen: „Dafür ist jetzt keine Zeit!"

Zögernd betrat ich die weisse Eingangshalle des Makasid-Krankenhauses. Als ich den wie einen Bienenschwarm wimmelnden Menschenhaufen auf den Treppenstufen sah, machte ich auf dem Absatz kehrt. Ich ging in den nächsten Laden und bat den Besitzer um ein Telefonbuch. Ich schlug die Ärzteseiten auf und fuhr mit dem Finger die Spalten entlang, bis ich auf die Rubrik „Frauenkrankheiten und Geburtshilfe" stiess. Die nächstgelegene Frauenarztpraxis war am Masraa-Platz. Ich hatte Glück. Als ich anrief, war der Arzt selbst am Apparat und gab mir sofort einen Termin. Es fing an zu regnen. Ich hielt ein Taxi an und nannte dem Fahrer die Adresse.

„Fünf Lira", lautete seine Antwort.

„Wie bitte?" fragte ich erstaunt. „Fünf Lira?"

„Ja, wo leben Sie denn, junge Frau?" fragte er seinerseits erstaunt. „Ein Kanister Benzin kostet mittlerweile hundert Lira, und wenn du Glück hast, ist es nicht gepanscht. Dazu kommt das Berufsrisiko."

Ich sah aus dem Fenster und hielt Ausschau nach dem Risiko. Da war nichts, was auf Krieg hinwies. Der Regen trommelte gegen die Scheiben, Passanten rannten geduckt die Gehsteige entlang, die Geschäfte waren offen, an einer Ladentür flatterten ein paar Nachthemden. Unter einer Rauchwolke drehte sich ein Schawirma-Spiess, und der Verkäufer warf eine Kelle voll Falafel in das spritzende Fett. Um ihn herum bildeten durchnässte Kunden mit farbigen Plastiktüten über den Köpfen eine bunte Traube. Die friedliche Szene wurde nur getrübt durch das entfernte Grollen explodierender Geschosse.

Zweifelnd stand ich vor dem Praxisschild des Frauenarztes. Das Gebäude dahinter kam mir eigenartig vor. Um zum Haus zu gelangen, musste man einen verwilderten Vorgarten durchqueren. Ich stieg die Treppen hoch. Nach ein paar Etagen erreichte ich eine Vorhalle mit einer Tür. Da ich nicht mehr wusste, in welchem Stockwerk ich war, klopfte ich zaghaft an die Tür.

„Wer ist da?" rief ein alter Mann von innen.

„Zu Doktor Abderrasak", rief ich zurück.

„Oben", antwortete die Stimme des Alten.

Keuchend stieg ich weiter die Treppe hoch, bis ich zu einer zweiten Vorhalle kam. Ich klopfte an die Tür, und ein kleines Mädchen machte mir auf. Als ich nach Doktor Abderrasak fragte, rief sie: „Papa, da ist eine Frau an der Tür." Der Arzt kam, streckte mir zur Begrüssung die Hand entgegen und bedeutete mir, ihm zu folgen. Was ich sah, war so merkwürdig, dass ich ernsthaft daran zweifelte, bei einem Arzt zu sein. Im Wartezimmer sassen ein paar fünf- bis zehnjährige Jungen in weissen Hemden, alle in Begleitung ihrer Mütter. Einige sprangen auf den Stühlen herum, andere weinten. Doktor Abderrasak führte mich durch das Zimmer in seinen Behandlungsraum. Dort lag ein etwa fünfzehnjähriger Junge wimmernd auf einem Operationstisch. Neben ihm stand eine Frau, vermutlich seine Mutter. Sie wischte ihm die Stirn ab und sagte: „Ist ja gut, mein Liebling. Ist schon vorbei."

„So, jetzt reiss dich zusammen", unterbrach sie der Arzt. „Und wie gesagt, nicht baden, nicht bewegen, keine Unterwäsche. Haben Sie ein Nachthemd dabei oder kaufen Sie das, das er anhat?"

Die Frau fragte nach dem Preis.

„Na, geben Sie mir, was Sie haben, drei oder vier Lira", erwiderte der Arzt gereizt und streckte die Hand aus. Sie griff in ihren Ausschnitt und holte ein weisses zusammengeknotetes Tuch heraus. Während sie umständlich die Knoten löste, winkte er ungeduldig mit den Fingern zum Zeichen, dass sie sich beeilen sollte. Sie gab ihm zwei Lira, und er steckte das Geld kommentarlos ein. Er ging an den Tisch, schob dem Jungen eine Hand unter die Achsel und sagte: „Na komm, mein Junge, na komm, du bist doch ein Mann." Die Mutter nahm den anderen Arm, aber der Junge stiess jedesmal einen Schrei aus, wenn sie versuchten, ihn zu bewegen.

„Hören Sie mal", sagte der Arzt leicht verärgert zu der Frau. „Ich ruf jetzt den Portier, der trägt Ihnen den Jungen runter, und Sie geben ihm ein paar Piaster dafür." Ohne die Antwort der Frau abzuwarten, riss er das Fenster auf, streckte den Kopf hinaus und rief: „He Kais, he Portier, komm rauf, ich brauch dich einen Moment."

Ich stand dabei und wunderte mich. Diese Jungen waren offenbar hier, um beschnitten zu werden. War dieser Mann auch Frauenarzt oder hatte ich mich im Telefonbuch in der Spalte geirrt? Aber warum empfing er mich dann und führte mich in dieses Behandlungszimmer? Der Portier kam herein und hinter ihm eine dicke Frau.

„Hör mal Doktor", keifte sie. „Kutteln in solchen Zeiten! Dass ihr Männer eure Nase immer in die Küche stecken müsst. Wenn du unbedingt Kutteln willst, kannst du sie selbst sauber machen!" Damit rauschte sie wieder hinaus.

Der Arzt schüttelte nur unwillig den Kopf und sagte: „Los jetzt, Kais, trag den Jungen runter, die Frau gibt dir ein paar Piaster dafür."

Der Portier trat an den Behandlungstisch, nahm den Jungen wie ein kleines Kind auf die Arme und trug ihn hinaus.

„Sollen wir in einer Woche wiederkommen?" fragte die Mutter noch, bevor sie ihm folgte.

„Ja", nickte der Arzt, ohne sie anzusehen, und nahm ein frisches Tuch aus einer Schublade.

„Und wie gesagt, nicht baden, nicht spielen, keine Unterwäsche. Und was ist Ihr Problem?" wandte er sich an mich und legte dabei das Tuch auf den Untersuchungstisch. Ohne jedoch meine Antwort abzuwarten – vielleicht dauerte es ihm zu lange, bis ich den Mund aufmachte –, liess er mich stehen, streckte den Kopf aus der Tür und rief: „Wartet auf mich, keiner geht weg. Ich untersuche nur schnell diese Frau hier. Fünf Minuten." Damit schloss er die Tür wieder, drehte mir seine riesige Nase zu, auf der eine Brille klemmte, und wiederholte gereizt: „So, was haben wir denn für ein Problem?" Ich zählte die Symptome auf, die mich beunruhigten. Er stellte keine weiteren Fragen und zeigte auch sonst in keiner Weise, ob er mir überhaupt zugehört hatte, sondern wies nur auf den Untersuchungstisch und sagte: „Machen Sie sich unten frei und decken Sie sich mit diesem Tuch zu."

Dann streckte er die Hand aus und zog einen Vorhang zu, der die Nische mit dem Untersuchungstisch vom übrigen Raum abtrennte. Ich wusste nicht, wohin mit meiner Unterwäsche, und stopfte sie in den gelben Nylonbeutel, mein Erkennungszeichen für Sami. Dieser Beutel, so bildete ich mir ein, bewahrte mich vor seinen tödlichen Kugeln. Ich legte mich auf den Untersuchungstisch und liess die Augen über die Decke wandern. Der Arzt schob den Vorhang beiseite, trat neben mich und steckte eine Hand unter das Tuch. Unwillkürlich presste ich die Beine zusammen, und mein ganzer Unterleib verkrampfte sich.

„Nun zieren Sie sich mal nicht so", sagte er. „Wenn Sie Ihren Mann ranlassen, werden Sie doch wohl nicht vor meinem Finger Angst haben."

Ich versuchte, mich zu beruhigen und zu entspannen, aber es gelang mir nicht. Schliesslich verlor er die Geduld und rief: „Was soll das, Mädchen? Kommst du her, um Spielchen zu treiben? Ich hab's eilig. Da sitzen noch zehn Jungen draussen, die beschnitten werden wollen, bevor es dunkel wird."

Ich versuchte es noch einmal, aber je mehr Mühe ich mir gab, desto verkrampfter wurde ich. Da riss er sich die Brille von der Nase, warf sie auf den Tisch und rief: „Na dann, leben Sie wohl, Madame. Wenn Sie sich bitte wieder anziehen wollen ..."

„Verzeihung, Herr Doktor", bettelte ich. „Versuchen Sie es nur noch einmal, bitte." Seufzend wandte er sich mir wieder zu und drohte mir mit der Brille. Zu meiner eigenen Überraschung wehrte sich mein Körper nicht mehr gegen seine Hand unter dem Tuch. Mit der anderen Hand tastete er mir gleichzeitig den Bauch ab. Dann zog er die Hände fort und sagte: „Meinen Glückwunsch, Madame, fünfter Monat." Er hob das Tuch hoch und fügte hinzu: „Das hätten Sie eigentlich selbst wissen müssen, am Bauch sieht man es schon, und die Brust ist sicher auch voller geworden. Zehn Lira für die Untersuchung."

„Aber das ist unmöglich, dass ich schwanger bin", rief ich. „Vor zwei Monaten hatte ich noch meine Monatsblutung."

Er sah mich an, als wollte er mich zerreissen. „Passen Sie mal auf. Ich bin seit fünfunddreissig Jahren Geburtshelfer. Ich weiss sofort, wenn eine Frau schwanger ist, und wenn ich sie im ersten Monat untersuche. Und Sie wollen mir Märchen erzählen? Also bitte, machen Sie jetzt keine Schwierigkeiten, ich habe noch zehn Jungen draussen."

Ich konnte es nicht fassen. „Aber die Menstruation ..."

„Meine Dame", unterbrach er mich und erklärte mir, diesmal ruhig, „das war keine Monatsblutung, sondern muss eine Gefässblutung gewesen sein. So etwas kommt schon mal vor."

„Aber ich habe doch die Pille genommen", rief ich weinend. „Kann man denn trotzdem schwanger werden, auch wenn man die Pille nimmt?"

„Mann wird nicht schwanger, sondern nur Frau", belehrte er mich nun beinahe freundlich. „Vermutlich waren Sie schon schwanger, bevor Sie mit der Einnahme begonnen haben. Die Empfängnis kann eine Woche oder auch nur zwei Tage vorher stattgefunden haben. Auf jeden Fall sind Sie jetzt schwanger. Doch nun Schluss mit dem Geschwätz. Zehn Lira kostet die Untersuchung, und kommen Sie wieder, wenn Sie im achten sind. Ich schreibe Ihnen ein paar Vitamine auf." Er streckte die Hand nach seinem Rezeptblock aus.

„Herr Doktor!" schrie ich völlig ausser mir. „Ich will dieses Kind nicht, ich bitte Sie, ich will eine Abtreibung, jetzt sofort!"

Meine Reaktion schien ihn nicht besonders zu überraschen. Er schrieb das Rezept zu Ende, faltete das Blatt zusammen und reichte es mir.

„Ich flehe Sie an", bat ich, ohne das Rezept anzunehmen. „Unterbrechen Sie die Schwangerschaft, jetzt sofort!"

„Die Frauen wollen nie wahrhaben, dass sie schwanger werden können", meinte er gelassen, während er mir immer noch das Blatt entgegenhielt. „Und wenn es dann soweit ist, zieren sie sich und sagen, sie wollen es nicht."

„Ich flehe Sie an ..."

„Gute Frau", unterbrach er mich und erhob sich. „Sie sind doch keine Analphabetin. Im fünften Monat kann ich keinen Abbruch mehr vornehmen. Wäre es der erste, zweite oder dritte, kein Problem. Wir würden die Tür hier abschliessen, und nach fünf Minuten wäre alles vorbei. Aber dafür ist es jetzt zu spät. Sie haben ein Kind im Bauch."

„Na schön", sagte ich nervös. „Dann geben Sie mir etwas, das das Kind abtötet."

„Sind Sie wirklich so naiv?" lachte er. „Jedes Gift würde zuerst Sie selbst umbringen, bevor es das Kind erreicht."

„Aber mein Mann will sich scheiden lassen!"

„Machen Sie sich deswegen keine Sorgen, das Gesetz ist auf Ihrer Seite. Er muss Unterhalt zahlen, weil die Schwangerschaft vor der Scheidung begonnen hat. Seien Sie froh, dass Sie es jetzt wissen, bevor Sie sich scheiden lassen."

In meinem Kopf fing es an zu hämmern, in meinem Herzen fing es an zu hämmern, meine Nägel bohrten sich in meine Schenkel.

„Mein Mann ist gefallen", rief ich schluchzend. „Er war Milizionär. Wollen Sie mir meine ganze Zukunft verderben? Ich bin doch noch jung. Ich flehe Sie an, Herr Doktor. Ich zahle Ihnen fünfhundert Lira, achthundert Lira!" Mein Hirn hämmerte, mein Herz hämmerte, meine Nägel bohrten sich in meine Schenkel.

Er trat hinter seinem Schreibtisch vor, kam zu mir, nahm mein Kinn und drehte mein Gesicht zu sich. Dann sprach er ruhig, fast flüsternd: „Hör zu, Mädchen. Hör mir jetzt einmal gut zu. Du bist im fünften Monat schwanger. Für einen Abbruch ist das zu spät. Kein Arzt der Welt würde in diesem Stadium eingreifen. Nicht einmal der Prophet Mohammed oder der Messias oder der Allmächtige persönlich im Doktorkittel könnten deine Schwangerschaft beenden. Das wäre viel zu gefährlich für dich. Und wenn du mir tausend Lira anbietest oder hunderttausend. Ich werde dich nicht anrühren. Hast du verstanden? Ich wünsche dir alles Gute. Gott sei mit dir." Damit wandte er sich um.

Meine Augen starrten auf die Tür. Ich hielt es für unmöglich, durch diese Tür hindurchzugehen, ohne eine Lösung gefunden zu haben. Schliesslich wurde mir klar, dass es keinen Ausweg gab ausser Selbstmord. Das war das einzige, was mich hinter dieser Tür noch erwartete. Ich nahm mein Portemonnaie und reichte ihm einen Fünfzigliraschein. Durch die Brille auf der langen Nase betrachtete er den Schein, drehte ihn um und rieb ihn zwischen den Fingern. Dann zählte er schwer atmend das Wechselgeld wie ein alter Krämer. Ich sagte laut zu mir selbst, zur ganzen Welt, zu meiner Mutter, zu meinem Heckenschützen, zu dem Arzt vor mir: „Ich bringe mich um." Er hob den Blick von den Geldscheinen, kniff ein Auge zu, kräuselte die Lippen und erwiderte kopfschüttelnd: „Na na, was sind denn das für Sprüche."

Seine Antwort löste meine Verkrampfung ein wenig. „Herr Doktor", stammelte ich. „Ich habe Angst, dass es Krebs ist. Ich bin sicher nicht schwanger. Das kann überhaupt nicht sein."

„Sollte der Himmel uns etwa eine zweite Jungfrau Maria beschert haben?" fragte er und hielt mir die abgezählten Geldscheine hin: „Wenn Sie wollen, können Sie sich röntgen lassen. Ich kann Ihnen eine Überweisung fürs Krankenhaus schreiben. Hier bitte. Aber es wäre hinausgeworfenes Geld. Sie sind hundertfünfzigprozentig schwanger."

Bevor ich noch einmal die Fassung verlieren oder noch etwas sagen konnte, ging die Tür auf und seine dicke Frau erschien. Ihr rundes weisses Gesicht, umrahmt von dem gefärbten schwarzen Haar, beruhigte mich ein wenig. Sie musterte mich, stemmte die Faust in die Hüfte und sagte: „Na, diese Untersuchung scheint ja überhaupt kein Ende zu nehmen. Die Jungen stellen mir draussen alles auf den Kopf. Was soll ich machen? Soll ich ihnen sagen, der Doktor ist noch am Untersuchen, oder was?"

„Sie müssen jetzt wirklich gehen", sagte der Arzt und streckte mir die Hand hin. „Gott sei mit Ihnen."

Seine Frau sah mich an, als wollte sie mich hinausprügeln. Während ich die Treppe hinunterging, stieg die Angst in mir hoch und lähmte mein ganzes Denken. Der Regen hatte aufgehört und einen Regenbogen zurückgelassen. Ein Regenbogen über dieser Stadt, trotz allem. In meiner Angst hörte ich weder das Krachen der Geschütze, noch sah ich, dass nur noch Milizionäre in den Strassen waren. „Bleib, wo du bist, Frau!" schrie mir einer zu. „Was machst du hier? Warum bist du noch auf der Strasse?"

„Ich habe meine Mutter im Krankenhaus besucht", sagte ich und ging weiter.

„Mach, dass du nach Hause kommst, aber schnell", rief er mir nach. Mich kümmerten seine Ratschläge nicht. Ich sollte mich beeilen, mich schützen, mich in Sicherheit bringen, wo ich meinem Leben ein Ende machen wollte? Warum war meine Mutter aus dem Süden gekommen? Wäre es ohne sie nicht einfacher, eine Schachtel Aspirin zu schlucken und mich ins Bett zu legen?

„Aspirin, dein Freund und Helfer", murmelte ich vor mich hin. „Aspirin lindert den Schmerz und gibt neue Frische. Frisch und gepflegt mit Palmolive." Nein, das Ende dieses Werbespots aus Radio Nahost lautete anders, aber ich hatte es vergessen.

Morgen würde Sami vergeblich auf den gelben Beutel und den Klang meiner Schritte auf der Treppe warten. Die Kleenex-Schachtel würde voll bleiben und das Leintuch auf dem Boden unberührt. Gleichzeitig würde in unserem Haus ein Schrei aus der Seele meiner Mutter aufsteigen. Hysterie und Entsetzen würden sich über ihr Gesicht legen, und ihre Hände würden wild in der Luft herumfuchteln. Würden ihr die Bilder der Vergangenheit durch den Kopf gehen? Würde mein Tod ihre Erinnerungen auslöschen, weil mein Leben mit ihrer Jugend verbunden war, weil ich zu ihr gehörte wie das Herz zur Artischocke? Und Achmad, würde er weinen? Wenn er Kriegsbeute bei sich hätte, würde er sie ungeachtet der Scherben von sich werfen und die Hände vors Gesicht schlagen? Oder fielen Männertränen nicht so leicht? Würde er erst seine Beute verstecken? Vielleicht würde es nichts und niemandem auf der Welt etwas bedeuten, wenn Sahra auf dem Totenbett aufgebahrt läge. Würden nur Frauen kommen? Würden Frauen und Männer in getrennten Räumen um mich trauern, oder gestattete der Krieg einen gemeinsamen Raum für Trauergäste?

Ach, Sahra, du warst noch so jung. Sumaja, du warst noch so jung. Warum hast du das getan, mein Mädchen? Sahra, steh auf, Sumaja wartet auf dich, es ist Zeit für die Schule. Aber Sumaja lag längst unter der Erde, und Mama würde so etwas nicht sagen. Vielleicht würde sie zu Sumajas Mutter sagen: „Jetzt ist meine Sahra deiner Sumaja gefolgt. Vielleicht gehen sie jetzt dort gemeinsam zur Schule."

Burdsch Abu Chaidar, unsere Mädchenschule: Sahra, warum ist dein Kragen nicht gestärkt? Wer hat dir diese Zeder auf den Kragen gestickt? Also, dass es Leute gibt, die keine Zedern sticken können ... Wer hat dieses Grün für die Zeder ausgesucht? Das ist doch viel zu hell. Zeig deinen Kopf her. Sind das Schuppen, oder hast du etwa Läuse? Komm etwas näher. Gütiger Himmel, Läuse! Ihr seid wohl wieder auf dem Land gewesen? Los, zeig deine Finger. Warum ist dieser Nagel so lang? Abgebrochen, das sehe ich, und warum? Weil er zu lang war. Hat der Arzt dir vielleicht gesagt, Nägelschneiden würde deiner Gesundheit schaden? Dreh deine Hände um. Was ist das für eine gelbe Farbe ... Henna! Henna auf den Händen. Sag deiner Mutter, sie soll dir das Henna abwaschen, wir sind hier in der Schule, nicht auf dem Marktplatz. Also, schrubb dir die Hände. Was sagst du? Das Henna geht nur von allein weg? Das heisst, ich muss mir jetzt ein Jahr lang diese Hände ansehen? So ein Unsinn. Ach, was für eine Welt. Aber Sahra ist fleissig: die beste Schülerin der Klasse. Beste in Geschichte, Beste in Geographie, Beste im Aufsatz. Das heutige Aufsatzthema lautet: „Das Paradies liegt zu Füssen der Mütter." Was, ein leeres Blatt? Was ist mit dir los, Sahra, du hast Bauchschmerzen? Na schön, du kannst nach Hause gehen. Saida bringt dich heim. Saida, die Frau des Hausmeisters, nimmt mich an der Hand, um mit mir die Strasse zu überqueren. Sie flucht über den Verkehr und die Schulmädchen. „Alles Flittchen!" schimpft sie. Ich weiss nicht, was das ist, „Flittchen".

„Nadschwa, dieses Miststück, hat meinen Mann hinter Gitter gebracht, hat behauptet, er hätte mit ihr geschlafen. Die ist doch schon seit der Sintflut keine Jungfrau mehr."

Zum Glück bin ich nicht mehr in der Schule. Alhamdulillah herrscht zuhause und in der Stadt ein solches Chaos, dass es niemandem auffällt, dass mein Bauch dicker wird. Der Arzt, der die Todesursache feststellen muss, wird es vielleicht merken. Ich muss mich auf den Rücken legen, damit es so wenig wie möglich auffällt. Wenn aber nun meine Mutter alles versucht, um mich wieder zu beleben? Ihr wird es nicht entgehen, dass meine Brüste voller geworden sind, wie Doktor Abderrasak gesagt hat, und dass mein Bauch sich rundet. Sie wird mir die Kleider wieder anziehen und sich hüten, einen Arzt zu rufen, der ihr den Skandal auch noch offiziell bestätigt. Denn dann würde mein Vater sie selbst in seinem jetzigen Zustand noch zum Küchenfussboden schleifen, den Ledergürtel auf sie niedersausen lassen und brüllen: „Ein Entenküken lernt früh schwimmen, was?! Wie die Mutter, so die Tochter. Das hat sie alles von dir, du Hure! Du hast deine Ehre verspielt und die Ehre deiner Tochter dazu. Wer hat sie geschwängert? Los, sag es. Wärst du wenigstens allein gegangen, damals. Warum musste sie alles mitkriegen, das unschuldige, wehrlose Ding? Wer war er? Von wem hat sie das Kind? Du willst eine Hadsche sein? Eine Hure bist du!"

Wird er mich noch verprügeln, wenn ich auf dem Totenbett liege? Ich stelle ihn mir vor, wie er mit dem Kopf wakkelt und bedauert, mich nicht häufiger geschlagen zu haben, als er noch der Löwe des Dschungels war, der schimpfte, wo ein normaler Mensch sprach, der sich auf die Lauer legte, wenn er sich nur hinsetzte, der sein Gegenüber zerriss, wenn es eine Meinungsverschiedenheit gab. Jetzt kann er nur noch mit dem Kopf wackeln und vor sich hinmurmeln: „Sahra, die beste Schülerin der Klasse, das stille, brave Mädchen, von der Schule immer gleich nach Hause. Nie hat sie Schwierigkeiten gemacht, nie ist sie abends ausgegangen. Als sie zum ersten Mal ihre Regel bekam, hat sie sich zwei Stunden lang im Bad eingeschlossen. Ihre Mutter hat vor der Tür gestanden und gerufen: 'Sahra, mein Herz, hab keine Angst. Das ist ganz natürlich, hab keine Angst, mein Mädchen. Ich habe meine sogar noch früher bekommen. Mach die Tür auf, ich bleibe auch draussen, wenn du willst.' Sahra war zur Frau geworden. Ihre Mutter sogar noch früher. Ihre Mutter, diese verdammte Hure, sie und ihre dreckige Brut, der eine ein Dieb und die andere ein kleines Flittchen, und die Mutter dieser beiden Bastarde läuft züchtig im langen Mantel, in dicken Strümpfen und schwarzem Kopftuch herum."

Den ganzen Heimweg über zerbrach ich mir den Kopf darüber, was ich tun sollte. Ich hörte kein Krachen, kein Pfeifen, nur das Klappern meiner Schuhe auf dem Pflaster. Wenn ich Selbstmord beginge, wüsste alle Welt, dass ich schwanger war. Na und? Was machte mir das dann noch aus? Ich läge bereits auf dem Totenbett. Unter der Erde würde mich ihr Spucken nicht mehr erreichen, mich nicht und auch das Kind in meinem Bauch nicht. Wir hätten beide für immer unsere Ruhe, auch wenn über uns das Morden und Schreien weiterginge. Alles würde weitergehen, die Kampfpausen, das Gerede, das Essen.

Die Sonne würde weiterscheinen, Ehen würden geschlossen, Kinder geboren werden, und mit jedem Augenblick würde der Zeitpunkt näherrücken, an dem auch sie unter die Erde müssten. Ob dieser Zeitpunkt jetzt käme oder später, was machte das für einen Unterschied? Den Zeitpunkt selbst zu bestimmen, war vielleicht schwerer, weil die Vorbereitung darauf Angst kostete, weil die Angst sich wie ein heisses Bügeleisen auf die Brust setzte. Ich würde Rechenschaft ablegen über mein Leben, die Augen schliessen und wissen, was mich erwartete.

Als ich nach Hause kam, hörte ich bereits im Treppenhaus meine Mutter schreien. Fing sie schon mit der Totenklage an, bevor ich die Tabletten geschluckt hatte? Ahnte sie etwas von meinem Vorhaben? Versuchte sie, mich mit ihrer Hysterie davon abzubringen? Dann müsste ich ihr nur meinen Körper zeigen, und sie würde ihre Meinung sehr schnell ändern. „Gute Frau", würde ich zu ihr sagen, „Sie sind im fünften Monat schwanger. In diesem Stadium könnten selbst der Prophet Mohammed, der Messias oder der Allmächtige persönlich keinen Schwangerschaftsabbruch mehr verantworten. Das wäre viel zu riskant für Sie. Haben Sie verstanden, gute Frau? Gott steh Ihnen bei."

Wenn ich doch nur dieses Kind loswerden könnte, das mich schwindelig und müde machte. Und ich hatte es für ein Krebsgeschwür gehalten. Ich stellte mir ein Krebsgeschwür in Form eines Fötus in einem Suppenteller vor. Ich stellte mir vor, wie ich im Bett läge, Besucherinnen kämen herein, grüssten mich freundlich und sähen sich den kleinen Menschen im Wasser an. Wie hast du deine Frucht verloren? Bist du geschüttelt worden wie ein Baum?

Ich stellte mir die Reaktion meiner Mutter vor. Würde sie mich beissen? Bestimmt. Würde sie schreien? Ganz sicher. Würde sie mich totschlagen? Ja. Trotz alledem drängte es mich, ihr meine ganze Last aufzubürden, den Druck wenigstens für einen Augenblick loszuwerden. Ich wollte meine

Angst auf sie abwälzen, wenigstens dies eine Mal, so wie sie ihre Angst auf mich abgewälzt hatte, damals in dem dunklen Zimmer hinter der Tür. Sie sollte sich die Hosen und das Bett nass machen vor Angst. Ich wollte sehen, wie sie ihre Matratze zum Trocknen aufs Dach hinaufschleppte und zum Gespött des ganzen Viertels wurde. Ich wollte sie verunsichern, so wie sie mich verunsichert hatte auf unseren Ausflügen mit dem Mann im Auto, wenn sie sagte: „Hör mal, Sahra, wenn du jemanden siehst, den wir kennen, nimmst du den Kopf herunter und sagst es mir." Ich wollte sie in Konflikte stürzen, so wie sie mich in Konflikte gestürzt hatte, wenn sie mir einschärfte: „Hör zu, mein Herz, wir waren beim Doktor, hast du verstanden?"

Aber Doktor Schaukis Mauer mit den Maulbeerflecken ... vielleicht war sie gestrichen worden. Wir waren beim Doktor. Aber Doktor Schaukis Tisch und die Bilder an der Wand, das Kind mit der Milchpulverpackung und das blonde Baby an der Brust und das Bett ... und die Fliesen hatten ein ganz anderes Muster ... Wir waren beim Doktor, verstanden? Aber der Doktor sah ganz anders aus, und er machte das Zimmer nie so dunkel, man konnte den Maulbeerbaum durchs Fenster sehen. Beim Doktor hing nicht das Bild vom Mann in Uniform. Meine Mutter sollte nicht mehr ruhig schlafen können, so wie ich nicht hatte schlafen können aus Angst, das Bett zu nässen, und trotzdem war es mir immer wieder passiert, auch wenn ich wach war.

„Sahra, wo warst du denn?" schrie Mama völlig ausser sich. „Oh Gott, meine Tochter ist wahnsinnig!" stöhnte sie dann zu Altaf, einer Nachbarin, gewandt. „Hat ein anständiges Mädchen das Recht, seine Mutter so zu hintergehen? Ich bin nur schnell rüber zu dir wegen ein paar Kardamomschoten, da schleicht sie sich aus dem Haus, hinterlässt keine Nachricht, nichts, und bleibt drei geschlagene Stunden weg. Ist die Welt neuerdings ein Anarchistenhaufen? Wo bist du gewesen?!"

„Na, wo soll sie schon gewesen sein, Hadsche?" antwortete Altaf an meiner Stelle. „Bei den Kommunisten war sie, lässt sich an der Kalaschnikoff ausbilden. Du hast ja keine Ahnung, wie sich alles verändert hat, als du weg warst, Umm Achmad. Alle Mädchen sind zum Büro der Kommunisten gelaufen und haben sich registrieren lassen. Jede wird da eingeteilt, wo ihre Stärken liegen. Die Kräftigen lernen schiessen, die Schwächeren kochen für die Männer und die, die anderweitig besonders talentiert sind ... naja, du verstehst schon."

Mama drehte sich um und musterte mich wie um einzuschätzen, in welche von Altafs drei Kategorien ich passte. Es hatte wieder angefangen zu regnen, ich stand tropfnass mitten im Zimmer und unter meinen Schuhen bildete sich ein See. Ich gab wahrscheinlich eine ausgesprochen komische Figur ab, denn Mama prustete auf einmal los. Sie warf Altaf einen vieldeutigen Blick zu, worauf beide Frauen in schallendes Gelächter ausbrachen. Sobald eine sich beruhigte, stammelte die andere „zum Teufel nochmal", und sie mussten noch mehr lachen. Mama wischte sich mit dem Ärmel die Tränen aus den Augenwinkeln, und ich würgte an den Tränen, die mir innerlich aus den Augen liefen. In meinem Herzen stieg Rache auf. Die Nachbarin verspottete mich, und meine Mutter pflichtete ihr bei.

Mein Vorhaben, ihr die Last meines Bauches aufzubürden, rückte in weite Ferne. Vielleicht würde sie nur lachen und sagen: „Nicht möglich, dich hat bestimmt keiner angefasst." Als ich das erste Mal aus Afrika kam, hatte sie mir ständig mit der Frage in den Ohren gelegen, ob ich Madsched verlassen hätte, „wegen dem, was zwischen Mann und Frau passiert". Ich hatte nichts dazu sagen wollen, aber sie hatte mir keine Ruhe gelassen, bis ich einmal aus der Haut gefahren war und sie angeschrien hatte: „Er hat mit mir geschlafen, wenn es das ist, was du wissen willst! Aber das ist nicht der Grund." Und sie hatte zurückgeschrien: „Das kann ich mir nicht vorstellen! Du mit einem Mann, und wenn ich's mit eigenen Augen sehen würde, ich würd's nicht glauben."

Kurz darauf war sie auf andere Art wieder auf das Thema zu sprechen gekommen. Sie hatte mir Ratschläge erteilt in kokettem Verhalten, hatte mir empfohlen, ihm entgegenzulaufen, wenn er nach Hause käme, und ihn mit einem Kuss zu begrüssen. Ihrer Ansicht nach sollte ich jeden Abend ein Bad nehmen, immer ein frisches Nachthemd anziehen, mich von Kopf bis Fuss parfümieren, mir ab und zu eine Blume ins Haar stecken, nie barfuss laufen und meinen Mann niemals anschreien. Das Ergebnis war, dass ich Madsched nur noch mehr hasste und sie dazu. Jetzt machte sie sich über mich lustig, sie und Altaf, anstatt die Last meines Bauches zu tragen. Ich würde mich in meinem Zimmer einschliessen müssen und die Tabletten schlucken. Morgen früh wäre alles vorbei, mein Lebensbuch zugeschlagen.

Bei all meinen Überlegungen berücksichtigte ich Sami mit keinem Gedanken. Er und meine Gefühle für ihn spielten überhaupt keine Rolle mehr. Mein Verlangen nach seinem Gewicht, meine Lust, meine Schreie waren wie ausradiert.

Mein Problem blockierte alles Schöne, das mich zum Menschen gemacht hatte, die Sehnsucht, das Warten, den Rausch der Erregung, die Zärtlichkeit, das Geben und Nehmen. Er hatte keinen Platz in den Bildern, die mir im Zusammenhang mit meinem Tod durch den Kopf gingen, obwohl er doch der Verursacher des ganzen Problems war. Ich bezog ihn in meine Überlegungen nicht ein, weil ich seine Reaktion ohnehin zu wissen glaubte.

„Sahra", würde er sagen, „du musst es abtreiben lassen."

Ich sah Maleks Gesicht noch genau vor mir, das lang und fahl wurde, als wäre er selbst schwanger. Aber die Situation war jetzt anders. Malek war verheiratet gewesen. In dem Chaos, das in Beirut herrschte, könnte Sami auf die Idee kommen, dass er sein Kind von diesem Mädchen haben wollte. Wir könnten schnell heiraten, chaotisch, wie es den Zuständen ringsum entsprach. Dieser Gedanke machte sich in meinem Kopf breit, bis er mir überzeugend vorkam. Die Ausweglosigkeit meiner Schwangerschaft erschien mir mit einem Mal als überbrückbarer Engpass. In allen Bildern, die in meiner Vorstellung auftauchten, fand Sami seinen Platz, und plötzlich war alles einfach. Ich war glücklich, wenn ich daran dachte, wie er mit mir umging, wie er seine Augen auf mir ruhen liess, wie er sich leidenschaftlich auf mich stürzte und täglich sehnsüchtig auf mich wartete. Er hatte mir sein Herz geöffnet, wenn seine Geschichten auch alle Vergangenheit waren. Vielleicht nahm er an, über die Gegenwart wisse ich ohnehin Bescheid. Oder er wollte mir nicht alles sagen, aus Angst, ich käme nicht wieder. Warum sollte ich mich und das Kind in meinem Bauch vergiften und den, der es hineingepflanzt hatte, nichts davon wissen lassen?

Zu diesen neuen Gedanken hatte mich die Situation in unserer Wohnung veranlasst. Ich konnte mich nicht einfach einschliessen, während meine Mutter nebenan sass und Bettbezüge nähte. Sie hatte das Radio laut aufgedreht, um das Donnergrollen der Explosionen zu übertönen. Es kam gerade eine Sendung mit meinem Lieblingsmoderator, der mir immer ein Schmunzeln entlockte, auch wenn es noch so tief in meinem Inneren verschüttet war. Heute nacht würde ich schlafen und morgen den ganzen Tag im Bett bleiben, bis es Zeit wäre, zu ihm zu gehen. Zum ersten Mal machte ich mir Gedanken über eine geeignete Schlafposition, um dem Kind in meinem Bauch nicht weh zu tun. Die Angst, meine Mutter könnte etwas merken und meine Pläne durchkreuzen, wurde nebensächlich. Ich spürte, aber das bildete ich mir sicher nur ein, wie es sich bewegte.

Ich fasste einen letzten Entschluss. Falls Sami sich weigerte, falls er Angst hätte vor der Verantwortung, würde ich ihn beruhigen, ihm eine Abtreibung in Aussicht stellen, mich verabschieden und zuhause sofort die Tabletten schlucken. Das war meine endgültige Entscheidung.

Da war die letzte Treppe. Da war Sami. Würde ich ihn zum letzten Mal sehen, oder wäre es das letzte Mal auf dieser Treppe?

„Na, geht's dir heute wieder besser? Ich habe mir Sorgen um dich gemacht."

Ich lächelte nur. Seine Begrüssung bremste mich ein wenig. Er kam auf mich zu und griff nach dem gelben Beutel, da rutschte es mir heraus: „Ich bin schwanger."

„Wie", stotterte er, „wie ist das möglich? Alle sagen, du könntest keine Kinder kriegen."

„Wer das sagt, hat eben keine Ahnung", erwiderte ich mit trockener Kehle und klopfendem Herzen.

„Ja, aber hast du nichts genommen?"

„Doch, doch", sagte ich hastig, „aber ich habe wahrscheinlich irgendwas falsch gemacht bei der Einnahme."

„Hab keine Angst", meinte er. „Morgen gehst du zu einer Armenierin, sie wohnt hinter der Gärtnerei. Du sagst einfach 'Familie Radschab schickt mich', dann weiss sie Bescheid." Er schob die Hand in die Tasche, zog hundert Lira heraus und reichte sie mir. „Gib ihr nur fünfzig. Wenn sie fertig ist, gibst du ihr die andere Hälfte."

Ich starrte auf den Schein und sah nur ein verschwommenes Blaugrau. Seine Hand, sein Gesicht, alles war in dieses Blau getaucht. Ich versuchte nachzudenken, aber das Blau legte sich sogar über meine Gedanken. Es bedeckte den Boden, füllte jeden Zwischenraum. Jeder Gedankengang endete in einer Sackgasse, an deren Ende der Tod stand. Es war unmöglich, meinen wachsenden Bauch zu verstecken. Ich konnte nicht einfach essen, schlafen, gähnen, mir die Augen reiben und zusehen, wie er grösser wurde. „Erst hat er sie geschwängert und dann getötet", las ich auf dem Blau des Geldscheines. Mein Denken kreiste nur noch um die Tabletten. Was aber, wenn sie mir den Magen auspumpen und mich retten würden? Ich musste etwas nehmen, das schnell und sicher wirkte: Chlorwasser. Ich würde es mir in den Magen schütten, ohne den Geschmack auf der Zunge zu spüren.

Warum musste das ausgerechnet mir passieren? Immer wieder wälzte ich diese trostlose und unnütze Frage in meinem Kopf herum. Warum gerade jetzt? Gab es denn niemanden, mit dem ich darüber reden konnte? Wo sollte ich nach einer Lösung suchen, wenn es auf der ganzen Welt keine Lösung für mich gab? Warum hatte Gott mich unter Tausenden von Frauen ausgewählt, nach allem, was ich schon durchgemacht hatte? Mussten sich alle Katastrophen auf mich konzentrieren? Ich konnte nicht denken, ich war verloren, sah nur noch das blaugraue Papier. Es dröhnte in meinen Ohren. Ich wollte mich hinlegen, mich zusammenrollen und schlafen. Diesmal gab es kein Zurück mehr. Er wollte mir einen blauen Schein reichen, als Brücke zum Leben, die noch einmal für mich heruntergelassen wurde, aber für mich gab es keine Rettung. Alles war sinnlos unter dem Druck, der auf mir lastete. Ich fühlte mich wie ein Schmetterling unter Glas. Ich konnte nicht begreifen, warum ich bei jedem Flugversuch mit den Flügeln gegen die Wände stiess, wo doch um mich herum alles so grün und blau und violett aussah wie vorher. Es war nicht zu fassen, dass es keinen Ausweg gab. Meine Beine trugen mich nicht mehr. Ich liess mich auf die Treppe sinken, den Kopf auf die Knie fallen und die Augen zuklappen. Es dröhnte in meinen Ohren. Ich hörte Samis Stimme. Es war seine Stimme, die mir in den Ohren dröhnte. Er rüttelte mich, er rief, er schrie, er war es, der diesen ganzen Lärm machte, den ich zu überhören versuchte, weil ich nur ans Schlafen dachte.

„Sahra, Sahra, hörst du mich?"

Ein paar Wassertropfen spritzten mir ins Gesicht. Ich schrak zusammen, als hätte mich ein elektrischer Schlag durchzuckt. Das Wasser kühlte die glühende Hitze, die mein Gesicht und Körper speicherten, um dieses blaue Papier abzuwehren.

„Was ist denn los, Sahra, sag es mir, warum bist du so böse über die hundert Lira?"

Ich fing an zu weinen. Ich schluchzte genau wie Ikram, eine Verwandte, bevor sie in die psychiatrische Klinik eingeliefert wurde. Sie hatte ohne irgendeinen Anlass angefangen zu weinen und nicht mehr aufgehört. Ihr Weinen war nicht schlimmer, aber auch nicht schwächer geworden. Sie hatte ihren ganzen Wahnsinn aus sich herausgeheult. Ihr Gesicht hatte ausgesehen wie eine Grotte, die regelmässig auf und zu ging, und eine gelbliche Flüssigkeit war ihr immerzu aus der Nase getropft. Ich weiss noch, wie meine Mutter damals hinter vorgehaltener Hand sagte: „Das ist ihr Gehirn, das ausläuft." Ich hörte Samis Worte genau, aber ich wollte weinen. Er brauchte nicht nach einer Lösung zu suchen, wo es keine gab. Der einzige Ausweg wäre, die hundert Lira einzustecken und mich so schnell wie möglich zu heiraten. Mit den Händen vor dem Gesicht erklärte ich ihm, was der Arzt gesagt hatte.

„Das ist ein Lügner", rief er, „natürlich ist eine Abtreibung auch im fünften Monat möglich."

Selbstverständlich, junger Mann, dieser Arzt ist ein Lügner, ich bin eine Lügnerin, und du vergisst am besten meinen Bauch und übersiehst die noch unwesentliche kleine Wölbung. Ich will es vergessen, und du sollst es auch vergessen und diesen blauen Schein endlich wieder einstecken. Bestell dir davon lieber bei Abu Dschamil tausend Teller Ful mit Hummus. Aus dem Fenster gegenüber aber wird dich nur das Glas anstarren. Meine Familie wird keine Grossaufnahme von mir an die Wand hängen, mit Trauerflor und frischen Blumen an beiden Seiten, die meine Mutter alle paar Tage auswechselt. Der Tod dieses Mädchens ist kein Schicksalsschlag, sondern ein Schandfleck, denn es ist eine Sünde, das eigene Leben zu zerstören. Was würde sie tun, wenn sie die Wahrheit wüsste? Würde sie einen Mann für mich suchen? Aber wer nahm schon eine Schwangere. Sollte ich zurück nach Afrika? Aber mit Onkel Haschem war jeder Kontakt abgebrochen. Würden meine Eltern sich mit einem unehelichen Enkelkind abfinden? Du siehst, mein Freund, alle Überlegungen führen zu der einzig möglichen Lösung: hinlegen, einschlafen und nie mehr aufwachen. Ich will sterben, am liebsten jetzt sofort. Lass mich tun, was ich tun muss. Ich will mich zusammenrollen wie mein Kind. Kommen wir alle so zufällig ins Leben, aus einem Versehen? Viele Kinder entstehen ohne Schreie der Frau aus Lust, manche entstehen mit Schreien der Frau aus Hass. Manchmal liegt die Frau erschöpft von der Plackerei des Tages im Bett, und der Mann vergewaltigt sie im Schlaf.

Ich höre jemanden schreien. Ich höre Samis Stimme. Ich höre Sami schreien. Lass mich in Ruhe. Ich will diesen blauen Schein nicht mehr sehen, ich will keine unmöglichen Lösungsvorschläge mehr hören, keine Vergangenheitserinnerungen und auch deinen falschen Namen nicht. Lass mich nur in Ruhe hier sitzen.

Meine Schulter fing an zu wackeln. Ich hob den Kopf. Mein Gesicht war so heiss, dass ein Gluthauch meine Knie streifte. Ich sah ihn an und hörte ihn sagen oder las die Worte von seinen Lippen ab: „Sahra, bitte hör mich an. Bitte, komm wieder zu dir. Wir werden heiraten, wenn du willst. Nur beruhige dich, Sahra, ich flehe dich an." Das Dröhnen in meinen Ohren wurde leiser, und das Wackeln hörte auf, als er die Hand zurückzog, die mich geschüttelt hatte. Aus Samis Gesicht sprach blankes Entsetzen. Seine Nasenflügel bebten, der Pulsschlag sprengte ihm fast die Halsschlagadern, er zitterte am ganzen Leib.

„Sahra, hörst du mich?" rief er. „Wir heiraten, hörst du?"

„Ich höre dich", flüsterte ich. „Aber mein Kopf tut so weh. Ich will nach Hause gehn."

„Zum Teufel nochmal, nun aber langsam", stiess er hörbar erleichtert hervor. „Jetzt bleibst du erstmal hier und entspannst dich ein bisschen."

Nach einer Weile hörte ich ihn sagen: „Verdammt nochmal, ich habe doch gemerkt, dass dein Bauch dicker wurde. Und ich hab mir gesagt, das kommt bestimmt vom Kubbeessen." Wieder dauerte es eine Weile, bis er weitersprach: „Weisst du, du hast mir richtig Angst eingejagt, vorhin, als du so die Nerven verloren hast." Nach einer weiteren Pause spürte ich seine Hand auf meinem Bauch und hörte wieder seine Stimme: „Und du, bei Bazookas und Granatenexplosionen gezeugt, da wirst du hoffentlich ein kräftiger Bursche."

Ich entspannte mich so sehr, dass ich einschlief. Irgendwann merkte ich, dass ich hochgehoben und sacht umgedreht wurde. Ich schreckte hoch und sprang auf.

„Komm, bleib noch ein bisschen liegen", beruhigte er mich. „Und vor deiner Familie brauchst du keine Angst zu haben. Du sagst einfach, du wärst bei mir gewesen. Und morgen heiraten wir."

Ich legte mich wieder auf das schmutzige Laken, und meine Gedanken lösten sich langsam aus der Erstarrung. Vor meinem geistigen Auge tauchte meine Mutter auf. Sie wollte wissen, was er von Beruf war. „Gar nichts", antwortete ich. Sie kniete nieder, beugte sich vor und küsste den Boden aus

Dankbarkeit, dass ihrer Tochter endlich doch noch der ersehnte Ehemann beschert worden war, und das in diesen Zeiten, in denen die jungen Männer ohnehin rar waren, ganz zu schweigen von den heiratswilligen.

Mühsam richtete ich mich auf. Sami betrachtete mich aufmerksam und sagte: „Morgen früh komme ich mit meiner Familie zu euch." Ich nickte. Nur eine Sorge trübte meinen inneren Frieden noch. Ich wollte nicht, dass mein Vater von meiner vorehelichen Schwangerschaft erführe. Auch wenn heutzutage Geschrei und Gefühlsausbrüche zum Alltag gehörten und ein Wutanfall von ihm nichts ändern würde. Aber ich wollte nicht von ihm zu hören bekommen: „Das Entenküken lernt früh schwimmen." Nicht einmal denken sollte er das.

„Bist du ein Heckenschütze?" fragte ich völlig unvermittelt. Obwohl ich es nur geflüstert hatte, aus Angst, die Wände könnten mich hören, sprang er auf, ausser sich vor Zorn und rief: „Heckenschütze? Was ist das für ein Geschwätz? Jetzt wirst du aber wirklich hysterisch. Zweifelst du etwa an mir? Ist es schon soweit, dass man seinen eigenen Angehörigen misstraut? Wer hat dir das erzählt?" Sein Wutausbruch jagte mir einen solchen Schrecken ein, dass ich zitterte. Eine so heftige Reaktion hatte ich nicht erwartet. Kaum zu glauben, dass der Sami, der gerade noch neben mir gesessen hatte, und der Sami, der jetzt vor mir stand und mich beinahe fressen wollte, ein und dieselbe Person war.

„Ich schwöre dir", verteidigte ich mich mit bebender Stimme, „niemand weiss, dass ich zu dir komme ausser dir und mir und Gott, dem Allwissenden." Ich legte die Hand auf den Bauch, wie um ihn zu schützen, und fuhr fort: „Nur, als ich dich das erste Mal gesehen habe, ich wollte Wäsche aufhängen bei meiner Tante, da hattest du ein Gewehr und ein Fernglas bei dir. Und weil in der Zeitung stand, hier in der Gegend wäre ein Heckenschütze, habe ich gedacht ..."

„Und wann war das? War das, bevor ich dich halbnackt gesehen habe?"

Diese Frage machte mir Angst. Warum wollte er das unbedingt wissen? Mit einem Schlag war ich wieder völlig klar bei Bewusstsein. Die Gedankenstarre war verflogen, die Gliederlähmung aufgehoben. Er drehte mir den Rücken zu. Ich lief zu ihm. „Ich bitte dich, vergiss, was ich gesagt habe. Du hast recht, man fängt an, sich selbst zu misstrauen. Wenn ich dich wirklich für einen Heckenschützen gehalten hätte, wäre ich dann hierher gekommen?"

Mit vor Erregung gespanntem Gesicht wandte er sich mir wieder zu. Obwohl er versuchte, sich zu beherrschen, explodierte seine Stimme vor Erregung: „Ich schwöre dir, ich schwöre es dem da in deinem Bauch. Ich bin nicht so ein Schwein, das unschuldige Menschen abknallt. Ich habe einen kleinen Laden im Suk Sarsuk, aber du weisst ja, zur Zeit läuft da überhaupt nichts. Du weisst, dass ich hierher komme, um dich zu sehen. Und dass heutzutage jeder, vom Wikkelkind bis zum Greis, ein Gewehr hat, weisst du auch. Man ist eben seines Lebens nicht mehr sicher, und jeder muss selber zusehen, dass er mit heiler Haut davonkommt. Als du mich auf dem Dach gesehen hast, habe ich wahrscheinlich gerade das Treiben unten auf der Strasse beobachtet."

Ich musste lächeln, unterdrückte es aber sofort wieder. Als er die Spuren des Lächelns um meinen Mund sah, drückte er mich an sich. Ich legte schützend die Hand auf meinen

Bauch, roch den vertrauten Schweissgeruch und spürte sein rauhes Kinn an meinem Hals.

„Du musst jetzt gehen", sagte er dann und liess mich los. „Morgen komme ich mit meinen Eltern zu euch."

Ich nickte zögernd und flüsterte dann: „Und pass auf, dass du nichts verrätst."

„Was?" fragte er geistesabwesend.

„Das mit meinem Bauch", erklärte ich lächelnd.

„Keine Angst", murmelte er wie schlaftrunken. „Du kannst dich auf mich verlassen."

Wir verabschiedeten uns. Ich konnte nicht schnell genug die Treppe hinunter und nach Hause kommen. Ich würde heiraten! Mama sollte es als erste erfahren. Doch dann fiel mir ihr Hohngelächter von gestern abend wieder ein, und der Wunsch erstarb. Sie würde es ohnehin wissen, sobald Sami und seine Eltern vor der Tür stünden. Ich trat hinaus auf die Strasse. Es war, als hätte sein Eheversprechen den Ausnahmezustand aufgehoben. Am liebsten hätte ich allen Kämpfern zugerufen, dass ich heiraten würde und dass sie in dieser schönen lauen Nacht die Kämpfe einstellen sollten. Mein sehnlichster Wunsch war es, am nächsten Morgen mit der Nachricht vom Kriegsende geweckt zu werden. Ob er nun Heckenschütze war oder nicht, diese Frage würde ich ruhen lassen. Falls er doch einer war, würde er es nach unserer Heirat aufgeben. Oder würde er mir Lügen erzählen, wenn er aus dem Haus ging? Aus welchem Haus überhaupt? Wo würden wir wohnen? Es gab noch so viele Einzelheiten zu besprechen. Morgen würden wir bestimmt über alles reden.

Ich wollte rennen und springen, aber meine Beine waren

schwer. Es kam mir noch so weit vor bis nach Hause. Die Sonne war längst untergegangen, und es hatte wieder angefangen zu regnen. Es war so gespenstisch auf dieser Strassenseite im Dunkeln. Auf der anderen Seite fiel etwas Licht aus den Fenstern. Ob ich heute zum letzten Mal allein hier entlangging? Ich hatte Angst. Ich hätte nicht bis zum Einbruch der Dunkelheit warten dürfen. So spät wie heute war es noch nie geworden. An der Sperre standen ein paar Milizionäre, sonst war kein Mensch mehr auf der Strasse. Plötzlich stolperte ich und musste mich an einem Laternenpfahl festhalten. Irgend etwas zwang mich mit Macht zu Boden. Ich spürte einen brennenden Schmerz im Bein und tastete den Schenkel ab. Meine Hand wurde feucht. Aber so stark regnete es doch nicht. Der Schmerz wurde so übermächtig, dass ich keinen Schritt weitergehen konnte. „Eine Fehlgeburt", schoss es mir durch den Kopf. Ich musste mich zusammenreissen, ich musste nach Hause, aber es ging nicht. Ich liess mich auf den Boden sinken. Mit dem Schmerz wuchs auch die Angst. Meine Finger fuhren noch einmal über die feuchte Stelle an meinem Bein. Jetzt fühlte es sich klebrig an. Ich hielt mir die Finger direkt vor die Augen. Es war Blut. Ich musste angeschossen worden sein. Aber ich hatte überhaupt nichts gehört. Ein paar sanfte Regentropfen fielen und trafen mich wie Steinsplitter. Meine Stimme brach aus mir heraus und schrie: „Hilfe!" Schritte und Stimmen kamen näher, dann entfernten sie sich wieder, und jemand sagte: „Vorsicht, der Heckenschütze." Der Schmerz stieg mir bis zum Hals. Ich bäumte mich auf wie ein Huhn, dem man die Kehle durchgeschnitten hatte.

„Helft mir doch!" brüllte ich und legte mein ganzes Leben

in diesen Schrei. In einiger Entfernung hörte ich die Stimmen. Ich versuchte, mich aufzustützen und in der Dunkelheit das rote Haus auszumachen. Sami, der dieses Kind in meinen Bauch gepflanzt hatte, war er es, der mir jetzt solche Schmerzen zufügte? War er doch nur ein Heckenschütze? Hatte er mich absichtlich verfehlt, weil es ihm schwer gefallen war, mich einfach abzuschiessen? Oder hatte er mich nur verfehlt, weil ich die Strassenseite gewechselt hatte? Ich spürte den Regen auf dem Gesicht. Alles war still, nur hin und wieder glaubte ich, ein Tuscheln zu hören. Er hatte mich und mein Kind verfehlt. Ich schrie nicht mehr, tastete nicht mehr nach dem Blut, das aus meinem Bein lief, hörte nur noch den Regen auf die gelbe Nylontasche tropfen, von der ich geglaubt hatte, sie würde mich immer beschützen.

„He, Frau", hörte ich plötzlich eine Stimme rufen.

„Geh nicht näher", flüsterte eine zweite Stimme. „Der Heckenschütze."

Ich starrte ins Dunkel, und meine Angst verwandelte sich in Tränen. Ich hatte plötzlich solche Sehnsucht nach meiner Mutter und nach Achmad und nach einem warmen Zimmer. „Mama, ich bin so allein. Ich liege in meinem Blut, mitten auf der Strasse, Mama. Die Dunkelheit ist so voll von Angst, mein Körper ist voll von Angst. Mama, wo bist du?" Ich schloss die Augen und sah lauter glitzernde Sterne. Dann tauchte ein Regenbogen an einem weissen Himmel auf. „Er hat auf mich geschossen. Mit der Waffe, die neben ihm lag, wenn er mit mir schlief, hat er auf mich geschossen. Das Laken auf dem Boden war noch warm von meinem Körper, und er wollte mich erschiessen. Hat er es getan wegen meiner Schwangerschaft oder wegen meiner Frage, ob er Hekkenschütze ist? Er wollte mich erschiessen, darum hat er mich überredet, bis zum Einbruch der Dunkelheit zu bleiben. Bei Tageslicht hätte er es nicht fertiggebracht."

Jemand schleifte mich über den Boden. Ich sah unendliche Regenbögen in leuchtenden Farben an unendlichen Himmeln in blendendem Weiss. Die Regenbögen kamen immer näher. Ich spürte den Regen nicht mehr.

„Los, Jungs", sagte eine Stimme.

Wurde ich jetzt gerettet?

NACHWORT

Die bisherigen literarischen Werke der libanesischen Schriftstellerin Hanan al-Scheich sind alle ausserhalb des Libanons verfasst worden. Das scheint in mehrfacher Hinsicht bezeichnend. Es hat zum Teil damit zu tun, dass Hanan al-Scheich bislang ein echt „libanesisches" Leben geführt hat. Es könnte auch damit zu tun haben, dass aus zeitlicher und aus räumlicher Distanz die Autorin sich am ehesten in der Lage sieht, Erlebnisse und Erfahrungen zu verarbeiten.

Ihren ersten Roman, *Intiḥâr rağul mayyit* („Selbstmord eines toten Mannes") schrieb Hanan al-Scheich in Kairo um die Mitte der sechziger Jahre, den zweiten, *Faras aš-šaiṭân* („Die Gottesanbeterin" [Heuschrecke]), Anfang der siebziger Jahre in Saudiarabien, und alle folgenden Werke entstanden in London während der achtziger Jahre: der Roman *Ḥikâyat Zahra* („Sahras Geschichte") wurde 1980 veröffentlicht, die Erzählungssammlung *Wardat aṣ-ṣaḥrâ'* („Die Wüstenrose") 1982 und der bisher letzte Roman *Misk al-ġazal* („Gazellenmoschus") 1988.

Hanan al Scheich ist durch und durch eine Frauenautorin, was heissen soll, dass sie als Frau über Frauen schreibt. Alle ihre Hauptfiguren machen in verschiedenen Bereichen arabischer Gesellschaft die Erfahrung, was es bedeutet, in dieser Gesellschaft und unter bestimmten politischen und sozialen Bedingungen Frau zu sein. In ihren Darstellungen hat die Autorin, durchaus einer verbreiteten Tendenz der Zeit entsprechend, viel unmittelbar Autobiografisches einfliessen lassen.

Hanan al-Scheich (Ḥanân aš-Šaiḫ) wurde 1945 in eine Familie südlibanesischer Schiiten geboren. Sie wuchs in Beirut im Stadtteil Ras el-Naba auf, wo sie zunächst eine muslimische Mädchenschule, dann ein modernes College besuchte.

Im Alter von siebzehn Jahren konnte sie ihrem Vater die Einwilligung abringen, sie zur Fortsetzung ihrer Schulausbildung an das American College for Girls in Kairo gehen zu lassen, wo sie sich von 1963 bis 1967 aufhielt. Anschliessend war sie ein paar Jahre als Journalistin in Beirut tätig, bis sie Anfang der siebziger Jahre nach Saudiarabien ging. Seit 1975 wohnt Hanan al-Scheich in London, hielt sich aber zwischen 1977 und 1982 mehrfach längere Zeit in Ländern der Arabischen Halbinsel auf.

Die ersten beiden Romane von Hanan al-Scheich stehen, wenn der Eindruck nicht trügt, unter dem Einfluss existentialistischer Frauenliteratur, die im Libanon ihr wohl bekanntestes Werk im Roman *Anâ aḥyâ* („Ich lebe", 1958) von Laila Baalabakki erhalten hat. In diesen beiden Romanen, zumal in „Die Gottesanbeterin", befreit sich eine junge Frau mittels Karriere und sexuellen Draufgängertums. Die darin gezeigte Metamorphose eines scheuen Mädchens zur *Femme fatale* ist schon wegen ihrer Unwahrscheinlichkeit gerügt worden.

Ihr bisher bedeutendster und überzeugendster Wurf gelang Hanan al-Scheich mit dem inzwischen schon in mehrere Sprachen übersetzten Roman *Sahras Geschichte*. Mit ihm stellt sich die Autorin in die Reihe derer, die den Versuch unternehmen, den im Libanon seit April 1975 herrschenden Kriegszustand literarisch zu verarbeiten. Dabei handelt es sich fast ausschliesslich um Frauen, die inzwischen fast ausnahmslos, zum Teil erst nach sehr langem Zögern, den Libanon verlassen haben. Alle diese literarischen Werke aus Frauenfeder besitzen gewisse Gemeinsamkeiten. So ist das autobiografische Element stärker noch als üblich ausgeprägt; einige Werke sind auch nichts anderes als Tagebuchnotizen, die mitunter zynisch und bitter, mitunter auch nostalgisch festhalten, was war oder was ist. Als Themen dienen ihnen die Veränderungen des Lebensstils, der Denkweise, auch des Empfindens; die wichtigste Frage scheint jedoch – ähnlich wie in palästinensischer Literatur – diejenige nach dem Bleiben und Ausharren oder eben Weggehen aus dem Land zu sein. Auffallend ist schliesslich, dass – durchaus entsprechend der Kriegssituation im Lande selbst – in den Romanen und Erzählungen die Feindbilder nicht mehr eindeutig sind, die Fronten sind vielfältig geworden, die Grenzen zwischen Gut und Böse längst verwischt.

Vier Beispiele für diese Frauenliteratur über den libanesischen Bürgerkrieg seien genannt. Schon 1976 veröffentlichte die gebürtige Syrerin Ghada Samman, die jahrelang in Beirut gelebt hatte, ihren Roman *Alptraum in Beirut* (deutsch 1988), die Darstellung einer existentialistischen Grenzsituation: Eine Frau verbringt mehrere Tage in einem Haus mit zwei weiteren Personen; das Haus können sie wegen der Kampftätigkeiten nicht verlassen. 1977 erschien von Etel Adnan *Sitt Marie Rose* (deutsch 1988), ein kurzer Roman über eine christliche Heimleiterin, die palästinensische Taubstumme betreut und deshalb von den „Ihrigen" wegen Kollaboration erschossen wird. Im selben Jahr erschien *Survivre à Beyrouth*, ein autobiografischer Bericht von Lina

Tabbara über die ersten anderthalb Jahre Bürgerkrieg in der libanesischen Hauptstadt; das Buch ist den Libanesen gewidmet, „die trotz allem geblieben sind". Schliesslich kam 1981 ein Roman – *Flug gegen die Zeit* (englisch 1987) – von Emily Nasrallah heraus, in dem sie das Thema fortführt, das sie seit ihrem ersten Roman 1962 *(Septembervögel*, deutsch 1988) über einen damals noch ganz anderen Libanon beschäftigt hat: die Emigration, die Zerstreuung der Menschen, die Auflösung der Gesellschaft.

In *Sahras Geschichte* arbeitet Hanan al-Scheich die beiden Themen heraus, die sie in erster Linie interessieren. Auf zwei Ebenen werden gesellschaftliche Probleme miteinander verwoben: einmal auf der Ebene der Familie, der traditionellen libanesischen Familie mit recht repressiven Strukturen, unter denen zumal die Frauen – hier besonders die weibliche Hauptfigur, die Tochter Sahra – leiden; dann auf der Ebene des Krieges, im Rahmen von dessen Verlauf die traditionellen Werte ihre Gültigkeit verlieren, was zu einer – wie sich herausstellen sollte: illusionären – Emanzipation der Frau führt. Die gesamte Geschichte wird aus der Perspektive verschiedener beteiligter Personen erzählt, ein in der arabischen Literatur zur Zeit beliebtes und recht verbreitetes methodisches Vorgehen zur Aufhebung der Figur des allwissenden auktorialen Erzählers.

Sahra, Tochter einer südlibanesischen Schiitenfamilie, kommt mit Eltern und Bruder nach Beirut, wo sie aufwächst – unter dem Eindruck einer Mutter, die sich in den Betrug geflüchtet hat, eines Vaters, der mit seiner Brutalität alle in Angst und Schrecken versetzt, eines Bruders, der sein Versagen durch Herrschsucht und dann im Krieg durch Knarre und Drogen kompensiert, und schliesslich eines Mannes, der sie unter abstossenden Umständen einige Zeit körperlich ausnützt. Sahra reagiert auf diese widrigen Bedingungen, indem sie sich erstens in sich selbst zurückzieht und zweitens sich auch zu verabscheuen beginnt. Sie verinnerlicht die Haltung ihrer Mitmenschen ihr gegenüber und wird völlig unfähig, irgendeinem Menschen offen zu begegnen. Das ändert sich auch nicht, als sie in Westafrika einen emigrierten Onkel besucht und einen anderen libanesischen Emigranten heiratet. Zwei Anläufe für diese Ehe scheitern an ihrer inzwischen neurotischen Abwehr der Nähe anderer Menschen.

Erst als Sahra dann nach Beirut zurückkommt, wo der Bürgerkrieg in vollem Gange ist, ändert sich ihr Verhalten. Hier, wo alle bisherigen Werte zerfallen sind, gelingt es ihr schliesslich, aus sich herauszugehen. Sie wird aktiv, opfert sich, um andere zu retten, und empfindet dabei zum erstenmal körperliche Befriedigung. Sie sucht einen Heckenschützen auf einem Dach auf, der die Bewohner der Strasse terrorisiert. Dieser nützt sie körperlich aus und knallt sie schliesslich ab, nachdem sie ihm mitteilte, sie sei schwanger, und ihm ein künftiges gemeinsames Leben schmackhaft machen wollte, jenseits von Krieg und Zerstörung. Ihre Erwartung, das richtige Leben im Krieg beginnen und es dann in einen Frieden hinüberretten zu können, erfüllt sich nicht. Die Flucht nach vorn führt Sahra in ihren Untergang.

Wenn man – was schon geschehen ist – den Roman als libanesische Metapher versteht, dann hätte der Libanon sich zunächst nicht frei entfalten können, wäre im Krieg aufgelebt, hätte diesen gar genossen und sich darin emanzipiert;

dann aber hätte das Land doch seinen Untergang gefunden, als es versuchte, diese Art Emanzipation in künftige Friedenszeiten hinüberzuführen. Angesichts der Entwicklung des Libanons während der vergangenen bald fünfzehn Jahre scheint eine solche Erklärung nicht einmal so abwegig.

Wie in *Sahras Geschichte* gibt es auch in Hanan al-Scheichs neuestem Roman („Gazellenmoschus") eine Aufteilung auf mehrere Erzähler; hier sind es vier Erzählerinnen. Sie berichten über ihre als unfrei erfahrene Existenz in der „Wüste", einer nicht näher bestimmten Region, welche sich jedoch unschwer mit Hilfe der Biografie der Autorin bestimmen lässt, die in den siebziger Jahren mehrfach auf der Arabischen Halbinsel lebte. Die „Wüste" und die Mauern verschiedenster Art, hinter denen die Frauen, egal ob einheimisch oder vorübergehend dort weilend, eingesperrt sind, ziehen sich als Leitmotive durch das Werk. Der Zustand des Eingesperrtseins treibt die Frauen zu unterschiedlichem „unnatürlichem" Verhalten, zu eigentlicher Untätigkeit, zu Trivialbeschäftigungen. Bewegungsfreiheit gibt's nur ausserhalb der „Wüste", weshalb die Einheimische möglichst oft verreist, die Ausländerin möglichst bald flieht, um nicht zu verkümmern.

Nicht nur Hanan al-Scheichs Romane, auch ihre Erzählungen kreisen um die Situation von Frauen. Dabei gibt es einige Ansätze zu symbolistischer oder gar surrealistischer Darstellungsweise, ein Stil, dem sich einige libanesische Autorinnen in neuester Zeit zuwenden – möglicherweise die einzige Art, über den Libanon noch zu schreiben.

Hartmut Fähndrich

WORTERLÄUTERUNGEN

Abu ...	Vater von ...; wird in Verbindung mit dem Namen des ältesten Sohnes als Anrede benutzt
Adonis	phönizische Gottheit; Pseudonym eines berühmten zeitgenössischen syrischen Schriftstellers
Alhamdillah	Gelobt sei Gott, Gott sei Dank
Alhamdulillah	dto.
Assad al-Aschkar	Führer der Syrischen Sozial-Nationalistischen Partei
Baklawa	süsses Blätterteiggebäck
Bhannis	Luftkurort in den libanesischen Bergen
Bismillah	im Namen Gottes; Einleitungsformel von Koransuren sowie muslimisch-arabischer Schriftstücke
Burghul	Weizenschrot
Dschinn, Dschinnin	aus Feuer entstandene Wesen zwischen Menschen und Engeln; können in verschiedener Gestalt auftreten
Dschumblat, Kamal	Führer der Drusen im Libanon; ermordet im März 1977
Falafel	Frikadelle aus Kichererbsenbrei
Fatiha	erste Koransure
Firake	Variation von Kubbe
Fruchtbarer Halbmond	Irak, Jordanien, Libanon, Palästina, Syrien
Ful	Bohnengericht
Gemayel, Pierre	gründete 1936 die vorwiegend christliche libanesische Phalange-Partei und stand ihr viele Jahre vor
Gibran, Khalil	libanesischer Dichter, 1883–1931; lebte meist als Emigrant in den USA
Gross-Syrien	die Länder des fruchtbaren Halbmonds, meist sind nur Syrien und Libanon gemeint
Hadsche	Anrede für eine Muslimin, nachdem sie die Pilgerfahrt nach Mekka absolviert hat
Hummus	Brei aus Kichererbsen und Tahina
Husseinije	Versammlungsort der Schiiten im Südlibanon
Inscha Allah	so Gott will; hoffentlich

Kaak	Sesamkringel
Karame, Raschid	Führer der sunnitischen Muslime aus der Region der Stadt Tripolis, mehrfach libanesischer Ministerpräsident; ermordet Ende Mai 1987
Karantina	Armenviertel in Ost-Beirut, vorwiegend von Palästinensern bewohnt
Karina	weiblicher Dämon von Frauen
Kischk	Teig aus Burghul und Sauermilch, getrocknet, zur Herstellung von Saucen und Suppen verwendet
Kubbe	Gericht aus Burghul, Hackfleisch und Pinienkernen
Kufija	quadratisches Tuch zur Kopfbedeckung
Melkart	phönizische Gottheit
Mluchia	Blattgemüse, ähnlich verwendet wie Spinat
Muchtara	Sitz der drusischen Familie Dschumblat; liegt südöstlich von Beirut
Nabatije	Stadt im Südlibanon
Nadschada	arabisch-nationalistisch-libanesische Partei, gegründet 1936, dann verboten; 1951 neu gegründet, in den fünfziger Jahren stark sunnitisch geprägte Volkspartei
Phalangisten	Partei der libanesischen Christen, besonders der Maroniten; 1936 gegründet von Pierre Gemayel; libanesisch-nationalistisch orientiert
Rauscha	Viertel der Reichen in West-Beirut
Saade, Antun	Begründer und Führer der Syrischen Sozial-Nationalistischen Partei; 1949 hingerichtet
Saatar	gemahlener Thymian mit Gewürzen und Sesamkernen
Saidan, Dschurdschi	libanesischer Schriftsteller, 1861–1914; verfasste hauptsächlich historische Romane
Schawirma	Hammelfleisch in dünnen Scheiben, an einem senkrechten Spiess konisch angeordnet und gebraten
Schehab, Fuad	General, nach dem Bürgerkrieg 1958 Präsident des Libanon bis 1964
Sitt Seinab	Tochter des Propheten Muhammad; auch als Umm Haschem bekannt
Sus	Erfrischungsgetränk aus Süssholz

Syrische Sozial-Nationalistische Partei	von Antun Saade 1932 gegründete säkularistische grosssyrisch-chauvinistische Partei, die dem Libanon die Berechtigung einer selbständigen Existenz absprach; 1949 unternahm sie einen Putschversuch, in dessen Folge Antun Saade hingerichtet wurde
Tahina	Sesampaste
Tamr Hindi	Erfrischungsgetränk aus Tamarinden
Turmus	Lupinen, Strassenverkauf in Portionen zum Knabbern
Umm ...	Mutter von ...; wird in Verbindung mit dem Namen des ältesten Sohnes als Anrede benutzt
Wallahi	bei Gott

Intiḥâr rağul mayyit
(„Selbstmord eines toten Mannes", Roman) 1970

Faras aš-šaiṭân
(„Die Gottesanbeterin" [Heuschrecke], Roman) 1975

Ḥikâyat Zahra
(„Sahras Geschichte", Roman) 1980

Wardat aṣ-ṣaḥrâ'
(„Die Wüstenrose", Erzählungen) 1982

Misk al-ġazal
(„Gazellenmoschus", Roman) 1988